完结篇

木苏里

MUSULI

著

长江出版社
CHANGJIANG PRESS

第三卷

无悔

第四卷

归岸

目录

第一卷 無涯

第二卷 無故

他话未说完，
原本隐在九天之上的雷已然现了形，
煞白的亮光像一根拳曲蜿蜒的枯枝，
直劈下来，落点清晰极了，正是大泽寺。

人间最好的日子大抵如此了。
杏花细雨，盛世太平。

——木苏里

|玄悯|
×
|薛闲|

第一卷

無涯

屋内的对话被这推门声打断了，除了面壁的薛闲，众人均抬起头，愣愣地看着从门外拥进来的一大堆人。为首的那个脸上带着三道长疤，人高马大身强力壮，看着比地上那一圈乞丐像土匪多了。

他们不是别人，正是那个戏班子的成员。

最后一个进门的是先前出去的玄悯，他进屋后，顺手带上了门，将徐大善人和那些宾客都挡在了屋外。

厅堂里的寒暄和聊笑声隐约传进屋里来，莫名显得有些幽远，像是蒙裹了许多层雾气，又隔了数条街巷一般，格外不真实，莫名让人觉得脖颈凉飕飕的。

显然，玄悯将他们这一行人引到这间屋子里来，是有话要问。不过玄悯还没开口，那疤脸男先连珠炮似的开了口：“你们知不知道这是什么地方？怎的半点儿不知分寸，居然在这里逗留！”

他的目光落在乞丐们围着的那口砂锅上，皱着眉道：“挡风挡雨的地方多的是，这年头废弃的寺庙那样多，随便寻一间便是，非得选在这处，不知死活！”

“唉……有老有小，还都生了重病，实在是走不动，更别提上山了。”其中一个乞丐无奈道。

“你们不是本地人吗？没听说过温村？”疤脸男气归气，说话时却知道要压低声音，“不知道这里已经荒了许多年？连个活人都没有，你们哪来的胆子在这里歇脚？况且早不来晚不来，偏偏在这种时候来！你们知道吗？外头那一屋子，没一个是人啊！”

江世宁和陆廿七的脸色瞬间变得有些复杂，毕竟这场景就好比一只亡灵告诫你要小心另一只亡灵一般，着实有些奇怪。

不过这屋里知情的也就他们几个，其他人则完全不明白，还十分捧这疤脸男的场。

“知道啊，非但知道，还听过不少传言，什么每年冬月末这里都会有声音，又是说话又是咳嗽的，还有唱——”那乞丐说到一半，忽然看到疤脸男后头的一个男人手里正抱着几件戏服，还拎着长髯。

“戏的呢……”乞丐毫无起伏地说完后半句，脸都绿了。

见到众人的脸色，那疤脸男无奈地摇了摇头道：“戏确实是我们唱的，但这不一样……”

他看了眼木门，像是透过木门看向了外头那些人，叹了口气，道：“我们本就是这村里的人，从小吃着这里的米、喝着这里的水长大的，徐大善人于我们有恩，若是没有他，我们这戏班子里的老老小小，胎都该投过一轮了。

“我们日日年年总想报答他些什么，可他什么也不缺，独独喜欢听戏。我们这戏班子平日里走南闯北，四海为家，但每到冬月，都会往这里赶，赶在徐大善人寿辰这天给他唱上一出，让他笑一笑，也算是略尽一点儿微不足道的心意，这么唱了有十年了吧……”

“十年？”有个年长的乞丐道，“这大善人活着的时候你们来唱也就罢了，怎的人都死了，你们还年年来唱？”

“答应了的。”戏班子里一个老太太温和地笑着，“当年答应了的。只要他来听，咱们便唱，他年年都在，咱们怎么好不来呢？”

“我们习惯了，并且都是自甘自愿的。可你们不同，这里的人都不认得你们，也不知道会不会冲撞，再怎么说也是阴阳有别，万一冲撞了，兴许会闹出人命也说不定。”疤脸男皱着眉看向众人，道，“我过会儿想办法同徐大善人说说，让他们相信你们是误入的，且还有旁的事情在身，不好逗留，让他们放你们离开。”

他说这话时，玄悯一直站在窗边，透过破了的窗户纸朝外看，在疤脸男话音落后，他蹙着眉道：“这温村三面环山，一面聚风，明堂迎阳，本是个乘气局，怎么会出现地缚灵……”

——还是一个村的地缚灵。即便这一村的人都成了地缚灵，以这村子的状况，顶多能养两三年。可眼下，不论是徐大善人还是他那些乡邻，都不像是快要消散的模样，反倒鲜活得像刚被“续了命”似的，这便只有一种可能……有什么藏在暗处的东西改了局。

玄悯眼角的余光瞥到了薛闲的后脑勺，转身冲疤脸男道：“你既生于这处，可曾见过这村里有过什么古怪？”

他略一思忖，觉得具体是何种古怪还得薛闲自己来说，便走到墙角，打算暂且将薛闲额前的纸符摘下片刻。

谁知，他刚垂下目光，就和薛闲面无表情、麻木的脸对上了——

这孽障额上不只贴着一张纸符，还粘着一只手。

玄悯：“……”面壁面出这种效果的，平生没见过第二个。

那只手在截断之后已然恢复了纸皮模样，在纸符上黏吊着，随着薛闲这祖宗的鼻息晃晃悠悠，让人哭笑不得。总之，这一看便知是何人的杰作。

玄悯转头朝江世宁瞥了一眼，后者咳了一声，一边掩着断手不让姐姐看见，一边冲玄悯干笑道："在下对大师的纸符颇为好奇，就伸手试了试……"

这话鬼都不信。毕竟江世宁这人向来规矩守礼，就算他真被勾起了好奇心，即便被活活憋死，也不会在不曾过问玄悯的情况下乱摘纸符。更何况这一路他也没少见过玄悯的纸符，哪来的好奇？

就是傻子也能猜到江世宁必然是被薛闲威胁怂恿了。

玄悯神色淡淡地收回目光，倒也没多说什么。他轻巧地摘下了那只变成薄纸皮的断手，冲江世宁点头道："腕子抬起来。"

"嗯？"江世宁愣了一下才反应过来。

他稍稍侧了侧身体，将自家姐姐、姐夫的目光挡在背后，将那断手腕子伸了出来。因为太担心被姐姐看见，他全程都有些心不在焉，眼角的余光始终注意着身后两人的动静，完全没弄明白玄悯是怎么处理的。江世宁只觉得自己手腕断口处被人按了一圈，再低头时，手已经接上了，一点儿伤口都不剩，只是在腕子上留有一圈浅浅的瘀痕。

非但没被连坐，反倒连手都接上了，大师就是大师。

江世宁捏着手腕活动了一番，连声道谢："有劳有劳，下回……"

玄悯的目光清清淡淡地从他面上扫过，江世宁一顿，立刻摇头改了话音："没有下回了。"

"嗯。"玄悯似乎浑不在意，应了一声便转过身去，重新站在了薛闲这倒霉催的身边。

"别看了，我攒了一嗓子的心头血，再这么居高临下看我，我能吐你一脸信不信？"作妖不成的某人着实憋屈，听到江世宁那句"没有下回"

后，更是一肚子怨气，想徒手将玄悯的脑袋揪下来。

玄悯本已经抬手捏住了纸符末端，闻言动作一顿，默默看了薛闲一眼，又果断收了手，转身便要往门口走。

他转身时，轻薄的衣袍袖摆飘了起来，只有手指能动弹两下的薛闲眼疾手快地揪住了袖摆一角，僵着脖子扯了两下，眯着眼睛纡尊降贵地放低了姿态："回来回来，别走了，我不吐你了还不行吗……"

玄悯一回头，就见这孽障打了个寒噤，无声地冲角落里"呸"了一下。

这孽障刚"呸"完，一抬眼就和玄悯垂着的目光对上了。

薛闲："……"

玄悯："……"

薛闲狡辩："刚才'呸'的就是心头血。"

玄悯："……"

薛闲："已经吐完了，你的脸保住了。"

玄悯："……"

薛闲忍不住要炸，但是看着玄悯那张皮相不错的脸，又勉为其难地将脾气憋了回去。他在纸符之下翻了个克制的白眼，心说：行吧，我来跟你讲讲道理。

这么想着，他便动了动手指，揪着玄悯的袖子角将他朝面前拉了拉。

他本意是想把玄悯拉近一些，压低了声音说话，这样万一需要低头服软也不至于丢人，因为旁人根本听不见，至于这人……反正他在玄悯面前丢脸也不是一次两次了，早已经破罐子破摔了。

可他刚扯了袖子角，还不曾来得及开口，玄悯却突然像吃错了药似的，态度径直来了个一百八十度的大转弯，居然只瞥了他一眼就将纸符摘下来了。

“这荒村兴许有你要找的东西，还是由你来说吧……”玄悯摘下纸符，也不跟他多闹，只扶着二轮车的把手，将薛闲转了个身，正对着疤脸男他们。

薛闲只得按捺下心里的疑惑，正了神色冲疤脸男道：“我找的东西若是被放在了这处，也是这半年的事。这半年里你可曾来过这附近或是途经？可曾注意到这荒村有何变化，诸如野草荒木抑或山形水向？”

疤脸男摇了摇头：“还当真没有，这里毕竟已经成了荒村，我们平日里常在别乡，甚少会经过这里。说来也是惭愧，清明或是中元，咱们也总是行到哪处，便在哪处买些纸钱，就地烧了。上一回来这儿，也是去年冬月了，并不曾有——”

“想起来了！”疤脸男这话还未说完，就被他身后的那个老妇人打断了，“别说，还真有！班头，你可记得咱们每回从前头那条山道转到村前的小道时，最先看见的那座山头和老树冠吗？”

经她这么一提醒，疤脸男愣了片刻，一捶手掌道：“哦对！拇指山还有那棵老银杏！我说怎的刚才进村的时候觉得哪里有些怪呢，那拇指山上挂下来的水没了，老银杏枝干弯得厉害，还有那拇指山的山头形状也有些怪，刚才没看仔细，不记得是怎么个怪法了。不过——”

他说着又皱了眉，看向薛闲：“前阵子不是有地动吗？这里毕竟靠着山，抖上两下，有这么些变化也是正常的，能算得上你所说的古怪吗？”

薛闲闻言挑了挑眉，道：“算啊，怎么不算。”

不说别的，就是那地动，指不定都和他的龙骨有关。

“你所说的拇指山是哪一处山头？”玄悯问道。

疤脸男站在窗边，透过破了洞的窗户纸朝南面一指：“喏——看见没，就那座，拇指山拇指山，顾名思义就是长得像拇指嘛。”

玄悯点了点头，刚一转身便碰上了薛闲的目光。

“我自己的骨头，我自己挖。”这祖宗如是道。

屋内众人均是一抖：什么叫“自己的骨头”？哪个正经人的骨头是被埋在地里要用挖的?!

“你少说些话吧。”玄悯一边说着，一边拾起方才给薛闲画圈的那根木枝，干脆利落地在地上画出三道线，恰到好处地将房间里的人画在了三个区域里——江世宁他们一块，那些不知来历的乞丐一块，戏班子又是一块。

画完，他冲疤脸男他们道：“待在这线内可保无虞，若是要出去，自行走出屋子便可。”说完，他点头示意了一下，便推着薛闲出了屋门。

屋外的徐大善人可谓热情极了，一见两人出屋，还以为他们这就要离开温村了，顿时一番拉扯。

相较江世宁而言，薛闲绝对算不上心软之人，他若是真冷起来，简直就像是没有心肺的人，磐石难移。不过大多数时候，他都是无甚所谓的，讲不讲道理、能不能被说动，全看他的心情。

此时的徐大善人也不知合了他哪番心意，又或者他本身心情就不错，居然生出了一些“盛情难却”的意味，冲徐大善人说道：“不出村，只是借阁下的二轮车四处看看，看完就回来，毕竟还得还你这车。”

一听这话，徐大善人又放心了些，他端出弥勒佛似的笑，和声和气道：“这二轮车倒是不用还了，放在我这儿也是白白落灰，能给小兄弟添些用场，徐某再欣慰不过。只不过，回来是一定要回的，吃完酒水，我那一戏班的老友可是要登台的，小兄弟不能不捧场啊！”

薛闲在人前端出一副正经模样，除了语调有些漫不经心，总体也算得上有礼有节。可一旦出了徐宅，入了荒村白雾，某人就把这些抛去了脑后——

他有车了啊！

他不用被人抱着四处丢人了，这回想去哪儿就去哪儿了啊！

薛闲憋着情绪，颇为克制地冲推车的玄悯道：“方才顾及着屋里那帮子没见识的，才让你推着，现在你大可以撒手了，小小一个二轮车而已，我还是驱得了的。”

玄悯略带怀疑地看了他一眼，但最终还是撒了手，毕竟他也知道薛闲憋狠了，再这么把控着这孽障恐怕要疯。

一个能把自己“脑袋”都坠掉了的人，疯起来可是什么都干得出来的。

然而玄悯刚松开椅子后头的把手就有些后悔了，因为他真真切切体会了一番什么叫作“撒手没”——

不过是松开手指的工夫，他只觉得面前平地起狂风，风声呼啸似龙吟，白雾迷眼。等他皱了皱眉，将扑面而来的白雾扫开后，他便发现，那个坐着二轮车的半瘫，连人带车都没了踪影，已经不知道浪去哪儿了。

玄悯：“……”

这可既是意料之中，又是意料之外。

玄悯确实不曾指望这孽障能老老实实的，但也没想到他能不消停成这样。

薛闲以风代步，半推半托着二轮车朝前动着。只是他自己习惯了以风托龙体，甚少这样托着椅子，一时间失了分寸力道，硬是将区区一把二轮椅子浪出了风驰电掣的气势来。

等他反应过来时，已然穿过了大半个温村，离那拇指山也不过寸步之遥了。

他“啪”地一拍扶手，椅子两旁的木轮被重力一压，倏然陷进了泥里，生生停了下来。

“那人别是丢了吧？”这孽障居然有脸这么嘀咕了一句，开始琢磨该怎么给玄悯指个路。事实上他手里就绕着玄悯的铜钱串子，而这铜钱串子可以摇出声音，破局引路。不过这种时候，他根本就不曾想起来这一点。

薛闲扫了眼四周浓重的雾气，又望了眼前方从雾气中勉强露出来的一点儿山头，灵机一动。

他所谓的“灵机一动”，往往跟常人的理解有所偏差。毕竟这祖宗上次灵机一动的时候，在半空中一个甩尾由龙化人，将拎着的石头张、陆廿七一干人等直接扔进了湖里，下了锅“人肉饺子”。

至于这回……

陷在荒村白雾间的玄悯四下扫了一圈，循着薛闲一点儿依稀的踪迹抬了脚，正大步流星朝某个方向行去，结果刚迈了几步，便陡然听见一阵声势浩大的龙吟。

玄悯诧然抬眼，就见前方邈远的浓雾中乍然出现一颗硕大的黑色龙头，颇为肃然地冲他的方向遥遥说了声：“这里！”而后又“噗”地缩回雾中，再不见踪影了，料想是下半身没力，撑不动。

玄悯：“……”

不过薛闲这一次短暂的真龙现身却好似引起了山间某样东西的共鸣，在他地鼠般缩回浓雾中的一瞬，整个荒村的地面微微颤动了一下。

果然又把老子的骨头淹泥里了！

感受到自己身体一部分的共鸣固然是欣喜的，但是欣喜之余，薛闲依然气了个倒仰。四处翻山掘土，就为了把自己散落的骨头一根根捡回来，这种复杂的心情，普天之下估计没几个能理解的。

早先在坟头岛底下是这种感觉，后来在石头张院子里同样有这种感觉……直到这次，所谓一回生二回熟，薛闲已经坐不住了。他也不打算等玄悯，左右方向已经探头示意过了，直奔着拇指山头走总不至于再走岔了。

他这么琢磨着，便再度卷着那二轮车，风驰电掣地一路疾行，不过是几番眨眼的工夫，他便已然坐在了拇指山脚下那株弯了腰的老银杏边。

寻常树木枝冠总是向阳的，哪怕枝干中途有所弯曲，冠顶依然是向上的。可这株老银杏却活似个作揖作到地上的，额头磕着脚脖子，当真是冠顶朝地，也是一大奇景。

那拇指山头他先前也没见过，除了近看确实不曾找到挂下来的水流，其余变化他也瞧不出来。但是从老银杏就能知道，枝冠之所以朝地上弯，是因为地里的东西比浓雾缭绕之下的稀薄日光更吸引它。

要想知道薛闲那根龙骨究竟埋在哪一处，就看这老银杏的枝冠指着哪一块地面就行了。

薛闲驱使着二轮车，缓缓移到老银杏南面的泥地边，这块泥地约莫一丈见方，颜色比周遭其他地方略深一些，潮湿气比其他地方浸得更透，说明土质没那样紧实，曾经被人翻松过。

即便当时翻土的人已经做了掩盖，但仔细看依然能发觉区别。更何况，只要薛闲一靠近这处，泥地下头便开始微微颤动起来。那些埋骨的人只想着埋在这闹鬼的荒村，总不至于有哪个寻常人吃饱了撑的来挖，却忘了考虑会不会有一天被本尊找上门。

薛闲冷笑了一声，抬手弓起五指猛地一抓，地底深处便有什么东西如同鲜活心脏一般“怦”地跳动了一下。仅仅是这么一下，整座拇指山都晃了晃，惊起了一群野林中的飞鸟。

尖厉的鸟鸣声杳然远去，薛闲又是一抓。

砰——

这一回，这块一丈见方的泥地整个儿由里至外被撞了一番，好似被犁过似的。

砰——

第三声过后，薛闲再没了耐心，猛地一拽。

就见整片泥地轰然塌陷下去，有什么东西呼之欲出的同时，整个周遭泥地都开始抖动、软化和倾斜。随着那片泥地坍陷出了一个黑森森的洞，周围的泥土，包括薛闲脚下的这些，都开始接二连三地朝那方黑洞里滚落，活似平地里搅起了一个旋涡，不管不顾地吸起了周围的一些物事。

仅仅是弹指之间，那株枝冠垂地的老银杏便整个儿陷落进了那个黑洞中，而那旋涡还在不断扩大，拇指山的边沿开始在震颤中滚落碎石，薛闲的二轮车即便后退得很快，也难抵那股吸力。

显然，这一切动荡都是因为薛闲想要动地下的那根龙骨，而那龙骨被某个阵局给牵连捆绑住了，所以一动，整个荒村甚至更远的地方都不得安宁。

拿回自己的东西，居然还要受这种挟制，薛闲简直要气笑了。

他稍一放松，抖动的荒村和山体便略微缓和了一些，黑洞的吸力也略有减弱，泥土滚入洞中的架势也没那样惊人了，就连他那二轮车的晃动也在变小……

而当他再一收紧，龙骨蠢蠢欲动的同时，整个大地又开始剧烈震颤起来，黑洞般的泥下旋涡再度开始飞速扩张。

薛闲眉心蹙起，脸色彻底冷了下来。

他素白的皮肤衬着冷酷严肃的神色，显出了一种不近人情的漠然以及难以亲近的疏离感。比起平日里那种翻天覆地没个正经的模样，他这难得冷下来的样子倒是更合身份。

你活抽了我的筋骨，还指望我掂量着其他人的死活，这是什么道理？！

可偏偏就是因为这样全然不对等的歪理，薛闲手中的力道始终有三分保留。

就在薛闲一脸天霜地冻、风雨欲来时，身后忽然落下了一个人，即便没有贴在他背后，但他依然感觉到了陡然靠近的体温，在这湿气阴沉的寒雾中，显得格外清晰，清晰得他心尖突兀地跳了一下，而后又缓缓沉落下来。先前的怒意和烦躁被那体温一笼，顿时消散了大半。取而代之的，是一股沉沉静静的安心。

“我来。”玄悯沉缓的嗓音在他身后响起。

接着，轻薄的白麻布料从薛闲脸侧擦过，一只劲瘦的手越过他的肩头，垂下来取走了绕在他指尖的铜钱串。

薛闲略一愣怔，就听见熟悉的铜钱嗡鸣声在身后响起，一股巨大的力道猛然压在了四周的草木山石之上，旋涡似的泥洞似乎被无形之手强行钳制住了，越滚越慢，最终凝固在那里，泥石不再坍塌陷落，拇指山也被死死摁住。

薛闲下意识地仰脸看了他一眼，就见玄悯垂下目光，看着坐在椅子上的他，平静道：“我镇着，你放心取骨。”

所有的风雨欲来和霜天冻地被这简简单单一句话倏然抹平，薛闲收回目光，看着眼前深不见底的黑洞，感受着洞内蠢蠢欲动和他产生共鸣的龙骨，忽地从鼻间哼出一声笑来，和平日里的嗤笑、嘲笑、冷笑均不相同，没有什么带刺的情绪在其中，只是最简单不过地笑了一声。

他没有假客气地说上一句“有劳”，也没有道上一句谢，只“嗯”了一声，放松了筋骨道：“压稳了？我拽了啊——”

说完，他五指猛地一抓。

这回再没有半点儿保留，饶是玄悯已经用了千钧之力稳稳压住了这一片山地，也依然能感觉到大地隐隐颤动了一下。他的虎口被那股镇在下头的强力狠狠一震，裂开了一道伤口。不过他却面色不变，把控着铜钱的手指依然稳稳当当，纹丝不动。

薛闲所使的力道越来越大，铜钱的嗡鸣声越来越响，周围浮散的白雾像是被某种气吸引，在两人周围聚拢成团。

就在玄悯虎口的伤口彻底崩裂的瞬间，一声龙吟从黑洞里长啸而出。紧接着，一根森然白骨从地下挣脱，飞到薛闲手里，在触到他掌心的一瞬，犹如被火烤化了一般，一点点透过他掌心苍白的皮肤，融进了他的身体里。

那种感觉，活似有人在他掌心里点了一捧火，而后顺着他全身百脉，一路烧到了心口，又顺着腰椎直蹿入脑。

有那么一瞬间，薛闲只觉得周身血液筋骨都火烧火燎的，热得快要胀透皮骨，除此以外，他什么也感受不到，甚至忘了自己身在何处、碰见了什么样的境况，只依稀记得身边还有个可以信赖的玄悯。

直到许久之后，他才找到了可以缓解那股热烫之感的东西。

他赖在那东西上纳了好一会儿凉，热成一锅粥的脑子才渐渐清醒过来。等他终于睁开眼看清自己的境况时，才发现自己早在不知不觉中变回了龙身。从倒在草丛中的二轮车和一地狼藉的草木来看，他变得还挺急……

而那个所谓“能够缓解热烫感的东西”，不巧，正是玄悯——

变回龙身的他，此时正尽可能地将自己缠绕在玄悯身上，企图让每一处烧得慌的地方都从玄悯这天然冰块身上走一遍……

薛闲：“……”

怎么办呢，有点儿丢脸……

堂堂一条龙，硬生生活成了大型猛宠。

薛闲顶着一张生无可恋的龙脸，偷偷睨了玄悯一眼。

就见他即便身上缠了一条巨大的黑龙，依然沉静且八风不动地站在那里，双目微合，一只手行着礼，另一只手正细细拨弄着那串铜钱。不知是不是受薛闲龙骨的影响，抑或是别的什么原因，那枚铜钱较之先前有了些细微的不同。

薛闲先前借用那铜钱的灵气养过筋骨，此时和那串铜钱之间有了些隐隐的联系，像是在他和铜钱之间牵了一根丝线。

随着玄悯拇指磨过铜钱边沿，薛闲能隐约感受到那铜钱之中有什么东西正在松动，而铜钱面上也隐隐流过一些油黄的亮色，像是终于要褪去那一身暗淡的锈皮似的……

他突然想到玄悯之前提过，这五枚铜钱上各落有禁制，其中两枚已经开始松动，兴许要不了多久，趁着某个契机，就能将那两枚的禁制给解了。

看玄悯现在的模样，眼下，应该就是那所谓的契机了。

薛闲见玄悯并不为身上缠绕的东西所动，那点儿“丢人”的感觉顿时烟消云散。玄悯的体温于现在的他而言，着实舒服极了。一旦不觉得丢人了，他便扔掉了最后一层脸皮，理直气壮地挨着玄悯的身体，先把温度降下来再说。

玄悯手中的铜钱一阵一阵地颤动，每颤动一次，薛闲身上就会泛起一阵说不出的麻刺刺的感觉，像是每一片龙鳞都舒张开来，皮下灼烧的热气便自然而然地透了出来。这种和铜钱之间的牵连，虽然让薛闲有些微妙的不适应，但眼下于他是一件益事，所以他并不曾放在心上。

咔嗒——

机簧般的轻响声似是从脑中传来，处在冷热交替中的薛闲迷迷瞪瞪地睁开眼，盘在玄悯身上的巨大龙身再度蹭了两下。他懒懒地抬起头，抵着玄悯的肩看过去，就见玄悯手中的铜钱已然变了模样，其中两枚已经彻底褪去了灰扑扑的外皮，光洁油亮，透出一股充足而强劲的灵气。

不过他转而又看见玄悯磨着铜钱的手上有一道伤口，横贯在虎口处，鲜血一点点地朝外渗着，顺着玄悯的手背滑落在地，而地上已经有好几处斑驳的血迹了。

这伤口一看便知道是怎么来的，薛闲难得良心发现，泛起了一点儿歉疚之心。他想着身为堂堂一条龙，全身都是宝，比如龙鳞，比如龙涎……总之，止个血不过是举手之劳。

于是，被热气蒸熟了脑子的某人便将自己的龙涎在那伤口上抹了一道。

玄悯磨着铜钱的手指也乍然一顿，无声地睁开了眼。

这祖宗奓着浑身的龙鳞，硬邦邦地僵了好半晌，直到瞟见玄悯虎口的伤疤在以肉眼可见的速度愈合，这才缓过神来道：“看吧，血不流了，是不是得谢我？”

这话一出口，他自己先自我说服了一番，顿时觉得有理又有据，于是刚才丢了的脸仿佛又回来了，瞬间活泛了起来。

可直到这时，他才发现，玄悯睁开眼之后皱着眉在原地站了好一会儿，既没有放下行着礼的手，也没有将破了禁制的铜钱串子收起来，甚至没有瞥一眼被薛闲用龙涎抹过的伤……

这就奇怪了。

薛闲抻直了脖子，他所处的角度太高，即便为了不把玄悯活埋，变回龙身时已经有所收敛，稍稍控制了大小，但原身毕竟是原身，稍微缩了一些也还是庞然的。他琢磨了一番，默默歪了脑袋，放低了脖颈，以几乎搁在地上的姿态看了玄悯一眼。

改换了角度，玄悯的神情模样便清楚多了。就见他眉心微蹙，薄唇紧抿，双眸虽然睁着，眼珠却蒙了一层黑雾，深不见底，没有一星半点儿光亮。这使得他的目光没有落点，像是还未从某种梦魇之中醒过来似的。

更让薛闲心中一惊的是，玄悯左侧脖颈处的血脉格外清晰，像是青紫的蛛网，从下颌处一直蔓延进了外袍衣领里，在玄悯的皮肤和白如云雪的衣裳映衬下，可怖中透着一股莫名的邪性。

饶是薛闲这种流血掉肉都不放在眼里的人，看到那一侧图纹，也有了一瞬间的愣怔。他二话不说，下意识地抬起龙爪一勾，将玄悯左侧的外袍衣襟拉开了一些。

“嗞——”

那蛛网似的血脉痕迹爬满了玄悯整个肩膀，甚至还沿着肩背的肌肉纹理一路向着更深处延伸。

“这究竟是个什么玩意儿?！”薛闲爪子一掀，又将玄悯的衣襟盖好，神色凝重地嘀咕了一句。照这东西蔓延的架势，要不了多久，指不定玄悯大半个身体甚至全身都会布满这种痕迹，活脱脱从高人直接变妖人。

不管怎么看，玄悯这状态都不对劲。只是不知现在陡然将他弄醒，会不会引起什么问题?

薛闲略一沉吟，而后抬起龙爪在玄悯的眼前试探性地晃了两下。玄悯毫无反应，甚至连眼睛也不曾眨一下，漆黑的眼珠上依旧蒙着一层浓重的雾气。

方才这人是怎么睁眼的来着?

对了，应该是因为他的龙涎。

薛闲想了想，又在玄悯那愈合了大半的伤口上抹了把自己的龙涎，玄悯的手指轻微抽动了一下。

薛闲：“……”总不至于一直给玄悯抹龙涎抹到他醒吧？像什么样子！

这是什么乌七八糟的，要不是因为他了解玄悯的性格，知道玄悯向来正经从不嬉闹，他都要怀疑这人是不是在故意捉弄他了。也亏得陷入这种境况的是玄悯，若是换一个人……

薛闲想象自己要一直给人抹龙涎，就觉得脑子都要炸。

他眯着眼盯着玄悯的脸，心说你要是再不睁眼我就要给你用龙涎“洗个澡”了。

就在薛闲张了张嘴，比画着从哪个角度下手比较方便的时候，玄悯衣袍下诡邪的血脉痕迹正在淡去，如同江海退潮一般，从手臂肩背消散，再退至脖颈，最终重新凝回他颈侧的那枚小痣里。

就在那些痕迹彻底消失的瞬间，玄悯双眸蒙着的那层雾气倏然散了，漆黑的眼珠像是擦净的琉璃，瞬间有了一层光亮。

紧接着，他眉心一动，磨着铜钱的手指一收，真正醒了过来。

他神志清醒的刹那，眼角的余光瞥到脸侧有什么东西在动。他下意识地一转脸，刚巧和有所预谋的某人打了个照面。

玄悯：“……”

薛闲：“……”

默然无语了片刻，玄悯终于还是问道：“你在做什么？”

薛闲：“……”

总不能说比画着从哪儿开始给你来个“龙涎浴”吧？

不行，这种明摆着找碴儿欠收拾的话还是算了吧。薛闲戗起旁人来无所顾忌，对着玄悯还是得掂量一下的，毕竟……某种意义上，这人仿佛生来就是治他的。

这孽障脑中风云变幻了几番，最终还是干巴巴道：“打个哈欠你也要管着？”

这要是放在以往，玄悯冷冷淡淡的神色里定会透出些微“随你闹吧”的意味，可这会儿，玄悯的表情却有些莫名地沉肃，像是还未曾从某种情绪中脱身出来。

“你摆着张苦大仇深的脸作什么？方才叫你叫不动是怎么回事？”薛闲奇怪道。

玄悯垂目看了眼手指吊着的细绳，又用拇指摩挲了一番那两枚褪了锈皮变得油亮的铜钱，沉默了片刻后，将铜钱串挂回了腰间，淡淡道：“记起了一些事情。”

“什么事？”薛闲下意识地问了一句，说完他又懒懒地补了一句，“当然，老规矩，你若是有什么不想说或是不方便说的，可以当作没记起来。”

事实上，单是这么简单问上一句，对于薛闲来说已经是破天荒的了。以他一贯的脾性，旁人的事都同他不相干，尤其是私事，好也罢，坏也罢，苦也罢，乐也罢，他都生不出半点儿探究的心思。旁人乐意说他便听着，听不听得进去还得看他的心情，看得顺眼的能容忍人家多嘴两句，看不顺眼的连听都觉得费耳朵。而旁人不乐意说的，他绝对不会主动多问。

但玄悯却是个例外——对于玄悯的事情，他总抱有那么几分探究欲。上回在客栈里盘问的那番话还有些其他考量，毕竟玄悯的身份来历关系到当时他们的处境。可这次就不同了……

这次没有半点儿其他的考量，问这话，纯粹只是因为薛闲下意识地想知道，想听一听玄悯记起来的私事。只不过当他不过脑地问出口了才想起来，以玄悯的性子，十有八九是不愿意跟人说这些的，于是才又补了后面的话，算是纡尊降贵地给玄悯搭个可下的台阶。

谁知玄悯却并没有顺着台阶而下，在薛闲面前，他似乎并不打算保持那份难以亲近的疏离感和戒备感。他抬眼盯着远处茫茫白雾中的某个点看了一会儿，似是在整理头绪，过了片刻，才平静地开口道："不多，且十分零散，大部分是少年时候坐在案前抄经的场景，只是……"

"只是什么？"薛闲见他略有迟疑地皱起了眉，似乎想起了什么不那么令人愉悦的画面。

玄悯脸上露出了淡淡的嫌恶："其中有两个一闪而过的场景里，我手里拿着样东西。"

薛闲："什么东西？"

玄悯静了一会儿，道："像是人皮。"

薛闲："……什么玩意儿？"

玄悯偏头看了他一眼，沉声重复道："人皮，碎的。大不过掌心，小不足榆钱，有两片略厚，其余均薄得很。"

薛闲想过许多玄悯可能会拿着的东西，诸如木鱼、纸符、书、笔墨，再不济端个化缘的碗也是可以想象的，可人皮这东西着实有些超出想象了……

"人皮？你看清了？"薛闲问道。

玄悯点了点头。

"那……前因后果你可还记得？"薛闲琢磨着道，"兴许是你拾捡来的呢。"

不过这话说出去估计鬼都不信，人皮这东西是随便能拾到的吗？路边到处是这玩意儿还得了？但要说那人皮和玄悯直接相关联……能和人皮扯上关联，会是什么良善好事？

玄悯身上虽然有着和一般高人相异的气质，可要说他真干出过什么杀戾气太重的事情，又着实有些难以想象……

也不对。薛闲冷不丁想起刚才玄悯上半身布满血脉痕迹的模样，又想起早在很久之前跟玄悯还不曾这样亲近时，他自己还曾同江世宁说过：

玄悯身上有股说不出的气质，像是霜锋寒刃敛在了一层薄薄的素白麻之下，沉静冷淡之中透着股硬质的锐利感，在必要的时候说不定是敢犯杀戒的……

但这和杀戾气并不一样。

薛闲琢磨着这些念头，兀自出了会儿神。直到片刻后回过神来，才发现玄悯正看着他，目光里有种说不出的意味，像是在等他开口说些什么。薛闲愣了一下，换了种自然的语气，问道："那是何时的事？还是少年时候？"

玄悯"嗯"了一声。

薛闲有些纳闷儿："你确信？前因后果都不记得了，你是怎么记得是少年时候的？"

玄悯摊开了手掌："少年的手掌模样不同，况且，我那时面前的桌案上还摆着抄的经书。"

薛闲："……"

你抄经的时候捏着人皮是不是想气死谁？

不过说归说，一说是少年时候，薛闲便更没法儿将玄悯同什么杀戮之事联系在一起了。

一定是另有曲折吧？

薛闲这么想着，拖着调子冲玄悯道："与其在这里干想瞎猜，不如等你想起前因后果再说。你这刚解了铜钱禁制，就记起了一些场景，兴许再解上一枚，就又能多想起一些，五枚全解了，没准儿就彻底恢复记忆了。"

这话不无道理。他们两人都是干脆的性子，自然不会在这没头没尾的一点儿片段上耗费太多精力。

玄悯用手背拍了拍薛闲尊贵的龙下巴，道："走吧。"

薛闲愣了会儿，才想起来自己的真身还缠在玄悯身上呢，他不变回人样，玄悯也走不了。他咳了一声，招了风将二轮车扯了过来，于一片白亮之中变回人样，又穿好了衣衫，重新坐回了椅子里。

他理着衣襟袖摆时，就见玄悯朝前迈了两步，从埋龙骨的坑里翻出了几根铜钉以及数张纸符。玄悯用干净的麻布将这几样东西暂且包裹好，收了起来，这才站直身体走回来。

经历过先前的“撒手没”，回程路上，玄悯自然不会轻易放薛闲乱跑，而是稳稳扶着椅后的把手。只是目光落在虎口处时，他的动作略顿了一下。

虎口被硬生生撕裂的伤已经愈合了大半，快要结痂了，估计再过个小半日，这一块皮肤便会光洁无瑕，好似从没受过伤。

只要略动一动脑子，他便能想起来薛闲是怎么给他处理的伤口。

只是，龙涎这东西，是随便能用的吗……

薛闲理好衣衫，见玄悯迟迟没有动静，便忍不住转头催促：“你怎么还愣着？”

谁知玄悯抬起那只受了伤的手，问了他一句：“你可知道龙涎的作用？”

他神色倒是依旧清清淡淡的，但是语气却略有些古怪，似乎情绪颇为复杂。薛闲嘴角一抽，心说你这人真是哪壶不开提哪壶！先前自我说服的那一套倏然没了作用，变回人样再去想自己干过的事，真是……别有一番滋味。

呵呵。薛闲板着脸，没理也要辩出三分理来：“自己身上的东西，我为什么要去了解具体作用？

“知道差不多有用就行了，管那么多作甚，我总不至于要把自己分分切切入药吧？我疯了吗？”他嗤了一声，睨了玄悯一眼，又回过头去，手指在椅子扶手上不耐烦地敲了两下，道，“给你治个伤，不说谢就罢了，还这么多废话，快走！”

玄悯摇了摇头，放下了伤手，似是无奈道：“走吧。”显然他也是不打算再继续谈论这个话题了。薛闲十分满意。

两人很快便回了徐大善人的宅子里，他们特地绕过了正门，从侧边悄无声息地进了宅院。

原本接待来人的前堂此时已经没了人影，觥筹交错声和闲谈笑语从后堂隐约传来，依旧像是隔了一层浓雾般模糊不清。

“你们总算回来了……”薛闲他们一进东屋的门，江世宁便长长地出了一口气。

毕竟这两位祖宗一走，这屋里就不剩什么靠谱的人了，万一徐大善人他们突然转了性发了癫，那可是拦都拦不住。

“你为什么一副担惊受怕的样子？”薛闲没好气地嘲弄了他一句，“你们不出去招摇，那徐大善人自然不会进来，除非倒霉催的他刚好要来东屋拿东西。”

一听这话，屋里的人便有些好奇。江世宁疑问道：“咱们不出去，他便不会进来？对了，说起来方才隐约听见门外一阵呼朋引伴的，似乎在招呼着备酒备茶，声音应该往后头去了，好像真不记得这东屋里还有人了。”

薛闲摆了摆手：“本就不会记得……”

地缚灵毕竟不是活人，他们只对不断重复的那些面孔和事情印象深刻，对于突然闯入的外来者却颇为迟钝。就好比徐大善人他们看见薛闲一行人时，会正常寒暄闲聊，甚至让人觉得盛情难却；但他们若看不见薛闲一行人，一时半会儿便不会想起来，他们会不知不觉地忘了外来者的存在。

是以先前他们在东屋里待那么久，也没人来招呼屋里的人，但是一出屋，徐大善人的热情便上来了。

“噢，原来如此。”疤脸男他们也是一副恍然大悟的模样。

疤脸男正想说什么，却被薛闲指了一下：“你们别‘噢’，没你们的事。这里的外来者仅指我们，你们年年都来，从徐大善人活着延续到他不在世，对后堂的那些人来说，你们是居于中间的，不算外来者。他们也只是一时把你们给忘了，过不了多久就该来寻你们了。”

话正说着，便隐约听见有人声自后堂而来，离东屋越来越近。

“仁良他们呢？瞧我这记性，竟然忘了招呼老友，罪过……”徐大善人也不知在跟谁说话，两句话的工夫，声音已经到了门外。

笃笃笃——

屋里的人乍然一惊。

“仁良啊，你们在里头吗？”徐大善人的声音隔着门传来，“宴席都摆上了，给你们空着位置呢——”

吱呀——

老旧的门哪怕轻动一下，也会发出一阵令人牙酸的声响。

“在的在的！”疤脸男他们在门被推开之前转了身，老老少少簇成了堆，刚好将门外的徐大善人视线挡住，“在这里歇了歇脚，这就过去了。”

从门外人的角度，只能看见他们的背影。徐大善人乐呵呵的声音传过来：“走走走，行了这么久的路，饿了吧？快来——”

疤脸男沉沉笑了一声，应了两句。接着，戏班子的众人便一个接一个地出了门，在徐大善人的招呼下，往后堂去了。

疤脸男一直把着门，落在最后。他临出东屋前，微微偏头冲屋里道：“你们趁这时候快走吧。等晚了戏唱起来，我们也帮不了忙，想走就难了。”

薛闲本就有这样的打算，现在疤脸男他们主动引走了徐大善人，那自然是再好不过。

屋里的众人纷纷站起了身，只有那断手的乞丐有些踌躇。

“不是让我俩救人吗？”江世静指了指床榻上昏死的一老二小道，“带上跟我们回药堂吧，小心些，用衣服隔着点儿伤。”

乞丐们对视一眼，连声应和，也不再犹豫了，匆忙将那出了恶疹的三人裹好，背着跟在了众人身后。

玄悯推着薛闲的二轮车，大步朝外走时，已经出了门的疤脸男想起什么似的又回头问道：“我看得出，二位是有本事的人，方才这温村里有些动静和变化我也能感受得到……”

他朝通向后堂的门看了眼，似乎是在隔着数年的时光，听着那些早已亡故之人谈笑风生。他静了片刻之后，转回头来看向玄悯：“恕我冒昧地问一句，他们是否快要消散了？”

玄悯“嗯”了一声，淡淡道：“搅乱气局的阵已破，地缚灵自然也不会再困于此处了。”

“顶多能再撑个半日吧，到入夜便差不多了。”薛闲看了眼堂外的天光，补充道。

那些地缚灵，对江世宁他们这些外来客而言是隐患，能离多远离多远，哪怕徐大善人表现得再热情无害，他们也无法亲近起来，只能换得一句感慨或惋惜。但对于疤脸男他们来说却不同，那都是他们从小便熟识的亲眷邻里，每一张面孔，包括行走模样、谈笑姿态，都能勾起成串的过往回忆……

疤脸男神色复杂地点了点头，半晌之后，又点了点头，低声道：“也好。”

回程的路上，薛闲倒是异常老实，没招天雷云雨，也没变真龙之身，甚至没把马车送上天。唯一动的手脚就是将马车内里扩大了一圈，又招来了风，一路紧紧贴着马屁股，让马车的速度加快了不少。

江世宁对不作妖的薛闲很不适应，一路上没少瞄他，最后终于还是忍不住问了一句："你这一本正经地琢磨什么呢？"

薛闲瞥了他一眼，又瞥了一眼，"嗞"了一声，嘀咕道："对啊，你也勉强能算半个大夫啊……"

江世宁："……"能不能说点儿中听的？

见江世宁扭过头去了，薛闲一把将他扯到近处，道："我问你，你知道龙涎有什么作用吗？"

江世宁一脸古怪地看了他一眼，活似在看一个变态。

"啧——你这是什么表情？问你话呢。"薛闲不耐烦道。

"不是，我只是觉得一条龙一本正经地问旁人龙涎的作用，有些……一言难尽。"江世宁慢吞吞地道，"你自己不知道？"

薛闲白了他一眼："你闲着没事会研究自己的唾液能不能入药，入了药有什么功效吗？反正对我自己没功效。"

"倒也是……"江世宁点头嘀咕。

"况且别的也就算了，在旁人身上试两回也能知道个大概，龙涎我上哪儿试去！"

江世宁瞥了他一眼，斟酌道："最好还是别试了……"

"为何？"

"我虽然没亲眼见过谁用，但是传言倒是听过几耳朵，龙涎这东西吧……"江世宁先前还注意着压低了声音，这会儿几句聊下来，声音不自觉便恢复了正常。结果他这一句话刚起了个头，就被一只突然伸过来的手打断了。

他一脸茫然地看着玄悯突然将自己的铜钱串放进薛闲手里，又顺手给薛闲额上拍了张纸符，将他连人带椅转了个向，背对着江世宁，而后静静地看了江世宁一眼。

"虽然不知道自己哪里说得不对，但大师既然这么看我了，那我肯定是不对的。”江世宁在心里自言自语了一句，冲玄悯干笑了一下，默默闭上了嘴，转头看车帘外去了。

薛闲：“……玄悯你等着，把这破纸揭了我就打死你。”说话说一半是能憋死人的你知道吗？

可惜，这破纸一贴便是绵绵无绝期。

直到进了方家，并在其中一间厢房里安顿下来，薛闲都一动不能动。

玄悯又替他挑了个据说“灵气不错适宜休养”的角落，好在这回这人大发了慈悲，没有再让他面对着墙角……

但是朝着门也同样很丢人好吗，哪来的脸见人？嗯？

薛闲依然被气了个倒仰。

先前他和玄悯去挖龙骨时，江世宁就跟自家姐姐、姐夫解释了一番来龙去脉，江世静也知晓需要自己的一滴血才能将爹娘好好送上路，只是青天白日亡灵不宜现身，超度得等日落。

不论如何，爹娘之事于她而言都是大事。于是，日头刚压了山，她便同江世宁一起来找玄悯了。

傍晚时分，天色晦暗，房里便已然点了灯。

薛闲闭眼坐在一角，正拨着铜钱静静地养着筋骨，油黄的灯火在他身上投落下温和的光影，让他一贯苍白的皮肤都有了些浅浅的暖色。

江家姐弟一进屋便下意识地放轻了动作，好在玄悯是个干脆利落的性子，不多话也无甚铺垫，当即将江家那枚银医铃搁在了桌面上。

他从腰间的暗袋里摸出一方布包，展开后取了一枚粗细刚好的银针，递给江世静：“取三滴劳宫血。”

江世静接过银针，在灯火上微微烤了一番，而后在掌心劳宫穴处一扎，便将银针递还给玄悯。

“滴在这处。”玄悯在医铃上点出了三处地方，“由西向东。”

江世静屏着呼吸，安安静静地在三处地方依次挤下一滴血。

就见滴在银医铃上的血珠陡然一动，自行游走起来。游走至某些位置时，整个医铃会突然轻颤起来，像是在经受某种冲击。窸窸窣窣的轻响听得江家姐弟面露忧色。

直到这三滴血将整个医铃的沟沟壑壑全都走了一番，这才顺着医铃的边缘淌落在桌上。

玄悯用洗净的手取了笔，在一张黄纸上写下江家夫妇的名字，又将黄纸叠了三道压在医铃上，点燃了火。

他借了这黄纸的火将一根长香端头烧透，袅袅青烟带着一股特有的香味在屋里蔓延开来，让人心神宁静。直到长香燃到末梢，屋内的人都不曾说一句话，唯有玄悯低声念了一句沉厚的经文。

叮——

银医铃陡然响了一声，余音袅袅，听得江家姐弟均是一震。

叮——

又是一声……

“是……是爹娘吗？”江世静问出这话时，眼泪早已经落在了桌上。

玄悯平静道：“他们被困太久，已无法显出身形，只能以音传讯，同你们道别。”

净手，书帖，燃香，诵经，可送亡者往生。

江家姐弟怔怔地看着医铃，尽管看不到爹娘的模样，却依然连眼睛都舍不得眨一下……

坐在角落的薛闲无声地睁开了眼，他看着桌前虚空中的某一点，以合眼替代颔首，算是隔着十多年时光，冲这对和善的夫妇当面道一声谢——

敷在伤口上的药效用很好，烘手的铜炉也很暖和，多谢，走好。

温村的徐宅家院里，花旦小生咿咿呀呀地唱着，腔调婉转，铜锣和皮鼓恰到好处地应和着："莫使明月下山腰，从此后……"

同样的一出戏，从许多年前，一直唱到了许多年后，却无人厌烦，满院的人依然就爱听这唱词、看这把式。

旧人、旧宅、旧戏台，好像这十多年岁月从不曾流过，也没有什么阴阳两隔。

徐大善人坐在桌边，抿着茶，看着戏台上的那些离合聚散，手指在桌上轻轻点着，应和着那些轻弹慢唱。品了许久之后，他突然温声道："仁良，辛苦了……"

疤脸男是班头，不用上台。他和徐大善人坐在一张桌边，听闻此言愣了一下，转头却见徐大善人冲他笑了一下，笑里有着诸多意味，就好像……他早已知晓荒村不再、旧人已故一般。

疤脸男静了一会儿，端起桌面上自己那杯未曾动过的茶，冲徐大善人举了举，抿了一口，道："明年，我们兴许……也来不了了。"

他的表情里也同样有着诸多意味，和徐大善人的颇为相像。

一杯茶喝完，两人相视一笑，像是赶赴了一场生死无涯之约后，做了一场心照不宣的告别。

你该走了，我也一样……

天色黑尽，荒村终年不散的雾气在缓缓散开，依稀的戏腔像那浓雾一样，渐渐变淡，又缓缓传远。

"莫使明月下山腰，从此后月不暗，人不老，百年一日如今宵……"[1]

你来听，我便来唱，一诺千金，生死不顾。

---

1 莫使明月下山腰，从此后月不暗，人不老，百年一日如今宵。——引自潮剧《爱歌》

第二卷 無改

现今的方家，林林总总一共有十一二人——

老爷夫人先后去世了，如今当家的是方承、江世静夫妇俩。

陈叔算得上是管家，陈婶既是管事的又是厨娘，两人生了一对双胞胎兄弟，守着药铺前堂的门面，负责抓药记账，不过账本夜里总是要给方承他们过目的。

杏子从小没了爹娘，是被方家过世的老爷夫人领回来的，自打江世静嫁过来，便一直贴身跟着她，名义上算个丫头，实际上她跟着江世静零零碎碎学了不少药理医理，关键时候也能算个帮手。

其余几个是帮着打点杂事、采药晒药的伙计。还有几个年纪小的，是别人家送来的学徒。

不过，伙计并不时常在，有时候出远门采药，一去便是许多天。而那些小学徒也不是日日都来，他们大多都是些苦人家的孩子，除了学些技艺，家里的活儿也免不了要干。

是以这方家药铺的热闹总是在前堂门面，真正的后院其实并不多人。

今夜，大约能算得上这方家药铺后院最热闹的一天了——那些被方承和江世静领回来的乞丐将自己好一番清洗，又扭扭捏捏地换上了陈叔、陈婶给他们找来的袄子。袄子虽不是新的，但整洁干净，最重要的是没有破口也不掉棉絮。

这方家能和江家多年交好且结成亲家也不是没有缘由的，至少府内上下都一样爱操心。

陈婶看着那些乞丐手脚上破皮烂肉的冻疮，连连啧声，二话不说翻出了一些备用的暖手炉，填了炭火一个个塞进他们手里："喏——烘着，瞧这冻的呀……欸？别挠！痒也别挠，冻疮都这样，一焐热了就痒，你们在这里焐一会儿，我去给你们弄点儿药。"

这些乞丐本也不是好吃懒做的，而是家乡闹了饥荒，身上又带了伤残，不得已才沦落至此。可不管怎么说，他们绑人在先，确实没理。若是寻常人，不与他们计较已算心宽，万万没想到这方家非但没计较，还愿意帮他们治病救人，甚至把他们当成来客一般对待，简直是以德报怨了。

被陈婶这么一番安顿，这些乞丐俱是愧疚难安，先前在野外的蛮横劲烟消云散，一个个都成了笨嘴鹌鹑，结结巴巴道："别……别忙活了，我……我们早冻惯了，这冻疮也不是刚长的，随它去吧。"

约莫是在自己家里，气势便上来了。陈婶当即眼睛一横，训道："你是带伤的还是我是带伤的？你懂药还是我懂药？焐着！别撒手，我过会儿来。"

碰巧从门边经过的双胞胎兄弟一听亲娘这语气，顿时想起自己小时候被训的场景，一缩脖子便要溜，结果还没来得及转头，就被陈婶给叫住了："你俩跑什么？有鬼追着咬你们啊？过来过来。"

修平、修安兄弟俩讪讪地转回头，干笑着异口同声道："娘，什么事？刚关了铺面，还得给方少爷送账本呢。"

"账本多大？非得两个人抬着去啊？"陈婶没好气地随手指了一个，"你去弄一盏酒来，烈一点儿的，再弄些纱麻布。"

"烈酒？要烈酒做什么？爹惹你不痛快了？"被指使的弟弟修安嘀咕了一句，做兄长的那位已经拎着账本忙不迭地跑了。

"你爹有那胆子吗？"陈婶一指屋里的乞丐，叨叨说，"这一屋子的人都长了冻疮，给他们烧一烧。"

一听冻疮，弟弟的脸便有点儿绿。

他小时候皮得紧，总找碴儿跟修平干架，有一回大雪天，兄弟俩本是滚出去玩雪的，结果玩着玩着又闹起来了，打得满头满脸都是雪，最后他凭着不怕死的蛮劲，把哥哥齐脖子埋进雪里了，两手冻得通红不说，还被亲娘抽了一顿，屁股肿了三尺高，为此亲哥笑了他一个月。

可惜，一个月刚过没多久，兄弟俩都乐不出来了——两人在雪里闹了太久，回来又不管不顾地直接用热水泡了冻麻的手脚，这一冷一热的，指头上、脚跟上全长了冻疮，肿成了萝卜，一热又痒得抓心挠肺，那叫一个生不如死。

陈婶便切了姜沫子，捣出热辣的汁，搅和在烈酒里，给兄弟俩抹冻疮，修平还好，只是肿了，修安却破了几处裂口，被辣得哭爹喊娘，鼻涕泡都出来了，又被亲哥笑了一个月。

那滋味太过销魂，此生难忘，以至于修安现今听到这法子，还会忍不住龇牙咧嘴。

他趁着陈婶不注意，冲屋内的乞丐们比画了一下："自求多福。"

乞丐们："……"

清平冬日湿冷，生冻疮的人不在少数，有些人自己在家琢磨着消肿，有些人会来药铺问点儿方子，陈婶没少给人处理，早就成熟练工了。她利利索索地切了一碗姜沫子，捣烂出汁，又接了修安端来的烈酒浇进碗里，用纱麻布蘸了，一点点将那些乞丐的冻疮搓擦了一遍。

“这个好，破了口儿，疼是疼了点儿，但见效快。”陈婶这么说着，那乞丐却已经被辣得直流眼泪了。

于是这一干有着蛮脾气的人，刚进方家没过一晚，就被陈婶弄得服服帖帖的。一个个悬着沾满姜酒汁的手，泪眼汪汪地问陈婶有没有他们能帮得上忙的，干坐着着实没脸。

这厢忙活着的时候，方承、江世静那边也不得闲，整个后院唯独有一间屋子房门紧闭，半点儿声响都不曾传出来。

在这间屋里暂住的正是玄悯和薛闲两人。

方家屋宅虽不算小，但也有限，那些乞丐分了两间厢房，病者又占了一间，余下的便只有两间空屋，一间让石头张、陆廿七加上江世宁这不需要睡觉的占了，剩下的两位祖宗便只能合住一间了。

左右也不是没有凑合过，两人又是睡不睡都无所谓的人，便也没什么异议。

当然……被拍了纸符面壁的薛闲曾经想提出点儿异议，但又因为一点儿莫名的心思把这异议给咽了回去。

这约莫就是被管制多了，养出了一点儿习惯，一天没人管还怪不适应的……

自打傍晚时候超度了江家夫妇，玄悯便闭了屋门，在床榻边坐下。

从薛闲认识他的第一天起，他就不曾真正躺下睡过觉，夜里不是坐在桌边闭目养神，就是盘腿在床榻边坐下，自始至终都维持着那副霜雪不化八风不动的模样，就连闭着眼睛，也给人一种不可亲近之感。

不过薛闲自己也在借着铜钱休养脊骨，没那工夫给玄悯找碴儿添乱，于是整个屋子便一片寂静，静得方家的人都不太敢来打扰。

先前晚饭时候，江世静和方承曾来请过人，结果敲了门却不曾听见应声，差点儿以为屋里的两人出了什么事。还是江世宁借着纸皮身体的方便，从门缝里探进去了一个脑袋，左右看了一眼，出来便冲姐姐姐夫摆了摆手道："暂时别来叫门了，他们若是饿了，自会出门的。"

他不大懂玄悯和薛闲具体在休养些什么，但看着便高深莫测不宜打断，况且这两位祖宗身体本就异于常人，少一顿多一顿于他们来说并不要紧。

方家和薛闲、玄悯还不熟悉，只知道两位都是高人，而世上高人大多有些怪脾气、怪习惯，为了免犯忌讳，他们自然以江世宁的话为准。

平日里方家戌时不过便要歇了，这日人多，到了亥时才陆陆续续歇下。院子里各屋的灯火一盏一盏都熄了，细语交谈声也渐渐小了，最终变得满院静谧。

薛闲睁开眼的时候，三更的梆子已经响过了一阵，宅院各屋的人都沉在梦乡，只能听见一些依稀的鼾声。屋里灯油烧了大半，灯芯许久未拨，显得火光昏暗。

不过他睁眼并不是因为鼾声吵人或是油灯将枯，而是因为额上贴着的纸符莫名地发了烫。

因为融了一根龙骨，薛闲自己本就有些烧，而贴在他额前的纸符却比他还烧得厉害，烫得连他都觉得有些灼人了。他"嘶"地轻抽了一口气，皱着眉朝玄悯看去，轻喊了一声："玄悯？"

玄悯没应。

"玄悯？把这破纸揭了，大半夜的我也作不了妖。"薛闲忍着额前的灼烧感开口说道。

却依然无人应答。

“玄悯？”薛闲觉得有些不对劲了，连喊两声后，又叫了一遍，“玄悯！别装死了，我知道你没睡。”

他借着昏暗的光，瞪着床榻边坐着的人，等了片刻，却依然不见玄悯有丝毫动静。

“你没事——”一句话还不曾说完，薛闲便觉得额前灼烫的纸符陡然一松，居然就这么轻飘飘地从他鼻前掉了下来，落在了地上。

纸符一落，薛闲便能动弹了。他也顾不上其他，连忙操纵着二轮车匆匆挪到床榻边，试着碰了碰玄悯搁在膝上的手。

结果他刚抓住玄悯的手指，就被烫得一惊。

是的，那纸符是玄悯所制的，出现异样自然跟玄悯脱不了干系。

“喂，玄悯？”薛闲探了探玄悯的脉，发现脉象又急又重，莫名地让人有种焦灼不安之感。

难不成又是那痣出了问题？

见识过玄悯的几次异状，薛闲几乎是下意识地要去看玄悯颈侧的那枚小痣。但屋里灯火过于昏暗，那小痣出了什么状况着实让人看不清楚。薛闲不得已凑近了一些。

那枚小痣倒是没蔓延出什么血丝，但薛闲却有些不自在了——

因为玄悯的体温着实太高了，凑近之后，他颈窝皮肤上蒸腾出来的热意不可避免地烘着薛闲，带着一点儿微微的汗，让本就燥热难耐的薛闲更热了一层，直冲头脑，蒸得他脑中莫名地有些发空。

不过高人就是高人，即使周身烫成这样，单单看脸却看不出丝毫端倪。

玄悯神色未变，和傍晚合眼时一模一样，若不是薛闲能摸到他急促如擂鼓的脉，能感受到他不断散出的热意，说不定会被他沉静无波的模样给骗过去。

不知是因为薛闲身上的热意影响，抑或是别的什么，玄悯的脉越来越重，颈窝间的潮湿也越蒸散越多，薛闲懒懒地看着玄悯静静合着的眼，也不知是中了哪门子邪，居然有些不想动弹。

就在他热意熏脑的时候，他按着玄悯腕脉的手指无意识地动了一下。

玄悯重如擂鼓的脉跟着一跳，他半睁开了眼，偏头看向薛闲。

后院外的街巷里，不知哪里的猫闹起了觉，长长地叫了一声，在夜里显得格外清晰，活似就蹲趴在床边叫唤似的。

玄悯似是被这猫叫声彻底吵醒，从薛闲身上收回目光合上眸子，过了许久才重新睁开，冲薛闲道："坐远一些。"

薛闲含糊地应了一声，从他脉上倏然收手，默默驱使着二轮车来到桌边，背对着玄悯拨弄灯芯。

过了一会儿，那一豆火苗变长了一些，整间屋子骤然亮堂许多。薛闲转过椅子，这才借着亮堂的火光看清了玄悯现在的模样——

他身上薄薄的一层衣衫已经被汗浸得潮湿，肩背、手臂的肌肉轮廓半隐半现，着实不会舒服到哪里去。

看着他这一身汗湿，又想到刚才他异于平常的体温，薛闲难得为人着想了一回，问道："我去给你弄些水来，你清洗一下？"

以玄悯受不了一切脏污的脾性，对这一身湿汗必然是难以忍受的。但是薛闲只考虑到了这一点，却忘了旁的。比如清洗总是要脱衣的，再比如这屋里可不止玄悯一个人。

玄悯兀自坐着，闻言沉默了一会儿，睁开眸子扫了薛闲一眼，又淡淡地闭上了，道："不必，你坐远些便行了。"

薛闲没好气道："……我这是多讨你的嫌，再远就出屋了。"

玄悯眼也不睁，在薛闲挪回"灵气充足的墙边"后，才沉沉开口道：

“不是。”

这没头没尾的一句，天知道他这“不是”在答什么。

薛闲坐着的地方在床侧，从他的角度能看见玄悯的侧面，还被床帐挡了大半。他手肘搁在这二轮车高低刚好的扶手上，指关节松松地支着头，懒懒散散地倚在座椅中，另一只手无意识地拨弄着那串铜钱，拇指在铜钱的边缘有一搭没一搭地摩挲着，目光一会儿落在微微抖动的油灯上，一会儿又落在玄悯身上。

好好的，怎的就突然这样了？

夜里过于安静，时间的流逝便显得格外缓慢，薛闲百无聊赖地琢磨了一番，突然想起了玄悯虎口上被他用龙涎抹过两回的伤，以及江世宁没说完就被玄悯打断的话。

薛闲：“……”

他算是明白江世宁为何让他别乱用龙涎了，可这提醒着实晚了一步。

他在心里干笑两声，默默坐正了身体，显出一本正经的模样，好让自己不那么像始作俑者。而后也不再盯着被坑的玄悯瞎琢磨了，而是做贼心虚地闭上眼，捏着铜钱老实休养去了。

这一夜的休养着实和以往不同，兴许是又拾回一根龙骨的缘故，又兴许是因为玄悯的铜钱有两枚已经解了禁制。

先前他只能感觉到缺少筋骨的地方有隐隐的酸胀热意，能感受到断骨处十分饱胀，似乎要往外抽节。而现在，血脉里奔涌的热胀感和先前融进体内的龙骨陡然间有了鲜明的去向，它们在断骨处聚拢，就像是断骨的延伸一般，从那处凝出了一道丝。

那道丝仿佛是活的一般，随着薛闲不断凝神聚气，那道丝也在缓缓地、一点儿一点儿地伸长，只是这过程极度耗费心力，一晚上的工夫，断骨中的丝才抽了一小半，而薛闲却好似耗费了半月的心力一般。

到天蒙蒙亮，方家众人陆续出屋门的时候，薛闲已经撺掇了不用睡觉的江世宁，打算去找间食肆弄些吃的。

“阿宁，薛……公子，你俩做什么去啊？”江世静梳洗过一番，正打算弄些药汁给那三个出疹子的乞丐，见到这两人朝后门走，便叫住了他们。

“去趟荟萃居。”江世宁对清平县出名的酒楼还是知晓的，勉强能给薛闲带个路。

“荟萃居？”江世静奇怪道，“大清早去荟萃居做什么？早点陈婶已经在准备了。”

江世宁摆了摆手：“这祖宗可挑嘴了，他可不分早点晚点的，只吃肉，还得是大菜。”

“这个时辰，就是去荟萃居订肉菜，也得等人家做呀。”若不是薛闲和玄悯，方家夫妇俩说不定还在那温村耗着呢，弄不好死活都不知，所以方家上下对薛闲和玄悯都存着既敬畏又感激的心，恭恭敬敬地喊声“公子”都觉得怠慢了，又怎么可能任由薛闲饿肚子？

她说这话的时候，陈婶刚巧从灶间出来，两人对视一眼，陈婶一拍巴掌：“荟萃居的那些招牌菜陈婶我都能做，薛少爷你想吃哪样尽管说，我手脚够麻利，保管一会儿就凑一桌。”

江世静也点头道：“过会儿让杏子给陈婶帮个忙，你们昨儿个饭菜也没顾得上吃，这会儿能不饿吗？”

在人家家里，薛闲自然不会那么肆无忌惮地点上一大桌，于是他难得好对付地说了句：“那就有劳了，随便弄些，有肉就行。”反正他不吃草。

不过……

他左右看了看，冲江世静和陈婶道：“可否劳驾备些热水？那谁……玄悯昨夜烧了一身汗，得清洗一番。”

“烧了一身汗？”江世静和江世宁姐弟俩一听这话，骨子里的大夫病就犯了，近乎异口同声地问道，“可有别的反应？头疼吗？犯不犯恶心？”

别的反应……

薛闲干巴巴道：“没有，以他那身骨也不大会是受寒受热，兴许修炼岔了走火入魔呢。”

江家姐弟：“……”走火入魔听起来比头疼脑热严重多了啊祖宗！

但是想起“高人总有些高人毛病”，江家姐弟又觉得自己或许确实不方便多问，于是暂且听了薛闲的话，让人先去备热水了。

之后，薛闲跟着江世宁一顿转悠，又跟着陈婶一顿转悠，最终被陈婶请出了灶间，默默回客堂桌边待着等饭吃了。

江世宁一看见药便闲不住，跟着姐姐去备药了，客堂里只剩下看账本的方承和薛闲两人。

薛闲兀自琢磨了下，还是开口冲方承道：“请教个问题。”

方承捏着账本的手一顿，连忙道：“不敢当不敢当，有什么尽管问，知无不言言无不尽。”

“龙涎听说过吗？”方承不是江世宁，他不知道薛闲的真身是龙，薛闲问起这事来便不用多顾及脸面，“有什么功效？若是用在寻常人身上，有什么害处吗？”

方承茫然地看了他一眼，道：“听是听过，见是肯定没见过。功效嘛……都存留在传言里。”

“传言里怎么说？”

“就……姑娘碰到了龙涎，便怀孕产子了。”方承大约是个不会说故事的，干巴巴的一句便讲完了。

薛闲：“……”

这乐子有点儿大。

方承又道："医家传言里提到龙涎倒是没那么玄乎，多是说治伤治病有奇效，能解百毒，只是过于阳盛，常人恐难承受之类。不过这些也仅止于传言，真有如此神药，有生之年能见一回，也是死而无憾了。"

薛闲："……"

他虽然昨夜就猜到了大概，但这会儿听人说出来，那又是另一番滋味。

以至于他二话不说便去院子里揪了江世宁道："打个商量，今晚我同你换房待着吧？"

江世宁："……不，跟大师住一屋，一晚上就够我奔赴黄泉了，说好的多留两日让我陪姐姐把寿诞过了呢？"

薛闲又道："那行吧，不换就不换，加我一个，反正我不占床位。"

江世宁干笑一声："石头张能被你惊尿了床，你说廿七会不会疯？"

薛闲："……"

"你又惹着大师了？"江世宁觉得自己一分钱没领，还得操着老妈子的心，着实折寿。噢，错了，他已经无寿可折了。

薛闲面无表情地抬手用拇指食指比了个缝："给他找了一点点麻烦。"

江世宁心说：得，肯定是个棘手又难办的麻烦，决不仅止于一点点。

两人正说着话的工夫，后院门被人推了开来，两个药郎打扮的年轻人背着药篓子进了院，看到江世宁他们愣了一下，又冲从灶间端了菜盆出来的陈婶打了个招呼："陈婶，早，做了什么那么香，可饿死我俩了。少爷少夫人呢？"

"少爷少夫人都忙着呢，去把药篓放了，把手脸洗了，过会儿开饭。"陈婶应一句。

"哎——原本昨个儿傍晚就能回来，结果在路上碰着马队了，清了路，这才晚了一夜。"这俩是方家帮忙的伙计，一边放着药篓，一边同陈婶说道。

“马队？什么马队？”

“官府的马队。”药郎一说到这事儿，语气顿时变得神秘起来，“咱们县这疫病不是报上去了吗？朝廷派了驱疫傩仪的官马队来，算算今早该入县城了。你猜猜派的是什么人？”

“傩仪？”陈婶一愣，“难不成……”

药郎一捶手：“据说是国师直管的那些，官名太多，我也叫不上来，反正据说平日都是跟着国师的，大约是少有的见过国师模样的人了吧。”

第四章 太常寺

清平县郊车马道上，一条长长的马队正浩浩前行，只是这支队伍的穿着打扮颇有些少见，均是宽袍大袖，前胸后背各绣有狰狞的凶兽图案。可除此以外，整个袍子便是一水儿的白，被马儿奔跑中带起的风撩动，袖摆如云，又显出一股凶煞与洁净相糅杂的美感。

马背上的这些人，单看衣袍身板，看不出年纪大小。他们似乎常年受着各种仪态上的约束，乍一看均是克谨板直的。至于面容……他们人人都戴着一张古朴的兽脸面具，所以也无法看清面容。

长长的马队有百十人，两列并行，中间夹着三辆马车，门帘紧闭。三辆马车的两边都支着一杆高旗，前后共六面，墨黑底面隐隐绣着繁杂的纹样，乍一看分辨不清，须得在日光照耀下，才能依稀看出些丝线轮廓。在黑旗正中，两个大字如盘龙曲蟒——太常。

前朝时候，太常执掌天地鬼神、凶吉阴阳之礼，设太常寺卿、少卿统管一干事务。自打太常到了国师手里，这些人的职权便十分有限了，太常寺卿成了国师的副手。而当朝国师年纪大小，已无人能说清，他身边的副手也已然换了好几任。

据说国师除了每隔数年会挑一两名有灵性的孩童回去教养之外，还会挑一批资质上乘的童男童女，交由太常寺教导，养至十来岁时，便作为执行傩仪的侲子，侲子最大的不能超过十六岁。等到他们过了十六，当中的一部分便会转而承领太常寺的其他职位。

是以整个太常寺，尤其是近两任内，上到太常寺卿、少卿，再到太祝、太卜一干人，下至侲子等，几乎都与国师渊源深厚，算是半个弟子也不为过。

这一行人在岔道口兵分两路。其中二十余人带着一辆马车往县内主城区而去，这是奉命驱疫的队伍；另外的一百二十多人则拐上了另一条绕山而行的道，领头的两位腰间除了各有一串油黄皮面的铜钱外，还坠着个带穗儿的玉牌。

玉牌上镂雕的图案有所区别，左边那人玉牌上镂着一只玄龟，龟背上立着一只长羽鸟，两者圈围着两个小字——太卜。而右边那人的玉牌上则镂着一只长角的兽面，兽面上悬着一枚小巧的八角铃，二者之间同样圈着两个小字——太祝。

太卜和太祝分属太常寺下，太卜掌阴阳卜筮，而太祝掌祭祀傩仪。

马队刚走上山道，挂着太卜玉牌的领头人便抬手示意了一下，整支队伍也不曾冲乱，而是静静地停了下来。

太祝转头看他，从面具透出的目光里含着一丝疑问：“怎么？”

这人语气虽然沉稳，但音色却很年轻，听起像个二十岁刚出头的男子。

“我再确认一番方位。”太卜应了一句，声音是女子的，同样年轻，音色干净温和之中透着一股利落。

她一边答着，一边摘下了脸上粗犷古朴的兽纹面具，露出和面具截然不同的清秀面容。单看模样，她应当比声音所显露的更为年轻，兴许只有十七八岁也说不定。好在她有着秀致的双眉和一双乌黑如墨的眸子，将她过分年轻的气质压得沉了许多，透出一种安静稳重之感。

太卜之位同其他略有区别，因为所掌之事不论是占卜或是解梦都同天分相关，故而能当太卜的大多为资质特别的有缘之人，无关乎男女老少。又因为女子在这方面多比较灵敏，所以近几任太卜里女官占了多数。

太祝点了点头，赞同道："也好，确保万无一失，毕竟是和天灾人祸息息相关的，若是错了，回头可就不好交代了。"他说着，颇为忌惮地竖起指头朝上指了指，"那位一定不会高兴。"

太卜瞥了他一眼，转而又去细细地看着天际的云层，道："国师向来就事论事、赏罚分明，何来高兴不高兴一说。况且即便回去也见不到，你想多了……"

"你这丫头，欸，我就这么随口一说，能否别这么一本正经的？"太祝没脾气地说道。

"不能。"

太卜神色不变地顺口答了一句，边说边摸出草结、龟壳以及一张带着竹叶味的纸。她将纸小心展开，上头的墨迹早已干透，看得出是许久之前写的。内容只有寥寥数字，十分精简，落款处是一方红印，印上只有简简单单的两个字——同灯。

她确认了一遍纸上提及的地点，又小心地将其叠好收起。而后将先前摸出来的草结和龟壳在掌心排列好，一边拨弄，一边冲身边人道："谨言慎行，尤其别在我面前妄议国师，兴许我一个不乐意就跟你翻脸了呢。"

太祝摇头无奈地一哂："你又给我乱扣帽子，给我挂一身的胆子我也不敢妄议啊！"

虽说太常寺上上下下皆与国师渊源不浅，但多少仍有些区别。

就好比并肩的这两位，十多年前，他们是被国师一并领回来的，一并在太常寺经受教导，慢慢长大，从侲子到常事再到如今的位置，经历相仿，年代无差，太祝对国师是畏多于敬，而太卜却是崇敬多于畏惧……远远多于。

太卜专心卜算，没再理他。

片刻之后，太卜盯着手中的草结，又看了眼天际，轻轻“咦”了一声。

“‘咦’什么？别是走错了方向吧？”太祝转脸问道。

太卜微微敛起了秀丽的眉，迟疑了许久，嘀咕道：“我算到……可是不应该啊！”

“你这丫头别总半句半句地说话，说全了，算到了什么？”太祝跟着她看向那片天际，除了一大团阴沉沉的云，什么名堂也不曾看出来。他又盯着她掌心的草结，除了那草结散了毛，显得有些旧了，同样看不出任何别的问题。

“没什么，只是算到了一个不应该出现的人正身在清平县，可是不可能的……”太卜缓声解释着，又兀自摇了摇头，“罢了，本也只是察觉很相像，不能确定，应当是我弄错了。不管这些，正事要紧，方位我已经确认过了，沿着这山道一路朝西南走。”

“到哪儿落脚？”

太卜又看了一眼，道：“看见那边那座活似簸箕的山不曾？向着那里去。”

太祝抬手冲身后的马队示意了一下，一夹马肚，道：“出发。”

而此时的方家后院里，众人正说着另外的事——

起因是江世静帮那三名昏沉不醒的乞丐退烧时发现，其中一个看起来仿若瘦猴的小乞丐居然是个小姑娘。

“这就有些可惜了……”江世静抬手在左脸颊比画了一下，道，“那两个一老一小疹子都还停留在脖颈往下，可那小丫头左脸上有一大片，这疹子可不仅仅是破皮流血，那是要烂肉的。那些已经坏了的皮肉得清理掉，即便以后愈合了，那丫头的脸……”

众人都见过那疹子吓人的模样，也都看过那小乞丐的伤势程度，自然能想象到日后这小乞丐的脸会留有多大的伤疤，基本上半张脸就毁了。这孩子终究还小，这么点儿大就形容可怖，以后可怎么办？

爱操心的性子可谓是江家祖传的，江世静为这非亲非故的小丫头直犯愁。

薛闲原本正滚着椅子从旁路过，听了江世静的话停住了动作。

对他而言，面对可做可不做的事情时，凭依的大多是心情。陈婶是个有真手艺的，早上一桌硬菜让他吃得十分满意。人一旦吃饱喝足，心情便会舒畅不少，连捅的娄子都能暂且忘一忘，甚至连玄悯出了屋正朝这边走来，他都没注意到。

他向来不爱白吃白喝，但当面掏金珠又似乎把人家这里当客栈了。他正琢磨着还点儿什么时，就听见了江世静的话，心里顿时有了主意。

“那丫头的脸，我倒是有些法子。”薛闲顺口接了一句。

众人俱是一愣，转脸看他：“什么法子？”

他能给江世宁这样无所凭依的人弄个纸皮身体，自然也有办法给那小丫头脸上做些文章，只是……

“我也不能凭空给她变出些皮肉来，所以须得弄些东西替代。”薛闲简单解释了一番。

江世静也不是个笨的，还有江世宁这有过经验的人在旁提点，于是三言两语便商量出了眉目：“替代的东西……能合上人脸的……唑——面具可行吗？”

石头张捧着碗在旁边举了手：“这个我会雕！保准给她雕个富

贵的！”

滚犊子。

薛闲没好气地瞥了他一眼：“吃饭都堵不上你的嘴，你见过人脸上长花开富贵的吗？”

石头张默默扒饭。

“我说的是易容会用的那种。”江世宁也被石头张弄得哭笑不得，连忙解释了一句，“能贴合脸，只是面具毕竟是面具，最后还得依赖你了……”

说着他看向薛闲。

薛闲点了点头：“我指的也差不多就是这种东西。”

“可是……谁会？”江世静颇有些尴尬地问道。

石头张连忙咽下嘴里的饭，道：“我会。”

“你真会？你不是雕石头的吗？”薛闲颇为怀疑地看着他。

“有些东西是互通的。”石头张晃了晃自己的手，“我曾经见别人做过，况且我手巧啊，能做得细致。”

看见一个发福又略秃的矮胖子用这么嘚瑟的语气说自己手巧，真是十分辣眼睛。不过在座的其他人也确实没他手巧，更没亲眼见过易容术，于是这事也只得落在他手里。

石头张也不耽搁，立马说明白了自己需要的原材，又去仔仔细细地洗了手。

这期间旁人也不曾闲着，陆廿七大清早便独自窝在院子的一角，一手摸着当初石头张被绑时用来蒙眼的黑色布条，另一只手扶着木枝在地上涂涂画画，画完兀自琢磨一会儿，又全部抹掉重来……

石头张要的材料倒也不算多，好在方承家别的不说，原材料还是不缺的，尤其是跟药有关的。除了最特别的一味，其余的倒是早早就备好了。

“还差什么？”江世静问了一句。

石头张咳了一声，牙疼似的哼哼道：“胶。”

“什么胶？”薛闲突然回头。

石头张破罐子破摔道：“龙胶。”

“……”薛闲疑惑道，“龙胶是个什么玩意儿？我怎么不知道？”

“就是龙皮熬出来的胶。”石头张觉得说完这话，自己小命就不保了。他默默打了一下自己的嘴，心说：让你瞎揽活儿！作死了吧。

薛闲脸一黑：“放屁！哪个不要命的敢用龙皮熬胶，拎出来我认认！”

“也不是，就……就是那么个叫法。”石头张匆忙解释，“你知道的，但凡有些稀奇玩意儿，不知道由来的，就喜欢起个特别大的名字，十有八九都爱往真龙身上贴，其实压根儿不是。那种胶啊，就是从西域商人那边传来的，应当是用兽皮熬的……”

薛闲听见龙皮龙骨之类的就要炸，二话不说拍板道：“用什么来路不明的胶，拿猪皮熬去！”

“好嘞。”祖宗说什么就是什么，石头张一点儿意见都没有。

薛闲刚气势汹汹地说完话，转脸就见玄悯站在他身后。他默默和玄悯对视了一眼，扭头忙不迭滚着椅子风驰电掣地跑了。

玄悯：“……”

事实上猪皮熬出来的胶也不错，就是火候时间得把握准了，早了晚了都不宜。

石头张守在锅边等着，估摸着差不多了，便要捞胶，结果被旁边伸来的一只手按住。

他一看那雪白袖子就知道手是谁的了，当即恭恭敬敬回头道：“大师。”

玄悯也不多话，只瞥了那锅一眼，道：“再熬一刻。”

石头张一愣：“大师也会做那种面具？”

问完这话，石头张就有些后悔了，因为他觉察到玄悯动作一顿，眉头深深地锁了起来。

石头张：“……”我就是随口一问，真的不用这么仔细琢磨啊大师……

他默默扭头，和缩在炉膛边看火的江世宁对视一眼，用口型问道：怎么办，我好慌。

江世宁一耸肩：自找的。

石头张再回头时，玄悯已经收回了手，正蹙眉看着锅里的猪皮胶，一副若有所思的模样。老实说，他这一身白衣看上去不沾半星尘土，着实跟着灶间的烟火气不相称，往炉膛边一站，连火都似乎畏畏缩缩地变小了一些。

石头张想象不出玄悯所思的究竟是什么，但单从神情面色来看，应当不是多么令人愉悦的事情。于是他也不敢在这当口儿出言打扰，委婉地将这尊大神请出去，只得和江世宁两人大眼瞪小眼地干等着。

好在玄悯虽然有时候不通人情，但较之薛闲那种故意找乐子的脾性还是好很多的。锅里的猪皮胶被熬煮得发出汩汩的声音，将玄悯拉回了神。他也没再多言，只又瞥了一眼炉膛，道：“火过小了。”

说完也不看石头张和江世宁一眼，便举步出了灶间。

雪白的衣袍下摆从门边一扫而过，没了踪影。

石头张长吁一口气：“憋死我了，年纪大了，果然受不了惊吓，我这心脏跳得那叫一个快哟……”

江世宁偷偷缓了口气，一声不吭地往炉膛里添草。

“不过这大师也确实是厉害啊，怎么什么都会呢？”石头张想起这点儿还是有些稀奇，“就好比这玩意儿——”

他冲锅子里的猪皮胶努了努嘴：“就这种面具，咱这一带没人琢磨这个。我还是有一回被一个大老爷带去凉州那一带才因缘际会见识过一回，那边靠近关隘，人杂事多，有些人为了保命，得学点儿这种手上功夫。就这些东西，没些个年头和阅历都攒不下来。不是我说……这大师年纪轻轻的，就算能耐大，但年纪在这儿，跑过的地方、碰过的人终归有限，他那些肚里货都是怎么攒的？”

其实别说石头张了，江世宁有时候也会有同样的感慨，总觉得玄悯所表现出来的见识和沉稳已经远远超出了他这年纪应有的状态……

石头张这中老年男人别的乐趣没有，说起这种探人经历的事情倒是有八个头的劲，他探头看了眼院子里，又压低声音道：“就那位姓薛的祖宗，碰上这大师，有时候还莫名占着下风呢，就好比今天，我看那祖宗似乎在绕着大师走。哎你想想，一个二十啷当岁的人，能治住真龙？真龙啊，那得多大年纪！”

这碎嘴子絮絮叨叨个没完，活似长了八张嘴的秃毛麻雀，他这么说着，还又嘀咕了一句：“哎对了，那祖宗多大年纪来着？”

江世宁揉了揉被他说得嗡鸣不断的耳朵，没好气道：“鬼都不知道。”

虽然石头张不明白为何玄悯会知道怎么做这种面具，但还是严格按照他所说的，将火弄旺了一些，又等足了一刻之久。

他将那胶捞出来，捧着滚烫的碗呼哧呼哧地跑进了院子里，“咣当”一下将碗放在桌上，捏着耳朵直跳脚：“好了好了，其他材料呢？”

方承将事先找好的零碎材料全搁在了桌上，该剁的剁碎了，该碾汁的碾好了汁，碟碟碗碗的，活似做菜。

石头张也不耽搁，就地忙活起来。

其他人对此均有些好奇，但是这毕竟是个精细活儿，又怕打扰到石头张，所以大多不远不近地站着，不议论也不多问，就那么默不作声地看着。

薛闲觉得这还挺有意思的，他以往不是没听说过所谓的人皮面具，但看人亲手做出来这还是头一回。但是因为某些不方便言明的事情，他总是坐不久——

每回看到玄悯，他就滚着椅子跑远了，有时候是去前堂给那对双胞胎兄弟找事，有时候是去骚扰那些乞丐。以至于他一边㞞㞞地躲人，一边还在心里嗤道：看个热闹都看不安心！

这么跑跑绕绕的，那人皮面具的制作过程他自然没看全，等他兜了一个大圈再回来时，石头张已然完成了大半，就差模子了。那小乞丐还病在床上，半边脸上也还形容可怖，不方便碰。

这时候，石头张这手艺人的长处便显出来了。他走进去盯着那小乞丐完好的半边脸看了许久，似乎记下了她脸颊的每一处细节，而后又盯着那毁了的半张脸虚虚比画了一番。

再出来时，他已然胸有成竹地动手调起了模子……

这大约是最费神也最耗时间的工序了。

过了许久，石头张才揭出了成品，只是这成品和薛闲想象中的不同。他本以为该是完整的一张，谁知却是分开的两片，一片略厚一些，有些弧度，另一片则薄如蝉翼。

“怎么是两片？”薛闲忍不住停了椅子，出声问道。

石头张解释道：“做这种面具，宜增不宜减，比方把瘦的填胖一些，鼻梁矮的填高一些……那丫头脸上破皮缺肉的，太不平整，需得填平整了。这张厚一些的，便是把她缺的那些填上，薄一些的，是将填上的部分和其余皮肤衔接上，相当于填一块再罩一层。”

薛闲一边听他说着，一边盯着他手里的两块面具，颜色质地都被石头张百般调磨过，乍一看，简直和真的人皮一样……

等等——

真的人皮……

薛闲猛地转头，二话不说滚着椅子来到玄悯身边，一扯玄悯的袖子，将他扯得半俯了身："玄悯，你看石头张手上拿着的，跟你上回在温村想起来的像不像？你说你想起的那些少年时候的场景里，有两次手里拿着人皮，会不会就是这东西？"

他虽然是问话，但其实心里有着七八分肯定，毕竟一个十来岁的少年，尤其是像玄悯这样性子的少年，好好的怎么可能将剥下的人皮捏在手里？就他那沾点儿血都嫌脏的毛病，有可能吗？

但是人皮面具就不一定了……

他问完这话，又兀自在心里一通瞎琢磨，却半天没听见玄悯的回答。等他再抬眼时，却见玄悯垂目看着他，神色看不出高兴或是不高兴，跟平日里那副冷淡模样相似，但又有一些不同。

具体哪里有异，薛闲一时也说不出，只是觉得被他不冷不热地看一会儿就莫名地心虚，十分想滚一滚身下这椅子的轮。

"不跑了？"玄悯答非所问，语气……有点儿咸。

薛闲："……"

这话问的，显得他很㞞似的。薛闲没好气地想着，嘴上却又岔开了话题："真是人皮面具？你小小年纪不好好抄经，做什么面具？"

"不记得了。"玄悯答道。

他没有否认前一句，就说明他默认了薛闲的猜想，也觉得手里捏着的那些是所用面具的部分或全部。只是十三四岁的年纪，为何要用到这种玩意儿？

薛闲眯着眼，正琢磨着，就觉得自己手里揪着的袖子被人抽走了，接着，下巴被人轻捏着转向众人围着的石桌。

玄悯的声音在身边响起："先去把你应下的事做了。"

薛闲一愣，下意识地抬手摸了摸被捏过的下巴，再转头时，玄悯已经大步流星回了屋，没有在这里继续围观的打算。不知道是不是他的错觉……

这人似乎……不太高兴?

有了一个像模像样的替代物，薛闲没费吹灰之力便在那两张皮子上做好了"功夫"。江世静照着薛闲所说的方法，在自己手背上试了一番，那两张皮子一旦贴合到皮肤上，就活似真正长在上头的一样，不论是肌理纹样或是肤色，甚至连一些自然微小的瑕疵都和真正的皮肤别无二致。

"那小丫头醒了以后给她便行，等她伤口落痂，若是她自己承受得住那便罢，承受不住，贴合在脸上便行了，不会有丝毫破绽。只要我没死，这东西效用就不会消失。"他随口交代了一句。

这下，本就对他有些憧憬的杏子乌黑的眼珠更亮了，但凡得了空闲就一眨不眨地盯着他看。连陈婶都时不时瞅他一眼，中间还半真半假地冲他道："薛小少爷看看，我这脸能捏个模吗？年轻个二十来岁行不？"

陈叔在一旁默默扭开了脸，拽着陈婶的手将她拉走了。

方家的人脾性各异，却都默契地给嘴安了个把门的，虽然看到薛闲使了些非寻常人能使的把戏，却没有一个人多问一句，算得上守礼且贴心了。

就在众人收拾了一干碟碟碗碗时，一直窝在角落的陆廿七突然朝薛闲招了招手。

"怎么？有眉目了？"薛闲问道。

陆廿七点了点头，道："我不如十九，算不出精准的时日，只能说至少昨夜到今晨这段时间，碰过这黑布的人还在我算出的那处地方，至于今夜他会不会离开，那就说不准了。”

“无妨，先去看看，能抓个正着自然是好的，抓不着也至少能确定他走不远，而且总会留下些踪迹的。”薛闲冲他挑了挑下巴，“说吧，大致是个什么地方。”

陆廿七道：“一座形状像簸箕的山。”

“形状像簸箕？”薛闲对这附近一带不算太了解，有些茫然地重复了一句。

“簸箕山啊！”悄悄盯着他的杏子从旁边冒出头，出声道，“我知道，我知道，喏——朝那个方向直走，出主城门沿着西南山道走，从林郊绕一下就能到。”

眼见着日头近午，薛闲也不想耽搁，一听这话便当即拍了板打算动身。听杏子这说法，以他们的脚程，到那里费不了多少工夫。

“快到了吧，绕过那片林郊便差不多了。”与此同时，西南山道尽头，太常寺马队领头的太祝抬眼望了眼前头的山，如此说道。

这簸箕山形如其名，坐落在一片野林之后，靠近清平县郊的小村边，向阳的那面山脚下是大片的水田，乍一看清新秀致，半隐半藏在薄薄的水汽之中。

但既然被称为簸箕，就是因为背阳的那一面有一大片凹地，凹地里常年雾瘴弥漫，浓重极了，站在山头朝下望，看不见分毫凹地里的模样。偶尔有失足滚落下去的，或是好奇心重自己摸索进去的，都再没出来过。

以至于附近关于簸箕山的传言很多，有人说那凹地里死了太多人，就是个白骨堆乱葬岗；还有人说那里头有住户，偶尔能听见隐约的人语，还会有婴儿哭声似的瘆人动静，也不知是人是鬼。

众说纷纭，却无一能被证实。

早十来年还有想不开找死的，现今是找不着这样不要命的了。以至于连传说都淡去了，平日里也少有人会谈起，年纪小的一代人除了知道有个簸箕山，且那里不能乱去，别的便不大知晓了。

太常寺一行人马蹄笃笃而行，避开了向阳面的小村落和水田，直接绕向了山阴。没走多远，就看到了簸箕山的雾瘴。

太祝再度抬手，止住了后面的人马，转脸问道："丫头，这两条道走哪边？"

眼前的两条路，一条绕过了凹地通向山侧，而另一条，则深深地隐在雾瘴里。

那雾瘴潮湿阴寒，隐约还透着股说不出的木香味，抑或是药香。总之，不论是看起来还是闻起来，都是个有毒的模样。

太卜一路上已经多番确认，此时还是又重新看了眼龟背，最终面色沉沉地一指雾瘴："确实没错，走这处。"

太祝"唉"地叹了口气，偏头冲后头的人马道："旁的不说，大家先护着脸……和眼珠子。"

毕竟都是肉体凡躯，没人会蠢到在不知究竟的情况下过于自大。

一马队的人闻言纷纷从怀里摸出了一枚小巧的锦囊，一人倒了一粒能抵毒性的丹药含在口中，又拈出了一只样式古朴简洁的香包，压在面具下的鼻前。

太卜从马背上的侧袋中拿出了一只弯月铃，银制的边沿缀着一圈小小的八角铃铛。

她抬手摸出一叠纸符，朝浓雾里撇出一张，再摇三下弯月铃，而后一夹马肚，身下的马便在细碎的铃音中平稳地朝浓重的雾瘴走去。

太卜打头，太祝紧跟其后，整支马队由两列变为一列，秩序井然地一点点走进了雾瘴中。

雾瘴里一片白茫茫，什么也瞧不见，甚至连身下的马都没了半边身子，这种前后望不着头的感觉极其容易让人感到不安和惶恐，然而太卜脸上却只见警惕不见慌张。

她蹙着秀致的眉，稳稳保持着五步一摇铃的节奏，将细长的马队带进了山坳深处。行至一半时，后头的队伍里有个年纪小的，头一回见到这种阵仗，在浓雾中有些慌神。

人一旦慌了，气息便会乱。那个少年伥子刚进雾瘴，便不小心猛吸了几口气，以至于雾瘴直接进了口鼻。

他甚至还没走出三步远，就听“砰”的一声闷响，那伥子便从马上滑摔下去，倒在地上揪着脖颈拉风箱似的喘着气。跟在他身后的人有些不忍，调整了自己的气息后，强忍着不安，抬手将那痉挛着的少年拽了起来，勉强拉上了马背。

“步调不可乱，气息调稳——”太祝的声音从前头幽幽传来，渺然如烟，简直像是身在另一个尘世一般。

可即便就是这样嘱咐着，行路过程中仍然有七八个伥子中了雾瘴，周身痉挛，嘴里大口大口地吐着血沫，很快便没了气。

弯月铃急急摇了五下，示意太卜已经到了地方。

眼前约莫是山坳中心，只是出人意料的是，这山坳中心并不如自山顶看下来的那样，雾瘴只有薄薄的一层，像是落雨天地上蒸腾起的水汽一般浅透，和前路吓人的雾瘴全然不同。而这透薄的雾瘴之中，孤零零地立着一座竹子搭建而成的小楼，小楼约莫有三层，造型精巧别致。

大约是在雾气里浸润久了的缘故，小楼的每一根青竹表面都十分水亮，显得干干净净，若不是有这毒人的雾瘴在，着实是一处闲雅住所。

领头的太卜和太祝二人盯着这小楼细细看了片刻，此时身后的人马也陆陆续续到了，将这小楼圈围在其中。要不是有面具遮挡，露出来的脸色大约一个比一个难看——

仅仅是找个地方，就已经折了几条人命进去，换谁都不会好受。

“别大意，再薄的雾瘴也是带毒的。”

太卜提醒了一干侲子，和太祝对视一眼。两人利落地翻身下马，熟练地在小楼周围挑着地点压下纸符，简单布好了一个阵。

阵成的瞬间，小楼周围的雾瘴倏然散尽，被外围浓重的那些雾瘴吸了过去。

太常寺的队伍这才纷纷收起香包下了马，跟随着两位领头仔细查看。

他们此番要来找一个人，具体是谁，他们这些做侲子的也说不清楚，因为他们只看过一眼画像。至于那人是做什么的，为何要找他，他们就一无所知了，只有太卜和太祝知晓。

“你真确定是这儿？”太祝扫了眼三层小竹楼，再次跟太卜确认了一番。

不过就连太卜自己也觉得这地方想要藏人，说简单也简单，说难也难。若是雾瘴能将人挡在外头，那这便是一处绝佳的藏身之所，可若是挡不住，便是插翅难逃了。

“罢了，先搜一番。”太祝也不多问了，给一干侲子布置了一番。

很快，两人带着五个侲子上了竹楼，目标明确直奔各间屋子，而竹楼外头，余下的百十来人马防得滴水不漏。

三层竹楼地方着实大不到哪里去，七个人转瞬便搜完了。

“怎样？”太祝从最顶层匆匆下来，手里捏着卷书，随手翻看了一番，企图找些线索，而后又摇了摇头将它顺手丢在了一旁的木桌上。

太卜站在最下面一层别致简洁的客堂里，冲着他的方向道：“一无所获。”

太祝抱着胳膊环视了一圈，最终还是道：“丫头，我倒不是怀疑你算得不准，只是……会不会漏了些踪迹线索，以至于结果受了影响？”

事实摆在眼前，太卜被问了这话倒也没恼，而是干脆在桌边挑了一个方向坐下，将草结和龟壳搁在桌面上，细细看着。

“你要不……再烧一回壳？”太祝迟疑道。

太卜摇了摇头："不用，一事一日不可烧两回，我再看看。"

不过她刚看了一会儿，又忍不住"咦"了一声。

太祝："怎么？"

"没什么，还是我先前说的那人。"太卜道，"算的时候碰巧在这镇上，一并被带进壳纹里了。"

"就是你说不可能在这处的人？究竟说的是谁啊？"太祝一头雾水。

太卜抬头看了他一眼，乌黑的眸子透过面具的孔洞显露出来，眼神显得有些疑惑不解："肯定只是生辰或命格肖似的人，不可能是我想的那个。毕竟……"

"别绕弯子了，谁？直说啊！"太祝要被她憋死了。

太卜抖出那张盖了红印的薄纸，点着印上"同灯"二字，冲他道："国师。"

"谁?！"太祝忍不住想掏耳朵，然而碰到了面具的边缘又愣愣地放下了。

太卜重复道："国师。"

"不可能，不可能，怎么可能呢——"太祝连忙摇头，"国师还在法门寺顶呢，咱们出发前还见过。他老人家正闭着关呢，怎么可能突然来这清平县，他闭关的规矩你又不是不知道，中途出来便是前功尽弃。"

太卜："我当然知晓，所以我也说了兴许只是肖似之人，不可能是本尊。不过……"

太祝摆了摆手："没什么可不过的，还是赶紧琢磨正经事吧。"

不过，话虽这么说，其实他心里却也觉得有些莫名惶恐。

就在太卜重新专心看起龟背纹路时，雾瘴远处突然传来了极为轻微的一星动静，像是有什么东西不小心拍打在竹叶上发出的轻响。

与此同时，桌上的草结莫名地一动，似是被风扫了一下，改换了位置。

太卜一把收起这些东西，二话不说匆匆下了竹楼，道：“果真有变动，立马出这山坳，再晚些人就要跑了！”

约莫一盏茶的工夫后，又有一行人站在了太常寺那批人马先前停步的路口处。

“咱们该向哪儿走？是这条看着就像要送死的，还是那条干净没雾的？”其中一个中年矮胖男人一脸丧气地问了一句。

这行人不是别人，正是薛闲他们。

过两日便是江世静的生辰，为避免事情拖延，薛闲没让江世宁跟着，而是留他在方府再陪一陪姐姐。余下的陆廿七、石头张，还有玄悯，都被他带了出来。

陆廿七是人形指南针，虽然时灵时不灵，但对薛闲这路盲来说，还是有用的。石头张认得出当初绑他的人，若是找着了，还得靠他确认，所以同样是个有用的。至于玄悯……

不管有用没用，反正得带着。

这种心理由何而来，薛闲说不清楚。大约是同行成习惯了，一日不带闷得慌。

不过，将玄悯带出来出于他某种说不清道不明的心思，但真带出来了，他又有些后悔，毕竟昨夜的事情还梗在那里，今天白天玄悯的脾气又有些怪，再加上……那方承说什么来着？

哦对，龙涎的作用不是一日两日能消的。

呵呵。

在薛闲自认脑子被门挤过的时候，陆廿七干巴巴地一指雾瘴，冲石头张道：“这种时候还用问吗？必然是哪条看上去要死走哪条。”

石头张：“这雾瘴，有……有……有毒没毒？”

陆廿七："都要死了，能没毒吗？"

石头张："那怎么走……"

陆廿七面无表情道："硬蹚。"

去你的。

石头张简直想掉头就跑了，最诡异的是，除了一股子木香，他仿佛在这雾瘴里闻到了一丝血味，还是新鲜的呢。

他当即两股战战，想冲薛闲哭一气，看看能不能勾起这祖宗一丝可怜之心。

好在他还没憋出眼泪呢，玄悯就大发慈悲地开了口，淡淡道："不必惶急——"

他边说边要伸手摸纸符，平静无波的模样倒是让石头张安心了些，毕竟玄悯向来靠谱，他说有法子，那就一定有法子能活着走过那片雾瘴。

看他摸出纸符，石头张就知道他要借符摆阵了，顿时朝旁边让开几步，不想妨碍他，还顺手拉了陆廿七一把。

结果玄悯纸符刚拿在手里，魂游天外的某人就回了神。

就见薛闲一把将玄悯的手按了回去，偏头勾着嘴角一哂："就这么点儿把戏，哪用得着那么隆重，我来。"

说着，他一拍椅子扶手，就听"咔嚓"一声轻响，狂劲呼啸的风陡然而起，如猛龙过江一般，带着横扫千军的气势浩荡朝前卷去。

呼——

萦绕了不知多少年的浓重雾瘴被这非比寻常的妖风扫荡得一丝不剩，露出了山坳间被吹得弯腰及地的层层老树，以及一条清晰的路。

薛闲转脸冲玄悯挑了挑下巴，嘴上是没说什么，脸上的表情也和他平日里懒散中透着乖张的模样别无二致，但不知怎么的，就是莫名地透着一种"你是不是该赞叹着夸我一句"的意思。

玄悯垂目扫了他一眼，道："椅子扶手裂了。"语气依然……有点儿咸。

薛闲：“……”这种天生不会看脸色说话、专煞风景的玩意儿就应该被扔进大海。

没有了那些白茫茫的浓重雾瘴，一些原本被雾掩着的东西便显露了出来。

玄悯扫量了那条路以及两旁半枯不枯的草一眼：“有人来过又离开了。”

薛闲从鼻腔里重重哼了一声算是应答。

噎人谁不会啊！

不过……有人来过？

“哪个寻常人好好的会来这种地方呢？来寻死吗？”石头张倒是听见了玄悯的话，颇为不理解。不过他说着说着便又发现了另一个重点，“等等，来过又离开了？活着离开的？”

能进这种地方绝不会是偶然进入，能不受雾瘴影响活着出来的也决计不可能是寻常人。

“难不成还有另一拨人也在找他？”石头张“啧啧”两声，“来头似乎还不简单，那人究竟惹了几家祸？但是进去了又出来，说明要么是要完了债，要么是干脆将人一起带回去算账，再要么就是要找的人根本不在……”

他不是个傻子，又爱叨叨，这一会儿的工夫，一张嘴顶了四张，把其他人所想的也一并说完了。

于是薛闲便看向了陆廿七。

陆廿七以为他要问自己算得准不准或是让自己再算算其中的变化，谁知他正要开口，薛闲又把头转开了。

就见他抬手抄了一把风，大爷似的靠在椅子里，而椅轮子则已经顺着那条路朝山坳深处滚去了。只不过一个眨眼的工夫，就滚出去四五丈远了。

他的声音也随之远了一些，拖着懒洋洋的调子，传进众人耳里："那就先将这里抄了，当真不在了再去拦离开的那拨人，拢共一人两只脚，就算骑了马也就再多两只，能快到哪里去，我睡一觉再追也追得上。"

众人："……"

总有那么些个能上天的喜欢刺激只能在地上跑的。

薛闲一人风驰电掣地行在前头，这条路除了两旁杂草多一些，也没什么旁的阻拦，估计那层雾瘴就是最大的屏障了。于是他很快便停在了山坳中心那三层的小竹楼前。

他是个万事不爱倚赖人的性子，毕竟有能力给他帮忙的人本就少之又少。玄悯这样的于他来说已经是唯一的例外了，但玄悯毕竟是个凡人，且那串宝贝铜钱还握在他手里，于是他自然而然打起了头阵。

他本意是想先来这山坳中心探个究竟，最好一并把能翻的地方翻一遍。一来若是碰上什么机关或阻碍，能顺手解决了，以绝后患；二来若是要找的人真不在，也省了那些两脚凡人来回的时间。

总之，姿态很潇洒，气势很逼人。但是……

这劳什子竹楼偏偏有三层，每层楼梯还拐来绕去，竹片又薄，偏偏还一处连着一处，牵一发动全身……

罗列如此多的缺点只是因为……某人借着风力把自己送到了楼前，又十分轻松地将椅子抄底托上了二层，可谓行云流水一气呵成。

他正打算延续着这般气势堂而皇之地进屋抄家呢，结果却发现这竹楼的破门太窄，而他所坐的椅子又有些宽，要想进去得先把门炸了，然而这门若是炸了，整个竹楼估计也塌了，碰不得也走不开……

总之，这破门就是来气他的，简直是赤裸裸的挑衅。

于是，当石头张和陆廿七跟着玄悯来到小楼前时，看到的便是薛闲面无表情支着脑袋坐在二层楼门边的情景。

“怎么？人当真不在了吗？”石头张看他面色冷冷的，不像是高兴，下意识地问了一句。

薛闲目光凉凉地扫了他一眼，惊得石头张以为自己说错了话，默默捂上了嘴。

“他还不曾翻查吧……”陆廿七倒是不怕吓地说了一句。

“为何？”石头张瓮声瓮气道。

陆廿七正要开口，却见玄悯仰头淡淡地看了那祖宗一眼，然后抬脚上了竹楼的楼梯。

两人也不再多言，忙不迭跟了上去。

玄悯没问薛闲为何坐着不动，而是自顾自地在二层相互连通的三间小屋里走了一遍，又兀自沿着精巧的楼梯上了三层。石头张他们不好干等着，也不好在薛闲面前讨嫌，便跟着他上上下下，很快便将整个竹楼翻了个底朝天。

然而，一无所获。

别说人影子了，江世宁不在，连鬼影子都见不到一个。

薛闲面无表情地看他们在自己面前来来回回地走，十分来气。

“还真没有。”石头张嘀咕了一句。

陆廿七却十分肯定道：“在的。”

他说这话的时候，林子里突然传来了什么东西扑打在枝叶上的轻响，听得众人均是一顿。

“难不成躲在林子里，趁机跑了？”石头张朝林子深处张望了一眼。

没了雾瘴的遮挡，林子倒是变得一目了然，声音也清晰得可以辨出方向。众人朝那处看了片刻，就见那处的枝冠间突然飞出来一只皮毛漆黑的乌鸦。

陆廿七突然开口道："兴许先前那拨人的想法跟你一样呢。"

石头张一愣："你是说那些人也是像咱们一样翻了一遍一无所获，刚巧听见了林子里有声音，所以……那倒确实有可能。"

"你这话……听着好像是那鸟是个成精的，在故意将人引走似的。"石头张是个胆小的，不过这也使得他格外敏感，只要听见一件事，便能拔萝卜带泥似的牵出一堆来，"咝——说不定还真是，你想啊，先前那么大的雾它居然还能待在这林子里头，难不成那雾瘴是个没毒的？可能吗？不可能，所以只能是那鸟有问题。"

陆廿七不怎么爱搭理人，也不接他这一长串的话，只清清淡淡地重复先前的话："反正要找的那人还在这里。"

"你怎的知道？"石头张转头扫了一眼，"你又算过一回了？什么时候算的？我怎的没看见？"

陆廿七受不了他嗡嗡不断的声音，摸了摸耳朵道："没算，直觉。"

旁人若是说"直觉"，薛闲兴许会让他滚一边去，但是陆廿七有些不同。体质带灵的人所说的直觉，可就不那么简单了。

薛闲瞥了他一眼，道："那你再直觉一下，那人若是在的话，该在这屋子的哪里？"

陆廿七："……"

直觉这玩意儿是说来就能来的吗？总有那么些人仗着别人不敢打他就肆无忌惮地蛮不讲理。

陆廿七无奈又克制地翻了个白眼，在原地站了片刻，最终还是抬手一指："这里。"

他所指的不是别处，正是薛闲手边的那间房。

多棒啊，又得卡在门外了。

“这间屋拢共就一张桌子两把椅子，还有一个木橱，不瞒你说，我连木橱里的抽屉都看过了，没人！”石头张没好气道。

“里头那间。”陆廿七道。

这竹楼的设计很是别致，看得出原先在这里落脚的人是个讲究的。这楼的一层只有半边有屋子，另半边则是用一根根的竹子撑起的平台，平台和一层屋子的顶组成一个足够大的平面，平面上便是他们所在的二层。

只是这一层的屋子从外头看是没有门的，得顺着楼梯上了二层的平台，从薛闲手边的这间屋子进去，而后从屋里的楼梯下去。

陆廿七所说的“里头那间”便是一楼的那间。

石头张依然没好气道：“里头那间不是也找过吗？也就一个书柜，外加一张书案，我就差没把每本书倒一倒看书页里夹没夹人了。”

薛闲手指在扶手上敲了敲：“那就把书倒一倒看看里面夹没夹吧。”

石头张：“……”

现今这些年轻人，怎么净爱瞎开玩笑，偏偏还是个骂不得打不得的。

他嘴里无声地嘀咕着，跟陆廿七一起进了屋，还忍不住回头看了眼。

若是不知道薛闲的真身，石头张还能管他叫一句“薛小兄弟”，可薛闲是龙啊，谁有那胆子称兄道弟的？叫祖爷爷都不过分，但真叫祖爷爷了又有些怪异。江世宁现在都叫祖宗，可“祖宗”这词吧，总有点儿那什么的意思，不够熟的叫了肯定要被薛闲揍的。于是石头张回回想叫薛闲，都因为称谓问题而作罢。

他想问薛闲怎么不进来，最终还是转向玄悯，道：“大师，你怎的也不进来？”

只有他和陆廿七两个人下去，还怪害怕的，毕竟陆廿七那么笃定这里还藏着人。

玄悯淡淡回了句：“来了。”

就见他站在薛闲面前，答完那句话后，便垂目看了干坐着的薛闲一眼，而后默不作声地俯身将薛闲抱了起来。

薛闲："……你干什么这是?！"

习惯了自己风驰电掣，冷不丁又要回归被人抱来抱去的日子，薛闲一口血都要吐出来了。

"别动。"玄悯咸咸地丢了一句，抬脚便进了屋。

石头张瞪着眼睛："怎么……"

玄悯根本没答话，倒是陆廿七在旁补了一句："椅子卡门外进不来吧。"

薛闲冷笑一声，正想恐吓那俩一唱一和看热闹的，结果还未开口就发现了不对劲——玄悯身上非常烫人，几乎比昨天夜里还烫，但是他的手掌却是同平日一样温温凉凉的，而且他身体都热成这样了，他却连一点儿汗也没有。

体温这样不正常，显然还是托薛闲那龙涎的福。于是薛闲心一虚，顿时便老实了一点儿。可既然是受龙涎的影响，怎么会跟昨夜区别这样大？若不是被玄悯抱着，薛闲根本没看出任何异样。

想来想去只有一种可能，那便是玄悯自己用了某种法子压住了体温，将所有的影响敛在身体里，以至于旁人不会觉察到分毫。

怪不得他这一整天语气都不太对，别说咸了，薛闲心说若是自己过得这么不痛快，能用盐把招惹自己的人都活埋了。

薛闲这下彻底老实了，乖乖被玄悯抱着沿着屋里的竹梯下了一层。

正如石头张所说，这屋里布置确实简单，只有书和桌案，连椅子都没有。

玄悯一进屋子便把薛闲放在了桌案上，抽袖便走。

桌案上的油灯亮着，是石头张他们先前进来的时候点上的。油黄的火光映照着这间不大的屋子，着实看不出有哪里可以藏人。

石头张和陆廿七自然不会真去一本本翻书，他们直接略过了已经看过的书柜，沿着竹制的墙缝一点点摸着，想看看有没有机关或是暗室。

倒是玄悯，在重新查看书柜的时候，顺手抽了一本书出来翻了翻，只是这一翻，他手指便是一顿。

因为他顺手抽的这本书里有人写了些批注，内容不谈，重点在于字。

那字劲瘦有力，有一些字之间的笔画牵连十分有特点，少有人模仿得出，但是玄悯只看了一眼就能知道每一处弯折的力度。

因为这字是他自己写的。

任谁突然在一个全然陌生的地方看到了自己的笔迹，都会惊诧至极。胆小的，甚至会有种毛骨悚然的感觉。总之，在那一瞬，绝不会愉悦到哪里去。

若是在一些寻常地方也就罢了，可现今这竹楼迷点重重，甚至不像是个一般居所，毕竟甚少有谁好好的会把自己的住所安排在这种毒雾缭绕的地方。

在这里发现自己的痕迹，着实令人不大舒坦。

好在这本书倒不是什么古怪之物，只是一本不知名者手抄的游记。而这段批注所标出的原文也十分简单，寥寥几句话写了出游的人在朗州误入尸店躲夜雨，偏巧碰到了赶尸人。

而批注则更为简单，只有四个字：朗州霞山。

与其说是批注，不如说是在标注一些字词。

玄悯眉头深锁，盯着这四字批注看了好一会儿，直到薛闲出声喊他，他方有些回神。

“玄悯？你怎的半天杵在那儿不动？那书里可有写了什么？”薛闲一边支使着石头张和陆廿七，一边还能眼观六路地注意着玄悯的举动，眼见他拿着一本书册在那处站了许久，这才忍不住问了一句。

从薛闲的角度只能看见他的侧脸，这油灯并不亮堂，在玄悯的眉骨下投落了深重的阴影，勾勒出了眼窝和鼻梁间英气的轮廓，却也将他的神色衬得格外沉肃，活像见了鬼。

这模样在玄悯身上可不多见，不把他叫来好好看两眼着实有些亏。薛闲这么想着，便闲不住嘴地又叫了玄悯两声。

就见玄悯目光在书页上停留着，头也不抬地摇了摇头："无事。"

这是一个下意识回绝的举动，然而当玄悯抬头朝这边扫了一眼时，他抬手要去抽另一本书册的动作顿了一下，终究还是收了手朝桌案走来。

老实说，玄悯身上有股独特的气质，在他不言不语独自做一些事时，那种气质尤为强烈。就好似身边有再多人来往过去都与他毫不相干，有种自成一派的疏离和寂寥之感。可那寂寥又并非优柔怅惘的那种，而是邈远而森寒的。

这样的人似乎更适孤身一人站在落了雪的空古禅寺中，身后是铜和乌木灌筑而成的塔，身前是禅寺厚重的门。

门外众生满肩红尘，门里的人一身云雪。

所以，当玄悯摇头时，薛闲有种"果然如此"的了然感，但是多少还是会有些不大舒坦。而当玄悯抬头看见他便改了主意走过来时，就好像闭着的寺门突然被人从里头打开了。

这样简简单单的一个动作莫名地取悦了薛闲。

只是没过片刻，他这不错的心情便被破坏了——

玄悯将手里的书册递进了他手里，顺手朝翻开的书页上指了一下。

薛闲自然看到了标记出来的那段以及旁边的批注，只是他反复思索了两遍，也没看出这有什么值得往深了琢磨的："这批注有问题？"

玄悯："嗯。"

“有何问题？”薛闲不解。

谁知玄悯淡淡开口补了一句：“看字迹是我所写。”

薛闲：“……”

薛闲心里先是咯噔一下，转而便变得十分复杂。一方面，玄悯这样毫无掩藏的态度令他十分受用，而另一方面……这里怎会无端出现同玄悯相关的物事？

他所追查的那人与抽他筋骨之人关联莫大，天下这么大，可藏身的地方这样多，那人却挑了这样雾瘴弥漫少有人知的一处，而这样的屋子里，出现了玄悯的痕迹……

有那么一瞬，薛闲盯着书页上的字迹，脑中却是一片空茫的，心脏似乎突然落进了寒江里，激得人周身猛地发了一阵寒。

不过片刻的僵硬之后，他再度记起了那漫天金线后头的人影，那人是有头发的，而他已经同玄悯确认过，他自小便已经剃发了，所以抽他筋骨的人必然不可能是玄悯。

那便行了。

薛闲又不动声色地出了口气，书页上的字再度变得清晰起来。

“你写的又怎么了，来跟我显摆你这一笔字？”薛闲顺口嗤了一句，又随手翻了两页书。补这么一句，纯粹是想稍稍掩饰一下刚才那一瞬间的疑心。尽管刚冒头便已被他自己掐灭了，但疑心终究容易伤人。小事姑且不论，至少在这种事上，薛闲不希望与玄悯生出罅隙来。

他将书册拍在玄悯身前，另一只手比了个颇为大的间距，道：“比起我的，差了这么些吧。”

玄悯：“……”

正在搜找墙角的石头张刚巧听全了这两句，心说：世上竟有如此不要脸的人，简直让人无话可说。

更不要脸的是，那两位有真才实学的都在偷闲，居然让他一个年迈的人同一个半瞎子寻找屋里的蛛丝马迹，这跟谁说理去？

玄悯既然将书毫无遮掩地摊给薛闲看了，那自然心里是有所准备的。但他怎么也没想到，薛闲会是这种反应。

他平静的目光倒是没起波澜，只是沉沉地看了薛闲许久。

薛闲瞥了他一眼，嗤道：“仅凭这一本书，能推断出个什么？你喊一声，看这屋子答应不答应。”

玄悯：“……”

眼见着某人越说越不像话了，玄悯收了目光也不打算再搭理。他正要转身去书柜里再抽几本书册翻找一番，结果房子没应答，却有另一样东西真的应答了。

就听一阵乱七八糟的扑打声从外间传来，由远及近，很快便扑进了这间屋子。

众人吓了一跳，薛闲差点儿下意识地要招风将那玩意儿扇出去，定睛一看，却发现那是一只通体漆黑的鸟。

这间屋子占了两层，所以顶显得很高，即便扑进来一只鸟，一时也撞不到众人身上。

“这是先前林子里的那只？”石头张一看见黑鸟，便想起了先前差点儿将他们引走的那只。

薛闲目力超乎寻常，在那鸟飞扑的过程中便借着油灯看清了它的模样，点头道：“不错，确实是那只，它怎的进来了？”

他这话音刚落，黑鸟的举动便再度惊着了这屋内的人。

就见它贴着高高的房顶盘旋了两圈，似乎在找寻某个人。很快它便寻到了目标，俯冲下来又扑扇着双翅放缓了速度，最终停在了玄悯的肩膀上，用长着细细绒羽的脸蹭了蹭玄悯的脸，“嘤”地叫了一声。

石头张目瞪口呆。

陆廿七却冷不丁道："乌鸦不是这么叫的吧……"

"……"薛闲大约是最无言以对的那个。

什么叫啪啪啪打脸，这就是了。刚说"喊一声看有没有应答"，这傻鸟就来应答了。答就答吧，声音还难听至极，叫便叫吧，还非得蹭着玄悯的脸，冲过来落在玄悯肩膀上时，还扑了薛闲一嘴的毛，真是……

什么玩意儿!

玄悯也对此黑鸟的举动十分意外，只是当这黑鸟规规矩矩落在他肩上时，他正打算朝书柜迈的脚便停在了原地。

即便不翻书册他也知道答案了——禽鸟多数天性敏感，不会有哪只鸟会这样堂而皇之地落在陌生人肩上，还去蹭人的脸。

"这……这是怎么回事？"石头张已然一头雾水，弄不明白这事态发展了。

薛闲面无表情地瞥了那傻鸟一眼，冷哼一声："还用说吗？显而易见，这鸟认得他。"

"所以……"石头张喃喃道。

"所以这屋子很可能是玄悯大师的。"陆廿七冷静地补了一句。

陆廿七他们没看到玄悯拿着的书册，若是看到了，连"很可能"这三个字都不会加上。

"这就是你的屋子。"薛闲看着玄悯的眼睛道。

玄悯扫了眼肩头的黑鸟，不得不说，他向来不喜人或物贴得太近，可这黑鸟凑过来蹭他时，他却有种恍如隔世的熟悉感，且并未心生厌恶，所以他在心里也有了定论：这屋子恐怕确实是自己的。

薛闲盯着玄悯的眸子，玄悯也抬眼看了过来，目光毫无躲藏地"嗯"了一声，只是应答完之后，他却不曾将目光挪开，而是依然静静地看着薛闲。

也不知是不是错觉，那目光在屋内灯影映衬下有种沉厚之感，甚至让薛闲觉得，玄悯有些在意他的反应……

薛闲下意识地移开了目光，硬邦邦地道："这可真是一只傻鸟。"

那黑鸟张着翅膀叫了一声，探头就要去啄他。

"还听得懂人话，看来真是个成精的。"薛闲不满道，"你对着他叫的时候嘤嘤卖乖，对着我怎就粗声粗气？嗯？我看你这一身油光水滑的毛大约不想要了！"

这孽障活了不知几百年了，还爱跟鸟一般见识，也是能耐。就见他这么说着，还当真抬了手要去薅秃黑鸟的尾巴毛。

黑鸟斗不过他，叫了几声，奓着翅膀换到玄悯另一侧肩上。这样一来，两人之间便没了间隔。

薛闲收了笑，看了玄悯一眼，淡淡道："屋子是你的便是吧，你不是抽我筋骨的人，这点我确信，不过你和那人之间兴许也有关联。我希望你们是对头，而不是……一伙的。"

说这话时薛闲面无表情，玄悯也异常沉肃，以至于墙角的石头张大气都不敢喘，就连一贯不顾旁人的陆廿七都觉得这气氛叫人不那么自在。

薛闲盯着玄悯的眼睛，没错过他眼里任何一丝情绪，若是他没有看错的话，在他说最后一句时，玄悯的神色有过一闪而逝的变化。

那变化微小而难以觉察，看不出是何意味。但至少……并非无动于衷。

只是已经同行了这么久，若是玄悯对于同他为敌这件事仍旧八风不动、古井无波的话，那差不多可以就地分道扬镳了。

薛闲有些说不清道不明的感觉——挑不出错，却又似乎还差了些什么。

不过眼下也不是深挖的时刻，他收了那半真半假的冷漠表情，恢复了一贯懒懒散散的模样，冲这屋子一抬下巴："瞧你这看谁都是一身污秽的讨打脸，估计这辈子都不可能跟谁同伙，不然另一方准得被你气出血来。别沉思了，看一看墙角地缝吧，既然这屋子是你的，你的直觉总该比旁人准些。说！玄机在何处！"

这祖宗说着，还假模假样地拍了下桌案，当真装上了审人的狱卒。

玄悯："……"

某人翻脸比翻书还快的神技寻常人无福消受，即便是玄悯也有些无可奈何。

他默然无语片刻，正想开口，却见那成了精的黑鸟再度蹭了蹭他的脸，又冲薛闲粗声粗气地叫了一嗓子，而后扑到了房顶的一角，用翅膀扇了那里某根突出的竹节一下。

就听"嗡"的机簧声乍然响起，他们脚踩的地面晃动了一下，直直沉了下去。

这屋子下面别有洞天？！

薛闲耳力超常，他们刚沉到底，机簧声一停，他便听见远处的某个角落里，有极为微弱的呼吸声。

只是那呼吸声着实古怪，轻得仿佛要咽气似的，却均匀而有节奏。

那声音轻而缓地喘了三口气后戛然而止，再没有出现过任何一点儿新的动静。

“兴许就是咱们要找的人，怎的突然没了声音，别是死了吧？”薛闲眉头一皱。

他那倒霉的二轮车还在竹楼门外，眼下也没法儿自如行动，只能坐在桌案上干看着。身边的玄悯闻言倒是没有犹豫，径直朝薛闲所指之处走去。

桌案上的油灯不知怎的，自打沉到地下这层后，便陡然暗了许多，火苗只有小小的一豆，微弱得很，仿佛随时要灭，自然照不透这地下深重的黑暗。

从火光勉强能照到的地方来看，这里是一间方形的石室，宽度同上头的屋子相差无几，只是这一豆火苗的光照不到石室的尽头，是以一时半会儿也看不出这石室究竟有多大。

玄悯的背影很快没入灯火映照不到的黑暗里，他走路又向来悄无声息，以至于那一瞬间，看起来仿佛整个人都被黑暗吞噬，再无踪迹一般。

薛闲心里没来由地一紧，倒不是慌张，毕竟他这辈子也没什么机会尝一尝“慌张”是何滋味。这更像是觉察到了一些古怪……

就在那一瞬，他头顶突然再度响起了机簧声，“嗡”的一下。

薛闲眉心一跳，猛一抬头，却见一个巨大的黑影罩上了头顶原本空着的地方，随着“咔嗒”一声，严丝合缝在了一起，成了上头屋子的新地面……以及这间地下石室的房顶。

“……”若不是玄悯失忆了，薛闲真想问一句：你这破楼是建来跟人作对的吧？人还没出去呢，出入口就先封上了，这是开什么玩笑呢？

倘若不是顾及着这地方是玄悯的，他早抬手把这刚合上的房顶掀了！

不过薛闲生平见惯了惊心动魄的大场面，单单一层合闭的房顶，于他而言除了有些讨嫌，倒并不算什么大事。合便合上吧，等把该捉的人捉到了，再考虑怎么掀这屋顶动静能小些也不算迟。

于是他懒懒地收回目光，重新看向前面的黑暗中。

只是那弹指间，他陡然觉察到有些不对劲，似乎少了些什么……

是的，太安静了，就连石头张那聒噪不停的嘴似乎都闭——不对！

石头张呢？！

薛闲眉心一蹙，迅速扫视了一圈，火光所及之处连个活物都见不着，哪里还有石头张和陆廿七的影子？！

“玄悯！”薛闲冲前方的黑暗处叫了一声，“石头张和陆廿七那小子不见了。”

有那么一瞬间，他甚至怀疑连玄悯都一并消失了。

不过好在那处暗不见光的角落里传来了玄悯一贯平静的声音，只是他所说的内容就没法儿让人平静了：“藏匿在此的人也不见了。”

“你没找到人？”薛闲眉心皱得更深了。

说话间，玄悯一身白衣从黑暗中走了出来，他走回到桌案边，拿起了那盏油灯，又重新朝薛闲听见呼吸的那处角落走去。

那油灯的火苗着实有些微弱，苟延残喘地散着一星余亮，随着玄悯的步子，一点点地照透了前头的路。光亮的范围小得很，几乎只在玄悯脚下拢了个圈，看起来倒像是玄悯白袍衣摆扫亮的。

而薛闲所待的地方却越来越暗，渐渐变得一片漆黑。

他在几近伸手不见五指的黑暗里，看见玄悯停了步子，举着油灯灯盏的手来回移了两下，将那一片照了一遍——那是这间石室的顶头，在玄悯刻意映照下，两处墙角都被照得清清楚楚。

确实空无一人。

薛闲的耳力，至今还不曾出过什么差错。他能肯定，先前的呼吸声确实在这处，绝没有弄错，而且单就那气息听起来，也是个苟延残喘的，怕是跟玄悯擎着的火苗一样，满是油尽灯枯之相。

那样的人，还能在他和玄悯眼皮子底下这么快溜走?

方才薛闲还有些不确定，毕竟这地面沉得太快，而他全部注意力又被那呼吸声引走了，以至于根本没留心石头张和陆廿七。他甚至怀疑是不是这俩人压根儿就没有跟着沉下来，留在外头了。

然而现在消失的又加上了这个藏匿之人……

若是再没发现当中有鬼，那这脖子上顶个脑袋除了显高便没别的用了。

“有人为了躲祸，大约在装神弄鬼。”薛闲说着，冲玄悯所在的地方抬了抬下巴，“那处仔细看过了吗？可有什么破绽？”

没了二轮椅子就是这般不便，凡事还得依赖旁人，尽管玄悯的能耐他从不怀疑，但这么陷在黑暗里干等着别人下结论着实有些不痛快。薛闲是个闲不住的，他想也没想便抬袖在身下的桌案边一拂，整张木质的桌案便猛地一抬。

眨眼间，薛闲便连人带桌“咣当”一声重重落在了玄悯身边。

这般大的动静，薛闲却依然稳稳坐着，托着桌案的风扑向墙角时，撩起了玄悯的袖摆，又被落地的薛闲倏然一收，石室便重归于静。

玄悯举着灯盏，状似对他颇为无语，不过也不曾多说什么，只用灯火细细地照了一遍墙角以及地面，连一点儿蛛丝马迹都不曾放过。

“这里有一滴血。”薛闲一指墙角旮旯里贴着缝的一星小点，说道。

玄悯闻言细看了一眼，又倏然想起什么似的转身朝对应的另一处墙角照了照：“这处也有。”

他冲薛闲抬了抬手，示意他稍等片刻，独自举着灯盏大步流星地去了另一头的墙角，扫了一眼后，转头冲黑暗中的薛闲道：“那人布了阵。”

薛闲了然：“果然，跑不掉就开始装神弄鬼了。这是何阵？”

他对法阵之类的了解不如玄悯多，毕竟他甚少需要用到这些，自然也做不到单凭几滴血以及所在的位置判断出这是个什么阵，这种事还得靠玄悯。

“倒不是危机四伏的法阵，只是颇耗时间。”玄悯举着灯盏重新走了回来。

“就这么一间石室，想必也四伏不到哪里去。不过怎么个耗时间法？”薛闲皱眉问道。

“这阵名为九连环。”玄悯将灯盏重新搁在桌案上，淡淡道，“没有破阵之法。”

薛闲：“……何谓没有破阵之法？难不成进来了就别想再出去？”

“寻常阵局是有门的，八门虽变幻无常，但只要找对，便能从阵局脱身。”玄悯语气沉缓地解释道，“而九连环阵则无门，且不因被困之人能耐高低而异，此阵常被用于险境脱身，可存续一个时辰，一个时辰后，不攻自破。”

薛闲简直气笑了，道：“在这里头关一个时辰后再出去，煮熟的鸭子都该飞了。”

他可没那个耐心在这见鬼的地方白白耗上一个时辰，薛闲冷冷笑着的同时，抬手一招。

“慢着！”玄悯一看他这模样，便皱着眉出声阻止。

然而还是晚了一步，就见这小小一方石室之中乍然亮起了数道紫白亮光，每一道都带着泼天气势劈砍在这石室的墙面上。白光和墙面相撞击时，炸响声惊天动地，隆隆不断。

显然，这祖宗被气到了。阵局无门，他便打算硬破，什么时候轰开豁口什么时候算完。

然而这九连环阵却邪得很，石室内乱窜的雷电非但没能炸裂出什么豁口，反倒引起了雷火来，猩红的火焰顺着每一道天雷劈下的地方滚滚而过，眨眼间，四面墙都布满了蹿天大火。

那火舌长得很，几乎快要舔到他和玄悯的衣袖了。

这倒不是最闹人的，最恼的是，四面墙的大火带起的热气蒸腾不断，转瞬便填满了整间石室，再这么烧下去，就该变成炉膛了。

有那么一瞬，薛闲觉得自己仿佛又回到了那枚金珠里，被玄悯的腰腹灼得满兜直滚。

他常年云雷伴行、上天入海，向来喜凉喜水，最烦的便是热得人大汗淋漓的火。

炙烤间，薛闲身下的桌案突然被人一抵，微微抖动了一下。他偏头一看，就见玄悯正合着双目，眉心紧蹙，一手撑在了桌案边沿。

坏了，那龙涎的功效可还没散，他本就烫得厉害，硬是压了一身火气在身体里，这会儿被这外界的大火和热气一蒸，只怕不仅仅是难熬了，真元涣散走火入魔都是可能的。

薛闲想也不想，倏然收了手。

炸响的雷电顿时消失无踪，连带着四面墙壁的大火也慢慢退了下去。墙壁上甚至连焦黑的痕迹也不曾留下，方才的一切仿若都不曾发生……就有鬼了。

火倒是散了，热气却半点儿没走，依然滚滚腾腾地蒸着二人。

好死不死的，那一豆苟延残喘的灯火也终于熬到了尽头，"呼"地"撒手人寰"。

整间石室骤然陷进了伸手不见五指的黑暗之中。

在极度的黑暗中，尤其是极静之时，但凡有一点儿些微的响动都会被放大数番。薛闲本就是五感极其敏锐的，此时就有些要命了，因为玄悯的呼吸在这黑暗中显得尤为清晰，被四面墙壁折出的回音偏巧由四面而来，直直贴着薛闲的耳根，简直像是将他活埋了进去。

薛闲一热便有些头脑发空，反应也随之变得迟缓起来，着实经不住源源不断的热浪以及耳边重重的呼吸声。

"这是怎么回事……"他觉得自己周身也蒸出了一层汗，薄薄的长衣变得有些黏腻，紧贴在皮肤上，恼得他语气颇有些不耐。

"九连环阵如其名……"玄悯的声音很低，沉沉响在薛闲的耳边，"每强行破一次阵，阵中人所承受的便会叠加一层，一共可叠九层。"

"……"

仅仅是一层，便这样闹人，叠上九层，他和玄悯就该熟了。薛闲有些混沌的脑海中这样想着。

他咬了咬舌尖，一边在心里抱怨为何是火而不是水，一边有些担忧玄悯的状况。从方才的声音听来，他的状况极差。

得想个法子……

不管旁的，至少得让玄悯先缓过来一些。

薛闲在混沌之中这样想着，可这阵又不能强破，他手头也找不到什么可以帮得上忙的丹丸或是——

等等。

他在混沌之中勉强想起了一件事——他身为真龙，自然一身都是宝物，随便一样丢出来，于凡人来说都是至珍至宝。龙鳞和龙角他暂时也取不了，这破地方本就狭小，他若是变回龙身，玄悯估计就真该断气了……被挤的。

况且就算想办法取了，这两样也不能直接扔进嘴里，还得磨粉入药，麻烦得很。可除了龙鳞龙角，能用于救人的便只有龙涎和龙血……

对了，还有血呢。

但有龙涎的教训在先，这回薛闲不敢再冒失了。他抬起汗湿的手，在旁边摸索了一番，拍了拍玄悯道："龙血……血会有什么麻烦的功效吗？"

玄悯静默了片刻才道："没有。"

"那便行了，我弄一些给你。"

薛闲也喘了一口湿热的气，正想着该从何处切个口子，就听玄悯在重重的呼吸声中，模模糊糊地问了一句："当真？"

有那么一瞬间，薛闲愣了一下。

然而还不待他被热晕的脑子转过弯来，他就感觉自己的下巴被人摸索着捏住了。

他下意识顺着那手指的力道微微偏开了头，接着有什么东西便贴上了他的颈侧。

薛闲呼吸一滞，身侧的手下意识地动了动，却并没有抬起来，只是攥紧了桌案的边缘。

有什么东西呼之欲出，还有另一种古怪的感觉在他越发混沌的脑海中萦绕不去，却始终不曾找到出口。

颈侧的触感鲜明得几乎能盖过其他一切，就好像有什么东西轻轻抵在了他的皮肤上，只要再多用一丝力，只要再一眨眼的工夫，就会破开皮肤压进去……

“不对。”在那一瞬，薛闲乍然反应过来古怪之处究竟是什么了——以玄悯那极端克谨的性子，即便真的落入这种境况下，只会让他站远些，绝不会这么轻巧就答应来喝龙血，更不可能挑脖颈下口。

他热得混沌的头脑瞬间清醒，脸色迅速一寒，抬手便将面前的人扫了开来。

他惯来力道极大，尤其是陡然间爆发的力道往往不受控制。任何一个寻常人被他这样一扫，都能将对面的墙壁砸得四分五裂，然而肉体碰撞上墙壁的闷响却并没有响起。

取而代之的是珠子似的东西掉落在地上的声音，“啪”的一声响动十分轻微。

伴着那声轻响，周遭的一切犹如云雾般骤然而散，不论是恼人的热气还是伸手不见五指的黑暗，均被驱散开来。薛闲面无表情地扫了眼四周——

他仍旧坐在桌案上，头顶空空一片，还未封上。桌案上的油灯也还未熄，玄悯正合目垂手，静静地站在他身边。至于一度消失的石头张和陆廿七，则倒在地上，昏睡不醒。

这种模样他还是见过的，这是各自陷进了某个阵局里，还未脱身。

薛闲冷声一笑，转头冲隐在黑暗的角落里抬手一抓。

接着，一个重物便被强行拖到了他脚前的地上。那是一个瘫坐在地上的人，灰头土脸，形容狼狈，身上散发着浓重的血腥味。

“先给我说说，你这布的是什么邪阵。”薛闲两指虚空一挑，那人便被掐了喉咙似的仰起了头，“再回答一句，你可曾碰过龙骨。答完了给你个讨价的机会，看你怎么死比较痛快。”

那人口里直溢血沫，即便这样，他还是露出了一个颇为狼狈的笑，粗哑地说道：“可惜了，只要再稍晚一会儿，咳……就成了，可是不急，还有三个。”

薛闲脸色更冷了，抬手便要动作。

然而那人又开了口：“你可……可帮不了他们，心魔这东西，还得自己来脱，只要有一个晚一些……”那人说着，意味深长地顿了顿，而后低低地笑了起来。笑的过程中又呛进了血沫，咳得整个人都蜷了起来。

心魔……

薛闲眉心一皱。他不是没听说过利用心魔将人困住的阵局，事实上，这种阵局往往被人用来应对最难保命的困境，碰上能耐远远高于自己的对手，或是碰上人数过多的夹击和围攻，这种阵局能在一定程度上牵制住对方，以赢得一线生机。

这也是少有的可以以弱敌强、以少胜多的方式。毕竟心魔人人都有，或是欲望，或是困惑，再不济也会有些念想，可大可小，可近可远……

有些过于弯绕隐蔽，甚至连自己都不曾发现，却能被这阵局勾出来，被加深放大至足以侵扰人心。

即便是薛闲，在听见“心魔”这两个字时，眉心也猛地跳了一下——

他的心魔居然不是在华蒙海边被人抽去筋骨的瞬间，也不是想要让抽骨之人血债血偿的念头……

方才幻境中所提到的都不是能和这些相提并论的事情，他绝不可能仅仅因为想从这石室里出去就被这阵局勾得魔怔了。既然不是因为那些事……那便只能是因为人了。

和他同在幻境中的只有一个人：玄悯。

这也是陆廿七和石头张都莫名消失了，而玄悯却还在的缘由——他就是这阵局勾出的心魔所在。

只是因为心魔不深，抑或是破绽于他而言算得上明显，这才得以脱身而出。

薛闲脸色几度变幻，最终恢复到了面无表情的森冷模样，将那苟延残喘之人丢在了地上，缓缓擦净了手上沾到的一点儿血污。

这人确实是油尽灯枯之相，却又因着某些东西而抱着一丝微末的希望，所以他双眸目光虽已涣散，却又透出一星癫狂的亮色来。

薛闲想起他方才颠三倒四的话，寒声道："你打的什么主意，现在坦陈还能让你多苟活一个时辰。我弄清楚也不过是多动一动手指的事，倘若你非得犟这一口气，让我自己动手，那可就连一个时辰也没有了。"

蜷缩在地的人咳得痉挛，每一声都有进气没出气一般，仿佛随时都要咽气。薛闲甚至怀疑他是否还能听见自己所说的话。

果不其然，那人没有丝毫接话的意思，也或许是他连接话的力气都没有。

薛闲对此并不意外，他正在脑中抽丝剥茧，想找出这人在苟延残喘之下拼死一搏，究竟是在依赖什么……

将死之人，最渴望的还能是什么呢？无非是有人来救，或是有命能逃。

前者在如今这境况之下恐怕难以成行，毕竟即便有人来了，也得先过薛闲这关，几番耽搁下来，这人恐怕都等不到出这屋子就该硬了。

而后者简直天方夜谭——别人来救，他都不一定能活，更何况只有他自己呢。这么耗下去，他必死无疑，哪里还有命？除非……

除非他找到了某种法子，能帮自己再多续一段命。

薛闲脸色一沉：恐怕还真是在打续命的主意。

各人各命，既然快把自己“作”上黄泉了，就不可能平白多接上一段。所谓的续命，一般不过两种，一种是换命，一种是绑命。前者之意，在于利用各种法子将别人的命同自己交换，终归还是要一个活一个死。而后者，则是将自己的命绑在另一人身上，同生同死。

乍一听，前者更为阴邪一些，后者似乎并无害处。可实际上不过是绕了个弯子，前者是以寿填寿，后者是以福禄填寿。一个是分了寿命，另一个分了福禄不说，还转移了祸端，兴许还有旁的害处。

是以两种半斤八两，彼此彼此。

既然打的是续命的主意，总得有个被换命或被绑命的人。

这正合了方才这杂碎颠三倒四的乱语——少了一个，还有三个呢。

想起这个，薛闲几乎黑云罩顶。

他是个不爱欠人人情的，这种性子算来有好有坏，好的是他活了这么多年清清楚楚一身无债，从不亏欠于人也从不与人多有纠缠和瓜葛。坏的是，没有瓜葛往来，自然没有真正亲近之人。

当然，这在寻常人看来才算个弊事，就他自己而言，这样最为自在。

但不论是否真的亲近，陆廿七和石头张都是他带来的，这种时候总也能算上一句“自己人”，更别说还有玄悯。

当着他的面，打他身边人的主意……这恐怕是真不想活了。

薛闲双眸一动，想起他从心魔中脱身的瞬间所听见的声音——那是一种类似于轻质滚珠掉落在地上的声音，较之金银玛瑙珠子要轻得多，且没那样脆……

那很可能是续命的关键。

此时时间紧迫，他也没那样好的耐心慢慢等那杂碎自己想通说出来。

他想起当初石头张所说的，这人将他带去一座山间，看着他雕了七把石锁以及两头镇墓兽……

“我问你，你可知道卧龙县江心有个坟头岛？那岛下有间墓室，墓室三百多荒魂不得安息。”薛闲再度将那人钳了起来，冷冷道，“你猜那些被镇的人若是看见你，能不能认得你？”

咳喘中的男人身体蓦地蜷缩了一下，似乎在将死未死之时，对自己造的孽有种本能的畏惧。

他重重喘了几声，不知想起了什么，用近乎微弱的声音道：“我……”

“现在想说了？抱歉，我又没那耐心听了。”薛闲面无表情地打断了他的话，歪了头道，“我只是确认一番，怎么才能让你承受点儿报应。”

说完，他垂着的那只手手掌一翻，一把被划去了名字的铁片便出现在了他的掌心：“被镇的冤魂怨气深重，即便安置了尸骨，没个十年八年也消不干净，尤其是……见了仇人的时候。”

他放轻了声音，又屈起食指虚空一弹。垂死的男人额心命宫处便多了一道弹出的红痕，他仿若回光返照般清醒起来，就好像他又能活了似的。

“受罪，还是得醒着受。”说完，薛闲抬手一撒，那些铁片便落在了那男人身上。

明明是一些拇指大的薄薄铁片，被薛闲捞回来的这些加起来拢共不过二三十枚，掸一掸便掉了。可那男人却好似承受了五岳压顶般的力道，整个人僵硬地贴着地，挣扎了数番却丝毫动弹不得。

紧接着，那人仿佛看见了什么一般，瞪大了双眼声嘶力竭地惊叫起来。

“啊啊啊啊啊啊——走开——别过来！”他惊惧得肝胆俱裂，又仿佛痛极了一般蜷缩扭动，整个人边叫边哭号着讨饶，似乎在瞬间便崩溃了，“求你！我求求你——你问什么都行——啊——走开——把这些带走——让他们走——”

也不知是不是这人挣扎的声音过于凄厉刺耳，原本蜷缩在地上的陆廿七和石头张先后抽动了一下，仿佛在睡梦中踩空了楼梯般，蹬着脚猛地惊醒过来。

啪嗒——

又有什么东西掉落在了地上，接连两声。

石头张大口大口地喘着气，仿佛刚做了一番噩梦，瞪着双眼毫无焦距地看向虚空中，好半天才一个激灵回过神来：“怎么回事？刚才是怎么回事？我怎的会在这种地方睡过去？”

他一看陆廿七，发现这个向来不爱搭理人但算得上靠谱的小子似乎也刚醒，顿时更觉得诡异了：“欸，小七，你也做梦了？梦见什么了？”

陆廿七惨白着一张脸，莫名地有种失魂落魄之感，过了好半天，他才低声道：“看见十九了，但又有些不像——”

“啊啊啊——求你——求你——”

陆廿七话未说完，就被那男人的又一番崩溃哭叫打断了，方才心魔中带出的情绪被驱散了一些，惊疑不定地冲薛闲问道：“此人是怎么了？”

薛闲皱着眉看了眼依然不曾有动静的玄悯，又看向地上的人，手指一抓：“暂且让你缓一缓，我再问你一遍，你动了什么手脚？”

身上百蚁噬心的痛楚终于停了，那男人涕泗交流地蜷在地上，喘了好几口气，这才道：“我不能死……不能死……我用了同寿蛛……阵局里放了……”

他的话颠三倒四、含含糊糊的，但薛闲还是听明白了。

同寿蛛？

“怎么解？！”薛闲厉声问道。

“阵破蛛……蛛亡……阵不破……”男人睁开了混沌失神的眸子，定定看向玄悯的方向，“只需一刻……刺破皮肤……见……见了血……”

他说着这话时，薛闲已经皱着眉在玄悯身上翻找起来。

“留下血点……便……”

找到了！

薛闲在玄悯脖颈间，隐约看见了一个正在浮现的红点，他也顾不上许多，直接扯开了遮挡着的领口，下意识地低头贴上了那枚近似瘀血的点。

“吸也不管用，进去了便吸不出来了。”约莫是先前薛闲那一弹的效力还未散，男人缓过来后，倒是不如先前那样虚弱了，甚至能说出完整的话来。

他回光返照似的盯着玄悯的脖颈以及伏在其上的薛闲，无神的双眸里再度显露出一丝癫狂，他喃喃道：“成了……没用了，已经成了。只要那血点边伸出蛛足，我就又能活了。”

他喟叹一声，低头看了眼自己的手，似乎又有了活气。

薛闲皱着眉抬起头，抿去嘴里的一丝血味。就见有着血点的那片皮肤被他吸得有些泛红，但那血点却正如那杂碎所说，并未消失，甚至还隐隐有着要扩散的趋势，也不知是不是那杂碎所谓的“伸出蛛足”。

就在那血点边缓缓延伸出一丝血线的时候，薛闲一愣。

这情景有些眼熟……

他攀着玄悯的脖颈，扫了眼玄悯颈侧和下颚相连处的那枚红痣。每回玄悯出现混乱时，那红痣便会朝外爬蔓出数条血丝，和这所谓的“同寿蛛”一模一样！

而就在这时，玄悯脖颈间这枚新的血痣，在伸出两条血丝后戛然而止，紧接着竟诡异地缩了回去，到最后更是连血痣都跟着消失了。

薛闲还未反应过来，就感觉玄悯身体一动。

“醒了？”薛闲看着玄悯缓缓睁开眼，偏头看了他一眼。

有那么一瞬间，玄悯似乎抬了一下手。

“叫人算计了，进了心魔。”薛闲说着，想起自己先前所见，神色又有些复杂。于是他也没注意到，玄悯微抬了一下的手又落了回去。

他合上眸子静了一会儿，又重新睁开，终于真正清醒过来。

而后，他默然无语地再度看向薛闲。

薛闲被看得一愣，而玄悯脖颈间那抹因为吸红色血点而嘬出来的痕迹还鲜明地彰显着自己的存在。

玄悯：“……”

薛闲：“……”不，容我解释！

但是那挨千刀的什么“同寿蛛”留下的血点已然了无痕迹，空口无凭，解释什么呢？

不论他开不开口，以玄悯这性子，定不会做出多么明显的反应，兴许顾及着他的一点儿面子，扭开脸就当没发生过了。至于这人心里究竟怎么想，也不是薛闲能左右的。

这么想来，解释或不解释并无多少差别。

薛闲的面色可谓精彩纷呈风云变幻，最终撒了爪，好似什么也没发生过一般坐正了身体，贼喊捉贼地睨了玄悯一眼：“看我作甚？”

玄悯体温高热，于是脖颈那一点儿凉意便格外明显，以至于他虽不曾看见过程，但抬手就摸准了位置。还不待看到他脸色如何变化，薛闲便心虚地转过身来，正了正神色，嘲讽似的问脚下之人："不是成了吗？感觉如何啊？我怎的左看右看，也不曾觉得你有能活的迹象呢？"

那人一脸疯癫似的絮絮叨叨："活了呀，真的能活了……我能活的……你看，我手指都能握起来了……"

他这么说着，两只手还试着抓了抓拳，乍一看确实是比先前有力了一些。

然而薛闲一句话就将他打回原形。

"别秀你那乌鸡爪子了，你以为你这力气是哪来的？同寿蛛？"他冷笑一声，懒懒道，"只是我还有些话需要问你，让你保持清醒好受罪而已。你看——"

他说着，头也不回地轻扯了一把玄悯的衣领："你所谓的血点都消失了，更别说什么蛛足，做梦来得比较快。况且，若是真成了，现如今躺在地上直哆嗦的就不是你了。"

说前半句时，那人还一副不愿相信的模样，然而当他听到最后一句，就由不得他不相信了——若是真成了，他和玄悯之间的对比和差别还会如此之大吗？

那人瞪着眼睛僵硬在地，愣了好半天，终于彻底崩溃了。

"看来你那同寿蛛还不如我动一动手指好使。"薛闲冷冷地看着他，缓缓道。

那人一听这话，哭号之声再次戛然而止，他似乎在几经波折之后终于认清现实，连忙在地上匍匐过来，一把抓住薛闲悬在桌案边的脚："救我，求你，救我啊……我不能死，不该死啊！我……我明明该有功德的，怎么能死呢？"

薛闲被这种人抱住脚，别提多硌硬了，然而他这双腿并没有什么知觉，想抽还抽不出来。

“玄悯，劳——”薛闲下意识地想使唤玄悯，然而话刚说一半，又想起来这会儿正心虚着呢，又倏然住了嘴。

就在他一脸糟心、决定暂且先忍忍的时候，玄悯倒是有了动作。

就见他抬手虚空一勾一扫，那整个儿缠在薛闲腿上的人便被一阵力道扫开了一丈远，而薛闲那挂在桌案边的腿脚也被另一股力道勾放在了桌案上。

薛闲愣了片刻，才猛然反应过来：这我也可以办到，怎的关键时刻就傻了。

他将自己这暂时性的痴傻归结于在心魔里热狠了，脑子受了伤。

不过眼下也并非关注这些的时候，正事要紧。他冲地上那人抬了抬下巴：“你方才说什么？你还有功德？你怎的不问问身上那些铁牌同不同意？三百孤魂被你强行镇在墓室里，永世不得超生，你还有脸跟我讲功德？”

“你……大人有所不知啊——”为了能活，先前还恨不得弄死他们的人转脸便“大人”长“大人”短的了，听得薛闲直皱眉，“你有所不知啊，那卧龙县所处江段早些年并不平静，时常有风浪暗涡，行船不易，若是再来个大涝，必定两岸倾覆，生灵涂炭。来年春夏，这卧龙县会有一场百年难遇的大涝，我布那百士推流局，只是为了阻止那场大涝。”

那人说着，抬起头来看向薛闲，拍着心口问道：“能救百千乃至万万人，明明是一件至善之事，难道不是大功德？我怎的就该死了，我该活啊，活着能救更多人于水火，我怎么能死呢？那些百无一用之人都还活着，我怎么会死？”

石室中的众人闻言俱是一阵安静，玄悯眸子微微一动，似乎想起了什么，然而转瞬又敛了神色，皱着眉静静地看着地上不甘不愿之人。

薛闲面无表情地沉默了片刻，最终从鼻腔里哼出一声冷笑：“为何该死？我且问你，大涝发生了吗？”

“来……来年春夏。”那人又重复一句，“算出此劫的人是个高人，还从不曾失手过，决计不会算错。”

他以为薛闲所质疑的只是卦象准不准确，于是连声辩驳，却被薛闲不客气地打断了：“真的又如何，我只问你，大涝发生了吗？生灵涂炭了吗？”

“还不曾。”那人摇了摇头，又想出声，“可是——”

“可是已经有人死了。”薛闲面无表情地竖起三根手指，“三百人，大涝还未来，却已经有三百孤魂在你手上握着了，你非但没让他们安安生生地活，连死了也不放过他们。你可曾问过他们的意愿？他们点头答应给你去填那劳什子百士推流局了？”

“改天换命总会有些代价的，三百人换万万人——”

“这买卖不亏是吗？”薛闲神色顿时冷厉下来，“你把人命当瓜枣，还能论斤论两地算？”

“我……我明白。”那人似乎还觉得自己剩了些良心，道，“所以我斟酌再三，挑的都是些乞丐残兵之流，乞丐终日在街头讨食，冬夏寒暑，常常一夜就成了路边骨，较之寻常百姓，着实也无大用。至于那些残兵，也不过只剩半条命了，左右也是苟延残喘，缺胳膊少腿，做不了活计也谋不了生，回去也是累赘。”

薛闲简直要被他气笑了：“我觉得你也是累赘呢，你看你现在动弹不了活似一摊烂肉，苟延残喘连半条命都不剩了，打个商量，我也打算布个阵，需要的命不多，一条就够，拿你去填一填你看怎样？说不定百八十年后可以救数万百姓。”

那人：“……”

这样的人薛闲自然是没那闲心去救的，也没那良心去度化，之所以这样费一番口舌，只是因为……不知过错、不知悔改地咽气简直算得上另一种意义上的解脱了，相较而言，还是心怀愧疚和恐惧地闭眼更适合这种人。

不过死前，该问的还是得问。

“我再问你，你那墓室地下所埋的龙骨，是从何而来？”薛闲又道。

“高人所赠，有了龙骨能事半功倍。”那人小心翼翼地答道。

薛闲一脸不耐烦：“我最厌烦在问话的时候别人弯来绕去！要不你还是现在就去阎王那里报到吧，怎么样？”

“不不不！我说，我说……高人……高人是个术士，我跟了他许久了，我体质带灵，流出来的血用来布阵比寻常阵局厉害许多，他便教了我许多东西，从八九岁跟着他，学了十余年，算是我师父，只是他不让我这么叫他，只送了我一枚门下所传的桃木腰坠。这些年我虽然不再跟着他了，但仍有联系，卧龙县江段的大涝便是他告诉我的，百士推流局也是他带了人手帮我一起布的。”

术士？又是术士？

薛闲不由得想起了在刘师爷那里听说的术士，现在看来，恐怕都是同一个人，龙骨是从他手里所得，那这术士十有八九便是他所要找的人了！

“要布阵局，就去掳了三百孤魂，要雕石像，就将人绑去荒山野岭，要让阵局事半功倍，就埋一根龙骨……可见你跟你师父一脉相承，都不是好东西。”薛闲冷笑一声，问道，“你那师父姓甚名谁？”

“你……你若是能让我再活几年——”那人听得出薛闲真正的目的是在找他师父，以为可以借此机会讨价还价一番。

谁知他刚说一半，就被薛闲一袖子扫开，狠狠撞在墙上：“爱说不说，不知道姓名我也有的是法子找到他！”

那人：“……松云！他道号松云！”

薛闲问完了该问的话，正欲动手，却被玄悯按了下手背。

“怎么？”

“有话要问。”玄悯淡淡道。

他看着那人，问道：“你可曾见过我？”

此话一出，石头张、陆廿七连同薛闲都是呼吸一顿。

那人被薛闲扫走了大半力气，颤颤巍巍地在地上直哆嗦，他看了玄悯半晌才看清了他的容貌，摇了摇头：“不……不曾。”

“那你怎会躲来此处？”玄悯皱眉。

那人道：“我师父算到我会有一劫，让我在躲逃之时一路朝这方向走，可以碰见转机。我在林子雾瘴外头，听见里面有鸟叫，便含了避毒的药摸了进来，有只黑鸟看我一身血污，给我指了条路。”

薛闲：“……”这玄悯是怎么养出给贼开门的鸟的……

只是听了此人一番说辞，薛闲心里不知不觉松了一口气，至少他跟玄悯不是故交。

心下一松，他便又想起了一件事，就见他不动声色地瞥了玄悯的脖颈一眼，问道：“你所用的同寿蛛，是从何处得来的？又是你那术士师父？”

那人着实摸不准薛闲的脾气，也不敢讨价还价了，乖乖道：“确实……听他说，那同寿蛛是从朗州一带所得的。”

“朗州……”

薛闲重复了一遍，忽然想起什么似的翻起了桌案上有着玄悯笔迹的书册，翻到了玄悯所加的批注——朗州霞山。况且，这书册上的批注也并非他头一次听说这处地方，先前在客栈里询问玄悯失忆之事时，玄悯说过，他睁眼后发现自己在朗州一座山间。

会不会是失忆前的玄悯觉察到了同寿蛛之事，甚至找到了破解之法，才会想去朗州？

薛闲觉得这一趟算是没白跑，比起先前东一榔头西一棒子的线索，现今的一切都清晰起来，所有的一切都指向了一个人——那个术士。而与玄悯相关的一切又指向了一个地方——朗州。

一旦知道了这两件事，薛闲便觉得没必要再在此处耽搁了。他抬手冲那人再度收了一下五指，铁牌上残留的冤魂便再度将那人围裹其中。

“啊啊啊啊啊——”那人声嘶力竭地惨叫。

薛闲冷脸看着，而后手指一勾，一道细细袅袅的白烟从那人身上散开，先前为了让他神志清醒所注加的灵力被抽了出来，那人在凄厉的哭号之中，渐渐重归垂死之境。

直到最后，他在怨气中清晰地感觉自己正一点点死去，崩溃地流泪不止，半是后悔半是不甘地张了张口，用气声道：“若是你，你会……你会……”

他的话含糊至极，且没头没尾，然而薛闲却听清了，不但听清了，还听明白了他的意思。

如若是你，得知将有大涝，你会怎么做？毕竟逆天改命均是要付出代价的……

薛闲面无喜怒地扫了他一眼。他本想纡尊降贵地张口答复一句，然而这样的人，从根骨里就跟他走的是两条道，即便说了，那人也不会理解，无非是白费口舌。

于是直到那人彻底咽气，他也没再开口，只是沉着脸一把拢回了那些铁牌，收进袖里，转头硬邦邦地冲玄悯伸了手，道：“请你那鸟儿再扑腾一回，把咱们弄上去。”

他那神情和语气却活像个讨债的。

玄悯颇为无语地看着他，似乎因为某些原因而迟疑了一瞬，最终还是伸手将他从桌案上抱了下来。

薛闲原本还有些纳闷儿，这玄悯抱他向来干脆得活似抱了个麻袋，以至于他都习惯了，这会儿怎么突然又犹豫起来了？难不成在心魔里受了什么影响，这会儿嫌弃起来了？

他瞎琢磨了一气后，才猛然反应过来是怎么回事——

玄悯的体温较之前更高了，简直烫得薛闲有些不自在，就连先前压得很好的手掌都开始发了烫。

这是为何呢？因为他在玄悯脖子上吸那血点时，又让玄悯沾到了龙涎。

薛闲："……"这日子是没法儿过了！

一次龙涎，对常人来说劲道颇足，但是对玄悯这样的人来说并不算麻烦事，只是需要些基本的克制力。但两次龙涎的功效便要翻倍了，常人兴许都承受不了，即便是玄悯，上回夜里也是一身大汗淋漓。

现今这是第三回了……

尽管做不到感同身受，但薛闲光凭想象也知道这恐怕根本不是常人能熬过去的，性命堪忧也说不定。玄悯还强行将这龙涎效力压在身体里，怎么看都觉得要压出事。

单单是这体温，烧死人都足够了。

虽然这日子是不好过了，但总也得想些法子，毕竟龙涎都是从他这里来的。薛闲良心发现，在心里暗自琢磨着。他也不知道怎么办，但是不论怎么办，都不该是在人来人往的环境里，最好是一个碍事的人都没有，毕竟这也不是什么适合跟人说的事。

他略一思忖，同玄悯道："既然这屋子跟你关联莫大，那你不打算仔细翻找一番，找找过去的线索？"

玄悯自然是打算的，于是从嗓子里应了一声。

薛闲又转头冲石头张和陆廿七道："为免江世宁他们等久了不放心，你俩先回去吧，我跟玄悯把这小楼再犁一遍。"

陆廿七这眼神不好使的自然无话可说，石头张倒是犹豫了一番，想留下帮个忙，毕竟说是“小楼”，事实上这竹楼的屋子也不算少。但是他转念一想，这二位祖宗这么决定必然有其道理，便也没再多问，点头道：“行，我俩先回方家。”

第七章 铁军牌

没有雾瘴阻碍，通往林外的小路清晰可见，这里距离方家算不上太远，但是以石头张和陆廿七的脚程，现在出发，进方家院门估计也得日落了。

担心太过拖沓会碰上城门关闭，两人半刻没有耽搁，当即上了路。

薛闲此时已经被玄悯重新安放在了门外的二轮椅子里，他看着那两人的背影消失在远处林子的尽头，突然听见身后玄悯沉声开口道：“说吧。”

他一脸疑惑地转头：“嗯？”

“刻意支开他们。”玄悯平静地抬手朝林外点了点。

这都看出来了？薛闲摸了把脸，眼神不定地错开玄悯看向别处，含含糊糊道：“算我的错。”

玄悯一时不曾反应过来，颇为不解地看着他。

薛闲挠了挠腮帮子，冲玄悯的脖颈抬了抬下巴：“龙涎。”

玄悯被他这主动认错的态度弄得一愣，而后十分无奈地扫了他一眼，又摇头撇开袖摆朝屋里走去："无妨。"

薛闲没好气道："哄鬼呢，还无妨，都热成蒸炉了还有脸说无妨。"

三重龙涎叠加在一起，即便是玄悯也耐受不住，又怎么可能真的无妨呢？他不过是惯于万事克制，将这些当作苦痛似的忍着了。

薛闲还想开口，屋里的玄悯已经重新招来了那只黑鸟，就见它在屋顶上猛地扇了一翅膀，玄悯再度跟着屋内的地面沉到了下面的石室里。

又过了片刻之后，他带着那已经咽气的人一起上来了。就见他抬手扯了那人腰间的什么东西，将那人带出了屋子，因为厌极了脏污，且不喜欢同生人有肢体接触，他全程借由符咒之力，将那人虚虚托于身前，在竹楼外大片大片的野林里找了一处地方将那人埋了。

回到屋里后，玄悯又画了除尘用的符咒，将整间屋子连同自己的衣衫一起清理了一遍。

薛闲："……"你那袍子根本连沾都没沾上那人的身好吗？

他就这么不疾不徐、面容平静地做着各种事，薛闲看着他在自己面前来来回回，直到将整栋小竹楼中生人带来的痕迹全部清理干净，他这才重新站在薛闲面前。

"进去吧。"他淡声说着，重新将半瘫的薛闲放在桌案上，只是这回桌案上已经被收拾得一尘不染。

薛闲颇为无语，心说这人真是穷讲究。

既然说了要翻找一些过往的痕迹，就不可能只停留于表面。玄悯站在书柜前顺手抽了几本书册，也不避讳薛闲，就这么搁了两本在薛闲手边，自己翻查着另几本。

这举动的含义实在明显，就是默许了薛闲帮他一起翻找书册里的线索。

这种在不知不觉间将人纳入自己界限内且毫无防备的姿态取悦了薛闲，他拎起书册顺手翻了起来，只是翻找的过程颇为心不在焉。

因为他还在琢磨着龙涎的事。

玄悯似乎打定了主意要将所有的不适全部压在身体里，一丝一毫都不泄露出来。他翻着书的手指极稳，一页一页不急不缓，看不出半点儿端倪来。

薛闲盯着书看了会儿，目光又挪到了玄悯身上。他想了想，抬手探了探玄悯的手指温度，玄悯的手指滚烫而灼人。

“……我帮你吧。”薛闲鬼使神差地说道。

玄悯的注意力还沉在书册中，闻言沉沉应了一声，目光却并未从书页上挪开，甚至连翻书的手也没停，可见并没有反应过来薛闲这没头没尾的一句究竟是何意，兴许以为薛闲所说的帮忙就是指翻找书册。

话都已经丢出来了，就没有再收回的道理。于是薛闲又补上了一句：“我说龙涎。”

玄悯翻着书页的手一顿。

自打被这孽障的龙涎坑了一波又一波，玄悯便一直避免和薛闲靠得太近。除了这孽障走不了路，不得已需要他帮一把，其余时候，他都刻意避免同薛闲有接触。

就好比现在，他把书搁在薛闲手边，自己便又走回到了书柜边，而不是就地站在桌案边翻看。

这样的举动由旁人来做怕是再明显不过，但是由玄悯做出来却并没有那样刻意，毕竟他本身也不是爱同人亲近的性子。但是薛闲对此却是有察觉的，这也是他想早点儿把龙涎的影响解了的缘由——免得这人成天不动声色地避着他，跟避鬼似的。

“我来帮你。”薛闲手里无意识地来回翻着书页，冲玄悯重复了一句。

玄悯沉默了片刻，还是转头看向他，沉声问道："怎么解？"

他的神情依然淡漠而冷肃，显然是当薛闲有什么正常法子，诸如制了毒的大多也制了解药。

薛闲眯了眯眸子，又咬了咬舌尖，略迟疑了片刻，最终咳了一声道："民间常说兵来将挡水来土掩，堵不如疏，阴盛自然阳衰——"

玄悯听了一半就明白过来这祖宗根本没有正经办法，净胡说八道，也不知道真让他帮会帮出个什么下场。于是打断道："免了。"

薛闲："……"

他难得有耐心地铺垫了这么一长串话，玄悯竟然还打断了。于是他脾气上来了，终于忍不了似的将手里的书册在桌案上一丢，"啪"一下合上书页："我本想着我惹出来的事，我总不能袖手旁观，结果你还不领情，你说怎么着吧，嗯？"

玄悯垂下目光，似乎是没听见他说什么般又重新翻了一页书，接着又想起什么似的往怀里暗兜摸了一下，接着袖摆一甩。

一张纸符就这样不偏不倚地拍在了薛闲额头上。

"我——"骂人的话被薛闲硬生生吞了回去，他被封了个正着，不得动弹，硬是噎了许久，才把这口老血给顺了下去。若不是这糟心事因他而起，他早气厥过去了："好好好，你厉害。不过我劝你还是别封我，毕竟我还得去给你刨个坟。"

说刨坟也是有原因的，龙涎生效并非瞬时的，总得需要一个过程，若是他没记错的话，上回玄悯就是入夜之后才有些熬不住的。现在第三次龙涎的劲还不曾上来，玄悯就已经这样了，等那劲上来了，若还是这么硬压着，指不定真活不了。

把薛闲封住了，玄悯这才开口道："不必。"

薛闲气得不想理他，却又听他道："你若是无事，不妨借着铜钱养一养筋骨。"

他开一次口，薛闲就又闷又气想回嘴。奈何玄悯是个刀枪不入的，回了也不见得能怎么样，说不定还把自己气得更厉害。于是薛闲在心里嘀咕了一句“管你死活”，便当真闭上眼睛自顾自养筋骨去了，眼不见为净。

玄悯的铜钱着实有用，除了用久了之后会莫名地跟玄悯产生一些共鸣和联系外，几乎没有半点儿附加问题。薛闲用它养骨也颇为放心，于是没多久就沉了进去，再听不到外界的动静。

上回用了一夜才将骨中的金丝连了一半，这次不知是何原因，金丝连得比先前快了许多。

这铜钱在他手里应用自如，简直就像认了半个主一般，也不知是不是因为玄悯那边沾了龙涎，以至于两人从某种程度上互染了气息。

薛闲几乎能感觉到金丝正朝另一端断骨拉拽，每一步都有些吃力，但每一步完成后都会生出一些酣畅感。

只是在这过程中，他还感觉到了另一种滋味在身体里爬蔓起来，似乎糅杂在铜钱注入体内的灵力之中，顺着那根丝线，从根骨深处一点点朝更多的地方扩散。

一种潮热又酸麻的感觉，让人莫名生出了无尽的焦躁和不耐，像是万蚁噬心，可又没有那样痛苦。

薛闲强行压着这种不适感，努力集中精神将丝线朝上拉着。

还差一点点……

不行，好热……

只剩不足一寸了……

真的好热……

薛闲在如此煎熬之中反反复复，终于在焦躁爆发的最后一刻，将那根丝线连到了另一端的断骨上。那一瞬间，整个脊背至腰间再至双腿的关窍骤然通了，热流顺着筋脉根骨以及那根替代了根骨的丝线，缓缓注入双腿……

成了！

他心神骤然一松，大半年的憋屈似乎都在这一刻释放了大半。然而不放松还好，这一放松，体内那万蚁噬心似的焦躁感更是翻涌不息。

他听见自己重重地喘了一口气，听觉和触觉之类的感官倏然恢复的瞬间，他发现自己已经蒸出了一身汗，触觉也变得格外敏锐，敏锐到……连稍稍动弹一下，衣服堆叠的皱褶从皮肤上摩挲而过，都能让他打个激灵，并且又蒸出了一层汗。

他在茫然中呆愣片刻，还未来得及消化腿脚恢复的欣慰，就被另一个一闪而过的想法炸得体无完肤——

那龙涎的作用似乎……因为铜钱产生的共鸣……传到他身体里了……

那一瞬间，他脑海中只想到四句话：

搬起石头砸自己的脚。

天道好轮回。

害人终害己。

这种滋味是人能忍的?!

外头的天早已在不知不觉中变成了深沉的青黑色，夜里难得没什么风，整个山坳中大片大片的野林静静站着，连树叶间相互摩挲的轻响都没有，显得格外安静。

那只疑似玄悯所养的黑鸟，在入夜之后就从屋里飞了出去，也不知窝在了林中哪里，偶尔会发出一两声鸣叫，懒懒散散的，拖得极长。

只是这叫声听着不像寻常鸟儿，活似人的叹息声。深夜里听着格外瘆人，颇有些闹鬼的意境，也难怪会传出那样的谣言。

叹息声被山坳来回折了几道，重重叠叠。

白日里被薛闲一扫而空的雾瘴在夜晚重新出现，从山坳深处一点点弥散开，看似缓慢，实际没过多久就将整个山坳填得盈盈满满。

这雾瘴要比寻常水雾重得多，膏脂一般白得浓稠，不一会儿就将一切淹没了起来，任何人走在其中，怕是伸手都看不全五指。即便有人近在咫尺，也只能闻其声而见不着其人。

得亏石头张和陆廿七两人走得早，否则在半道上碰见这重新聚拢起来的白雾，小命都难保。

然而跟他们不同的是，薛闲和玄悯其实并不畏惧这种雾瘴，先前除雾也只是考虑到了那两个寻常人。这种带着毒性的东西，他们有的是法子挡，身在其中其实并不会受到多大的影响。

这雾瘴被驱散过一回后，再聚拢时，比先前更为浓重，甚至连山坳中的小竹楼也不曾绕开，穿窗入户，连矮了一层的里屋都漾起了朦胧的烟水气，还有些微微的凉意。

而薛闲身处在这微凉的雾瘴中，却热得大汗淋漓。

他皱着眉，扯了扯衣襟，本就被他连番拉扯过几次的前襟彻底敞了开来，松松垮垮地挂在身上。

那一身黑袍看不出湿痕，实际上却已经湿透了，因为本就单薄，被潮湿的汗黏在了肩背和手臂上，耷拉的前襟在小腹处堆叠出皱褶，从脖颈至腰间的皮肤袒露出了由宽至窄的一条。

当了半年的半瘫，他清瘦了不少，以至于身上的肌肉也平下去了一些，只余下薄薄的一层，被细密的一层汗浸得发亮，在昏暗灯火的映照下，勾勒出一些起伏的痕迹。

他依旧坐在桌案上，两手撑着桌案边沿，垂着头，汗滴洇湿了眼睫，以至于他半眯着眼，眼前却依然是一片模糊不清。

不知道这三层龙涎叠加而成的效果比之前玄悯那夜重了多少，薛闲只知道现在的他极为难受，身上的汗一阵一阵地蒸着，蒸腾出湿汗的过程让他忍不住打着激灵。

他本意是想让玄悯想些法子，玄悯那边克制着，他这里的煎熬便没个尽头，再这么下去，他真的……

薛闲眯着眼，舔了舔嘴唇，下意识地摇了摇头想让自己清醒一些。

他不记得自己是否开口同玄悯说过话，兴许是叫了他两声，问他有没有迅速缓过去的办法，弄些冰来，或是布个什么顶用的阵。

反正他热得难受，已经稀里糊涂迷茫不清了，只记得后来隐约听到玄悯的答话，似乎是近在咫尺，又似乎有些远："手给我。"

薛闲不知道自己可曾听错，但还是下意识地松开一只手，懒懒地垂着手指朝前伸去，刚伸了几寸就被另一只手握住了。一股沁凉的寒气顺着他被握着的手指传进来，就像三伏日里饮了杯冰泉。

他轻轻喟叹了一声，放松了筋骨，缓缓显出一种懒洋洋的舒坦来。

又过了不知多久，薛闲闲不住的手摸索着拨了一下油灯，朦朦胧胧的火光亮了一些，而那层浓重的雾瘴也颇为识趣地散了开来。

玄悯松了手，见他缓过劲来，已然跟着雾瘴一并退开。此时玄悯正坐在蒲团上，合着双眸，静静地坐着，手边是几本被他挑拣出来的书册，工工整整地叠着，好似他从来就不曾离开过那个蒲团。

他那处的平静同薛闲这处的狼藉形成了鲜明对比，以至于有那么一瞬间，薛闲甚至怀疑方才的一切是否只是幻觉。

他低头看了眼自己的手，手腕上还留着些许被人攥握过的痕迹。

薛闲盯着那处攥握的痕迹看了片刻，抬头冲玄悯道："礼尚往来，你过来，我也帮你一把。"

玄悯连眼皮都没睁，沉默片刻后，静静开口道："不必，已经解了。"

薛闲懒散中透着迟缓，显得有些呆："解了？怎么可能？我还得劳人帮忙呢，你却如此轻松，坐坐就解了？"

玄悯闻言，再度沉默了片刻，最终还是道："你解了，我便没了不适之感。"

薛闲缓慢地消化了这句话的含义，呆呆坐了片刻，张口就想吐这人一脸血。

多棒啊，这就好比冲着敌人放了一根冷箭，结果那不长眼的玩意儿半途拐了个弯，最终捅进自己心眼儿里去了……

"把你腰带解了借我。"薛闲面无表情道。

玄悯一时听不出他的喜怒，虽然依旧没睁眼，却还是皱着眉问了一句："怎么？"

薛闲干巴巴道："不太想活了，打算吊死在你屋门口。"

玄悯："……"

薛闲："……"

过了很久，薛闲才勉强过了这个槛，开口道："几更天了？你若是该理的东西都理完了，过会儿回方家？"

这话刚出，玄悯甚至还不曾应答，薛闲便觉得衣袋里有东西突然挣动了一下。

那挣动只是一眨眼的事，轻微又短促，动了一下便消停了。

错觉？

薛闲反应依然有些迟缓，低头看着自己皱褶的衣袍，模样呆呆的，也不知道要伸手翻看一下，似乎还在等着看会不会动第二次。

当啷。

片刻之后，金属轻轻磕碰的声音响了起来，在这极为安静的屋子里，显得颇为清晰。

“动了。”薛闲茫然地说了一句，指着自己的衣袍，下意识地抬眼看向玄悯的方向。

玄悯已经睁开了眼，漆黑的眸子正看着这边，也不知是听见薛闲的话方才睁开的，还是已经看了一会儿。

因为油灯的火光到他那处已经暗了，以至于薛闲看不清他隐在眉骨阴影下的眼神。

应当还是一如既往的无波无澜吧……

薛闲又重复了一句：“有东西动了。”

玄悯坐在半明半暗之处，看了他片刻，才应道：“嗯。”

他的声音在极静的夜里显得沉谧如湖，在暖黄火光的包裹下甚至没了棱角和冷意，透出了一股温沉感，听得人心里牵出了几丝说不清道不明的情绪来。

薛闲就在这样的情绪里又愣了片刻，直到衣袋里的挣动声再次响起才回过神来。

经过三次响动，他总算从疲惫和呆愣中缓过来了一些，垂下目光，伸手在衣袋里摸了一把。

衣袋里还浸染了先前蒸出的汗，显得微微有些潮。于是当他摸出一把薄薄的铁牌时，铁牌表面还蒙了一层淡淡的雾气。

当啷。

在薛闲将铁牌摸出来时，那短暂而轻微的震动再次响了起来。

这回薛闲可以确定了，挣动的是这铁牌中的某一枚。他将那二三十枚薄薄的铁片顺手搁在身边的桌案上，瘦长的手指借着油灯的光亮在里头随意拨排了一番。

当啷。

“找到了。”薛闲说着，手指点着其中一枚，将它挑了出来。

“兴许怨气未散。”玄悯道。

薛闲懒懒地“嗯”了一声，捏着那枚铁牌凑近了油灯，眯着眸子前后翻看了一遍，又仔细辨认了一番铁牌背后的划痕。好一会儿后，他才“啧”了一声：“不认得。”

那划痕太深太乱，根本难以辨认原本的笔画，更别说认出上面究竟写了些什么了。

薛闲坐直身体，托着铁牌冲玄悯伸出手。

玄悯：“怎么？”

“给你，超度了吧。”薛闲懒懒地说着，又转头看了眼那成堆的军牌，点数了一番，道，“二十八枚，你是不是还得燃香？那你得准备二十八根。”

这话正说着，薛闲手里那枚铁牌也不知是听明白了还是怎么，再度颤了两下，似是想从薛闲指间挣出来。

“别动。”薛闲顺口冲那铁牌道，“这铁片似乎不是怨气重，倒像是有些别的隐情。”

不知玄悯是走了神还是略微思忖了一番，过了片刻，他才动了动眸子道：“在江底墓室里镇了太久，魂散了大半，所剩无几，怨气也不足以凝形。”

他停了一会儿，终于还是从蒲团上站起了身，朝薛闲走来，伸手道：“给我吧。”

原先坐在那处时，他还看着薛闲，此时走到了近处，他却不看了，只垂眸接了铁牌，借用纸符将其包裹起来，又低念了一句经文，在那纸符包裹的铁牌上屈指一弹。

铁牌发出“嗡”的一声响，在他指间猛地一颤。接着，一个轮廓不甚清晰的人影从铁牌中缓缓挤了出来，脚不着地，虚虚地站在玄悯跟前。

薛闲打量起了那人的模样，他的五官像是笼了一层雾气……

雾气……

薛闲倏然板了一张脸，朝天翻了个白眼，强行把差点儿要冒头的联想摁了回去，继续移动着目光——

五官虽有些朦胧，但隐约可以看出生得还算是端正。他身上倒是没穿军营里的甲胄，而是一身普普通通甚至有些破旧的袄袍，只是两只袖管都空空如也，毫无支撑地垂坠在身侧。

显然，有着这样的伤残是无法再征战沙场的，连刀剑枪矛都握不了，回乡是必然的。只是这样的伤兵真正回乡时，心情只怕是甚为复杂……

在薛闲打量着他的时候，那人影先是一愣，又低头看了眼自己的身体，好半晌才发现自己真的有了轮廓，于是冲玄悯和薛闲屈下单膝，低下头行了个不完整的大礼。

因为没有双手支撑，站起来时，动作显得颇为笨拙。

“多……多谢大师相助。”他张口便能说话，只是声音格外轻低，同他的轮廓一样模糊不清。

但仅仅是这样，他还是吓了一跳。

“我又能开口了……”他喃喃着，“你们能听见吗？”

玄悯上下扫量了他一眼，点了点头。

“方才挣动不息的便是你？”薛闲问了一句。

那人点了点头道：“是我。”

薛闲：“遗愿未了？还是仇怨未消不想被超度？”

那人点了点头，又摇了摇头：“不敢，只是……”

毕竟是怨和碎魂强行凝出来的，而非寻常生魂，他吐字颇为缓慢生涩，说说便要停一下，似乎说了前句便记不起来后句。他想了一会儿，道：“我听见二位要离开此地……”

听见？

薛闲一愣，回想了一番。顿时记起来自己确实没话找话地同玄悯说了一句“若是没事，就收拾收拾回方家”，不过……听见？！

“你听见了？你还听见什么了？”

那伤兵的回答及时响了起来：“我本就头脑不清，刚有些意识，便只听见二位说要走，但是……但是二位离开前可否帮我一个忙？”

“说。”玄悯背对着薛闲，说话一如既往地简洁。

那伤兵兴许是没想到他们会答应得这么干脆，又兴许是有些糊涂，静了一会儿才又开口道：“可否……可否劳驾二位将我带回老家？”

第八章 过路人

薛闲一愣，从玄悯背后探出头去，看了那人一眼："你老家？"

"嗯。"那伤兵点头，慢吞吞地解释道，"我先前隐约听见你们提到了簸箕山，我老家就在簸箕山的向阳山脚，就是一片小村子。"

那倒真是不远，只需要从这山坳里走出去，绕着山脚拐一圈就到了。

只是……

你方才不还说刚有些意识就听见我们说要走吗？怎么这会儿又变啦？又听见簸箕山了？你究竟是何时来的意识！薛闲憋了一肚子的话想倒出来，然而想想还是板着脸一声不吭地坐正了身体，不再探头探脑了。

"家中爹娘妻子还在，我想……若是二位能帮我将我那铁军牌带给他们，也算是给了他们一个交代。"好在那伤兵思归心切，并不曾注意到薛闲的反常，只絮絮叨叨地冲着玄悯解释着。从自己何时入了行伍，到几年没能回家等，话语有些颠三倒四，但并不令人厌烦。

薛闲手撑着桌子，起先还有一搭没一搭地听着那伤兵的话，到后来，便开始看着玄悯的肩背堂而皇之地走神了。

他这时才恍然发现，自己似乎是头一回这样看着玄悯的背影。

先前他还是纸皮时，总是趴在玄悯的腰袋边缘，留给玄悯的永远是脑袋顶，而他仰脸所见的，则大多是玄悯的下巴。后来变成了金珠，连探头的机会都少了许多。再后来找回了真身，他不是变得细细一根缠在玄悯腕子上，就是变成一座盘起的小山，绕在玄悯四周。即便是人形的时候，他也是被玄悯托着，还总爱用黑衣罩着头脸。而有了二轮椅子来去自如后，他又无时无刻不走在最前头……

总之，现如今细细想来，他从各种古怪的角度看过玄悯，唯独缺少这样正常的，反倒是他将背影留给玄悯的次数要多得多。

不得不说，这其实是个绝佳的角度。目光里哪怕含着再放肆的情绪也无甚所谓，因为不会被对方看见，也不用担心尴尬。

玄悯的肩背很宽，在薄薄一层衣裳下，显露出一种结实的劲瘦，他的个头儿比薛闲想象的还要高一些，能将人严严实实地挡在身后，阻断所有视线。

这样的背影看着就很是可靠。

薛闲撑在桌案上的手指动了一下，不过他刚抬起来，就听见那伤兵终于解释完所有，冲玄悯道："求二位帮我了此遗愿，来世做牛做马——"

"不必。"玄悯冷冷淡淡地打断了他的话，"未入轮回，话不可乱说。"

伤兵还以为他拒绝了，顿时变得有些慌乱，话语间有些急。

玄悯再度开口道："收拾一番便将你送过去。"

伤兵连声道谢。

薛闲抬起的手指又重新搁在了桌案上，对着玄悯的背他也无甚尴尬的，先前的那些不自在也减轻了些许。他张口问道："你就带那几册书走？"

“不用，我记下内容了。”玄悯偏头看了他一眼，忽然转过身走了过来，“快五更了，将他送回村子再回方家，天该亮了。”

一对上脸，薛闲那蒙劲便又有些冒头了。

玄悯错开他的目光，伸手来抱他时，他还下意识地顺从了一下，只是从脖颈到手脚都已经僵成了一块棺材板。

然而刚碰到玄悯的衣裳，薛闲便陡然回过神来：“我腿好了。”

他说这话时猛地抬了头，结果“咚”的一声，磕到了玄悯的下巴。

薛闲“咝”的一声，还没来得及有所反应，头顶被撞的地方便被一只手覆住了，手指还在撞上的那处轻轻按压了一番。

“龙头哪能随便撞出坑来，我替你‘咝’的。”薛闲僵着脖子也没躲开，任他按压了几下，干巴巴道，“你咬着舌头没？”

“无妨。”玄悯撤开手，朝旁边让了一步，目光随之转到他挂在桌案边的双腿上，“你方才说你腿好了？”

薛闲点了点头：“你先前不是让我用铜钱养一养筋骨吗？到夜里我有些意识的时候其实就已养好了，只是还没来得及说。总而言之，我腿已经好了。”说完他紧紧地抿住了嘴，一副恨不得就地把嘴封了的模样。

玄悯低沉沉地“嗯”了一声，示意自己听见了，然后转身走到了蒲团边，将那几本被他着重翻阅过的书册放回了书柜里。

薛闲扫了他一眼，便收回了目光。他咬着舌尖，双手撑着桌案，试着动了动两条腿。

可以动！

当然可以动，早就已经动过了。

薛闲一边在心里自嘲着，一边干脆双脚触了地，直接从桌案上下来了。

事实证明，瘫了半年的腿脚，即便动弹自如，也不一定能有力气撑住整个人的分量。

薛闲当即脚下一软，差点儿就要丢人地滑坐在地上时，一只手及时伸了过来，一把攥住他的手腕，手掌朝上，稳稳地撑住了他。那一把的劲道极大，以至于那只手的手背筋骨突出，根根分明。

“你不是在收拾书吗？”薛闲愣愣地问道，“后脑勺长眼了？”

玄悯根本没答他这句，只皱着眉沉声道：“怎能莽撞下地？”

“上天都不曾有什么问题，下个地哪来那么些讲究。”薛闲满不在乎地答道。

他借着玄悯的力，试着将力气灌注到双腿上。两条许久不曾有过任何知觉的腿终于后知后觉地开始麻了起来，像是无数细密的银针，深深扎进了每一寸皮肤里。

那种滋味绝不好受，但对薛闲来说却简直能算美妙了。因为随着那麻刺刺的痛感一点点消退，他能感觉到，沉寂已久的双腿真的一点点醒了。

“我可以走了。”薛闲抬头冲玄悯说了一句，神色几乎是惊奇又茫然的。

他借着玄悯手上的力道支撑，跺了跺脚，把最后一点儿麻意跺开了，而后试探着迈了一步。

“真的可以走了。”薛闲说这话时，语气活似梦游一般，似乎还有些难以置信，像是得到了多么了不得的东西。

一个天性乖张又自傲的人，习惯了上天入地云雷伴行，却因为这样一件事茫然了好半晌，好似还不太敢相信。

他又抬头看了玄悯一眼，却发现玄悯的目光不知为何从他的双腿移到了他的脸上。

“我脸怎么了？”薛闲愣了一下，这才从那种茫然的惊奇中抽离出来，他摸了摸脸道，“反应太傻了？若是把你的腿打断了瘫上大半年，你的反应指不定还不如我呢……”

他半是自嘲半是嗤笑地说了一句。

玄悯被他看到后，便淡淡地移开了目光：“再走几步，我撑着。”

薛闲沉浸在腿脚恢复的欣喜里，甚至没有觉察到玄悯语气里多了一丝少见的温和。

事实证明，这祖宗的体质果然非同寻常，瘫了半年不曾动过的双腿，居然只来回走了几下，就变得有力起来，活似从来不曾瘫过。只有薛闲自己知道，他身体里的断骨依然缺失着，全凭玄悯那铜钱引出的丝线连接。

替代毕竟是替代，只能起到暂时的作用，若是想真正恢复，仍然需要将剩下的脊骨找回来……

但那又如何呢？至少他现在能走能跑了，仅这一点，就够薛闲心情舒畅的。这种如释重负的满足感，甚至能将其他一切情绪盖过去。

他甚至连尴尬都忘了，稳稳走上了台阶，走到了外屋门口，伸手指着门边的二轮椅子，抬着下巴冲跟过来的玄悯道：“赏你了，五十年后兴许用得上。”

玄悯：“……”

再放任这孽障满屋乱转，有力没处使，他指不定能说出更多讨打的混账话。于是玄悯也没再耽搁，当即带着那迷迷糊糊的伤兵，和薛闲一起朝山坳外走去。

两人都不怕林间雾瘴，伤兵连人都不是，自然更不怕。

于是他们很快便出了簸箕山，沿着山脚，在夜色里往南边的村落绕去。

山坳里虽然满是雾瘴，山外头却是清清朗朗。夜里难得没有雨雪，弯钩似的银月悬在山头，给山道铺了一层浅霜般的白。

薛闲真正走起路来，其实是又轻又稳的，不急不缓，悄无声息，和他平日的性子有所不同，倒是跟玄悯有些相像。

他那一身黑袍轻薄垂坠，在拐过山道时会被夜风撩起一些边角，有时会从道边草枝上扫滑而过。他向着弯月的半边身子被月光勾出轮廓来，挺直修长，而另一边则随着黑袍融于夜色里。

和玄悯一块走在山道上时，恰好一黑一白，凑齐了一对无常，看得那伤兵后背直发凉。

他们刚行至半途，清平县内五更天的钟鼓就响了起来，一层层由城中传至城外。山南面的村落里，鸡鸣声和狗叫声也随之响了起来，此起彼伏。

而当他们走到村碑前时，村里的人已经醒了大半了，人语依稀。

毕竟带着一个亡灵，即便是魂魄不全迷迷瞪瞪的，也是会吓着人的。于是在进村前，为了省去麻烦，以免耽搁太久，薛闲给他们都加了一道障眼法，这样一来，不论是人还是鸡鸭猫狗均瞧不见他们，也听不见他们说话。

“你家怎么走？”薛闲问了一句。

伤兵朝村落深处一指：“顺着这条路向前，那边有个河塘，沿着河塘拐到后面就到了。”

“那便走吧。”薛闲正说着，忽然听见不远处传来一声幽幽的叹息。

那叹息突兀极了，在夜色未散的村落中显得十分瘆人。

紧接着，村子里有人尖叫了起来，嘈杂的人声乍然多了起来，似乎很是慌乱，不知谁家养的狗狂吠起来，引起了更多呼应似的狗叫。

然而，这瘆人的叹息声在薛闲听来却并不陌生。

他抬头望了一眼，嗤道：“真会挑时候啊！”

村里的人声依然未歇，听起来像是捅了一窝马蜂，嗡嗡不断。几个相对尖锐些的声音凸显了出来——

“鬼鸟啊！鬼鸟来了——”

“鬼鸟怎的会来咱们村，难不成谁招了晦气？”

“完了完了，要死人了啊啊啊啊——”

“死人应当不至于，可准得碰上什么祸事！”

所谓的鬼鸟并非什么稀奇之物，正是常年窝在簸箕山里、疑似玄悯豢养的那只黑鸟。大约是因为常年在簸箕山浓厚的雾瘴中撒泼，叫声又如此别具一格，以至于被山脚村落的老百姓给妖魔化了。

仿佛那黑鸟是个长了翅膀的扫帚星，多转上几圈，满村的人都要倒血霉似的。

“唉——”幽幽的叹息声又响了起来，听得薛闲嘴角一抽。

薛闲一听这声音就脑仁疼，腮帮子酸，手痒，想打鸟，想吃人。

偏偏那黑鸟似乎是个成精的，在村子上空盘旋了几圈后，也不知是长了双什么眼睛，居然径直朝薛闲他们俯冲过来。

好在这三人还未曾走到村子深处，不然周围得乱成一锅粥。

黑鸟半点儿不识趣，它绕着这三人转了一圈，稳稳地停在了玄悯肩头，冲着玄悯“嘤”地软叫了一声，活似撒了个娇。

这下倒好，村子里的人看着这处，叫得更惨了——

“鬼鸟！果然是鬼鸟，你看，它停在半空了！”

“对对对，就像那里有什么东西能让它落脚似的，可那处什么也没有啊，它怎么还能停着？”

原本用了障眼法是想悄无声息地进村，被这傻鸟一搅和，他们三个活似是来游街的，全村都盯着这处，神情警惕至极，若不是忌惮着“鬼鸟不好惹”这种流言，怕是早就扫帚钉耙地戳过来了。

偏偏这傻鸟还不消停，它似乎半点儿不怕生人，歪着脑袋饶有兴味地看着不远处的那些村民，在他们吓得直哆嗦时，又叫了一嗓子：

"唉——"

一波三折，尾音还颤颤悠悠的，别提多讨打了。

薛闲对这声音敏感极了，二话不说，就撺掇着鸟主人给这倒霉玩意儿封了个禁言符。

黑鸟："……"

它似乎天生跟薛闲不对盘，乌溜溜的黑豆眼瞪着吹耳旁风的某条龙，奓着一身毛，伸着脖子就要用尖尖的鸟喙去啄他。

薛闲手正欠着呢，当即两指一动，夹住了那鹅黄的鸟嘴，将它朝自己面前拉了拉，幽幽道："我闲来无事之时，最爱捉一兜鸟烤来吃了。这荒郊野外的我也不讲究，生的熟的都无甚所谓，拔了毛就能下嘴。"

黑鸟："……"

遭到了生死恐吓的黑鸟呆若木鸡地僵了半晌，小心翼翼地晃着脑袋将自己的尖喙从薛闲指间抽了出来，而后憋了两汪泪看向玄悯。

薛闲一见这扁毛小畜生居然还知道告状，顿时也抬眼看着玄悯。

玄悯："……"

堂堂一条龙，居然闲到跟一只鸟互啄，也是种能耐，只能说薛闲这名字还真没叫错。

玄悯约莫也没想到会碰上这样两面夹击的场景，颇为无语。

薛闲倒也不是真要跟这鸟崽子争个高低，他只是借着这由头，想将他和玄悯之间略显古怪的气氛往正路上拉一拉，毕竟这一路上玄悯都不曾开一句口，简直比以往还要寡言。

不过他刚瞪了玄悯没一会儿，就见玄悯扫了他一眼，抬起手盖住了他的眼睛。

玄悯的手掌并不柔软，因为清瘦的关系，手指骨抵住了薛闲的眉弓和鼻梁。也不知他那除尘咒熟练到了什么境地，即便在那竹楼里受龙涎侵扰发了一夜淋漓的大汗，他的手也依旧干而洁净，甚至还带着那片野林的草木气，清淡而温热。

薛闲觉得自己简直是伸手掘了个坟，本想将那点儿古怪感拉回正途，结果被玄悯这意味不明的一遮眼，反而更怪了……

其实身为纸皮人时，他也没少被玄悯捂脸遮眼，他的本意约莫是“眼不见为净”，但是换了种形态，味道就有些变了。

也不知玄悯在此期间对那黑鸟做了什么，薛闲没听见他开口诱哄或是训斥，却听见那黑鸟扑腾了两下翅膀，又默默安分下来。

他在手掌遮掩下的黑暗里老老实实站着没动，只眨了一下眼睛，眼睫从玄悯的掌心和指腹扫过。

玄悯指尖一动，撤开了手。

他也不看薛闲，似乎依然是“眼不见为净”的模样，淡声道：“行了，走吧。”

那黑鸟果真老实了，闷不吭声地趴在玄悯肩头，时不时㞞㞞地瞥薛闲一眼，又立刻扭开脑袋，好似突然就识了时务。玄悯似乎还给它动了些别的手脚，以至于当他们带着这黑鸟堂而皇之地走进村子里时，那些村民的目光却并没有跟过来。

“鬼鸟呢？怎的凭空消失了？”

“对，明明方才还在那里呢……”

村民们嗡嗡的议论声被他们甩在了身后，被这傻鸟一闹腾倒也有些好处，因为大部分早起的村民都聚到了村口，这村落深处便安静多了，一路上甚至没有看到人影。

他们顺着伤兵指的路，走到了河塘处，沿着塘上简易的窄桥拐了过去。

刚行了几步，便听见窄桥下头有人在说话。

薛闲脚下未停，朝桥下扫了一眼，就见两个早起的女子正并排蹲在石板垒出的台阶上洗着衣服，在哗啦哗啦的水声中闲话家常。

“唉——可怜见的，昨儿个村西头的老李叔咽气了。”穿着枣色冬衣的那位叹气道，“说是藏了根麻绳，在床边吊死的，临死前手里还捧着件红花袄子呢。”

“老李？他不是痴愚了五六年了吗？怎的还知道摸麻绳上吊？”

枣衣女人摇了摇头：“李大婶不是前些年重病走了吗？二李子他们怕李叔过不去这个坎儿，借着他痴愚不识人，骗他说李大婶在县城里瞧大夫，这你听说过吧？”

“听说过，说是老李叔睁眼就不记得前天的话了，每天问二李子一遍‘你娘呢’。”

“对，但是据说前两天他有些醒神了，明白了自家儿子哄他呢，大婶早不在了。”枣衣女人叹道，“原本老李叔痴愚归痴愚，还能熬着日子，现在冷不丁没了盼头，一个没看住，就寻了短见。”

“唉……有些事，明白了还不如不明白呢……”

两位妇人说着话的工夫，薛闲他们已经过了桥。那伤兵似乎是愣了一下，脚不着地地驻在原处呆了片刻，又默不作声地跟上了薛闲他们。

“到了……”伤兵的语气听起来有些迟疑，他抬手指了指路边一间不大的土屋，一共三间屋门，两间并列，一间小屋折在一旁，约莫两间住了人，一间是灶间。

偏巧，他开口时，土屋其中的一间屋门被推开，一个绾着发髻面容素净的女人走了出来。她手指间钩着一枚彩绳盘成的结，结上穿着一枚风干的龟背。

她理了理那绳结，踮着脚将其挂在门墙边的一枚铁钉上，又摸着龟壳，转身朝屋外望了一眼。

有那么一瞬间，薛闲甚至以为她看过来了。不过她只是蜻蜓点水般从他们所站的地方一扫而过，看向了村口的方向，而后又收了目光，理了理发髻进了灶间。

“走吧，咱们过去。”薛闲道。

结果没听见回应，转头一看，发现那伤兵有些模糊的面孔上湿漉漉的，不知何时已经泪流满面了。

他梦游似的跟着薛闲他们走到了屋门边，却没有进灶间，而是愣愣地走到了那彩色绳结旁，似乎是想摸一摸那龟背，然而他早已没了双手，只能看着。他看了眼绳结，又转了头，穿过灶间敞着的门，看着坐在灶膛边的女人。

“这绳结是何风俗？”薛闲问道。

伤兵好半天才压住哽咽，闷声道：“龟同归来的‘归’，是咱们这边的风俗，家里若是有人远游未归，会编这样的绳结挂着。”

一月一换，从春夏编到秋冬。

“我……”伤兵痴痴地看着灶间里裹满烟火气的女人，缓了好一会儿，才道，“我改主意了……军牌还是别让她瞧见了。”

他许多年没见过她了，似乎怎么也看不够。好半天，才不舍地移开目光，看向薛闲和玄悯：“劳驾二位，可否帮我将军牌埋在这屋前？”

薛闲看着他湿漉漉的脸，点了点头：“行吧，你不反悔？我们埋了可就走了，走了可就不回来了，你若是再改主意……约莫也没人能帮你了。”

“嗯……我就在这儿看着她和我爹娘，在门前守着。”伤兵低声道，“他们见不着军牌，就总有些盼头……”

他打了许多年的仗，铁骨铮铮，流过血和汗，但想必甚少流泪，是以他哭得面容有些狰狞，似乎在咬牙强压着不发出任何声音。

伤兵无声地站了半晌，忽地看向玄悯开口道：“我……我听说过有一种药，说是能让人把下辈子也许上，我现今这样，去找来吃了还能起作用吗？”

玄悯沉吟片刻，还不曾来得及开口，薛闲已经“啧”了一声，摇头道：“你们怎的总爱把下辈子甚至下下辈子一块儿捆在一个人身上？我碰见过不止一回了。上一回同我说这话的也是个混行伍的兵，絮絮叨叨翻来覆去念了一晚上，问我有没有此类神药。但凡涉及生生死死的，多是邪物，代价可不是常人能承受的，哪有那么多便宜好事让人占了去。”

谁知那伤兵一本正经地道：“也不一定的，我少年时候听村里的瞿叔说过，他老家那带有种神药，若是在身上种下，可把下辈子也一并许上，并且能把对方的灾祸也一并担了……”

他见薛闲一脸不在意的模样，又连声补充道：“瞿叔老家是朗州的，那边总产些稀奇物事，说不准真——”

“别琢磨了，你用不上的。”薛闲惯来不懂委婉，说得颇为直接。

那伤兵一下子就泄了劲，垂头好半晌才道：“我明白，我就是……想想。”

不过……等等。

薛闲忽然皱了眉，“唑”了一声，道：“你方才那话我听着有些耳熟，你说你认识的那人老家在何处？”

伤兵声音模糊，以至于有些字词听起来不甚清晰，薛闲好一会儿才反应过来他说了什么，于是又忍不住开口确认了一遍。

“瞿叔？”伤兵一愣，茫然地重复道，“朗州啊，似乎是霞山还是什么山一带。”

朗州霞山。

有种神药，能把对方的灾祸一并担了……

这两者碰在一起，说是巧合也未免太巧了一些。薛闲的目光朝玄悯颈间瞥了一眼，又和玄悯的眸子对上了。他移开目光，冲玄悯道：“去找一找那人吧？”

能确认个具体方位或是能多问些关于“神药”的情况，兴许能早些找到玄悯身上“同寿蛛”的解法。

两人没多耽搁，应了那伤兵的请求，悄无声息地把军牌埋在了那间土屋门前。而后便循着伤兵所指的方位，往那“瞿叔”家寻去。

就在二人带着一只黑鸟去村子更深处找那瞿叔的时候，村外不远处的山道上，一条长长的车马队正驻足观望着。

不是旁人，正是去而复返的太常寺众人。

队伍领头的依旧是一对年轻的男女，一位任太卜，一位任太祝。

太祝扶了扶脸上的面具，偏头看着正在重新卜算的年轻女子，无奈道：“怎么？那人又使了什么障眼法？抑或是一夜过去，他又换了地方？”

一天不可就同一件事卜算两回，因此他们对所寻之人的所知所解还停留在昨夜。

当时他们都已经绕上另一座山了，这才觉察出有异，于是几经波折，他们又兜转回了簸箕山。

只是这回，太卜迟迟没有开口说话，以至于太祝以为又出了岔子。

“那人倒是确实在簸箕山中，这回不会再出错了，也没有其他异数干扰，只是……”太卜迟疑了片刻，沉声道，“只是他已经死了。”

“死了？”太祝尾音上扬，颇有些诧异。

“最让我不解的倒不是这件事。”

太祝：“还有何问题？”

“你记得我先前说过，算到了一个似乎是国师的人吗？”太卜答道。

“自然记得，不过那应当只是巧合。”太祝道。

“可是不巧，我所占算的结果里，他也来过这簸箕山坳，且刚离开不久。”太卜道。

一件巧是真巧，两件凑在一起，那就很难用巧合来解释了。

太祝一个激灵："不会……真的是国师吧？那人现今在何处？"

太卜抬手一指，山南边的村落在依稀的天光中安安静静地窝着："就在这村子里。"

两人的目光越过面具的双目孔洞，对视了一眼。而后太卜干脆地从马背的背囊里翻出纸笔，湿了湿笔梢的墨，提笔写了封寥寥数字的信。

太祝则默契十足地屈指吹了一声哨，唤来了一只鸽子。

那信抬头是国师，尾端敲了太卜的印，由鸽子送往法门寺。

"信送归送，但咱们还是去村子确认一番为好，毕竟……事关国师啊，可不敢大意。"太祝道。

太卜点了点头："嗯。"

尽管那信是匆促之下草草而就，但内容却并不莽撞。太卜从头至尾也不曾提到那个所谓的"同国师十分相像"之人，毕竟这从某种意义上来说，这算得上是不敬。

太常寺上下没有人有这个胆子，在国师面前如此冒失。因为在他们的印象中，国师从来都是不苟言笑的，他但凡出现，便带着一种无法亲近也不可侵扰之感。

即便太卜、太祝他们都是从小便被国师领回太常寺的，但过了这么多年，国师于他们来说依然是高高在上、不可触碰和忤逆的存在。

"你那信里……"太祝扯了扯缰绳，临出发前有些迟疑地开了口。

太卜不用听完也知道他想说些什么："我没那样蠢，只是提了咱们奉命要寻的人已经死了。林鸽若是一路顺利，约莫明儿个晚上便能落脚法门寺，即便碰上风雨，最晚后天也能到了。国师看了信，自会有安排，咱们照办便是。在那之前，咱们便见机行事吧。"

他们能力有限，送信也只能借用林鸽，但国师可不同。那位大人若是要回信，借了火一烧，他们这边当即便能收到，半点儿工夫也不耽搁。

所以想要印证国师是否还在法门寺，最多两天便有结果。

“其实等咱们进了那村子碰见了那位，就该有个结果了。”太祝低声道，“毕竟国师可不是旁人能充当的。”

他们这些人吃住、教养都在太常寺，而国师则喜好僻静少人之处，常年独居于天机院，严格来说，他们并非国师真正的亲传弟子，但已经是最常见到国师的人了，从少年甚至孩童时候至今，这么多年下来，对国师举手投足间的习惯和气质早已了然于心。

说句不夸大的，即便国师戴着面具，融于百千同样装扮的人群中，他们两个也能一眼挑出来。

写那一封信，只是在请示之余，求个心安而已。

两人对视了一眼，不再耽搁，一夹马腹，长长的队伍便在笃笃马蹄声中朝山南边的小村落行去……

小村落的深处，一株老枇杷树的枝丫之下，有一间独门小屋。小屋低矮的屋檐上挂着两大串沉甸甸的蒜头和殷红的秦椒，借由麻绳编出了花儿。

那麻绳编得颇有些讲究，乍一看不像是单纯挂出来晾晒的。走到近处时，还能闻见那麻绳上有股熏人的味道。

这便是那伤兵所说的瞿叔的住处。

薛闲走到门边，倒是没先忙着敲门，而是耸了耸鼻子，皱着眉凑到那麻绳串儿边闻了一下，而后抬袖掩着鼻子，沉声道：“血味，还是陈年的。”

玄悯对这类东西惯来有些嫌弃，于是抬手拉了薛闲一把，将那凑头凑脑的祖宗拽了回来，好像在那麻绳边多站一会儿，就会沾上那股味道似的。

两人障眼法未消，故而寻常人既看不见他们，也听不见他们说话。就在薛闲被玄悯拉得远离麻绳时，一个穿着厚袄的男子牵着个刚过腰的孩子从瞿叔门前走过。

那孩子只是朝这小屋张望了两眼，便被那男子拽得绕远了几步，仿佛这屋子沾了鸡瘟似的。

“同你说过几回了？别逮住空闲就往这里钻。”男子皱着眉训叨了一句。

那孩童“哦”了一声，老老实实缩着脖子跟他一起绕了道，只是眼睛还憋不住似的朝这儿瞟。

偏巧还有另一对看完村口热闹的母子也从屋门前经过，那妇人同迎面而来的那对父子点头招呼了一声，而后同样拉着自家孩童绕远了几步……

“这村子里的人，似乎不那么喜欢这个姓瞿的嘛。”薛闲咕哝了一句。

他本打算等那几个过路人走远再现身敲门，结果话音刚落，小屋漏了缝的木门便“吱呀”一声开了。

一个瘪着嘴的老头儿眯着眼从屋里探出头来，茫然地扫了两眼，目光定在了薛闲和玄悯所站之处。虽然他双眸浑浊，焦点也有些散，但是薛闲还是觉得这老头儿能看见他们，至少能感觉到他们两人的存在。

“谁啊？怎的在门口干站着？不进来我可关门了。”瘪嘴老头儿口齿不清地喊了一句。

他自己约莫有些聋，以至于嗓门大得很，足以让绕远的那几位听见。

“快走快走，老瞿的疯病又要犯了。”那男子低声嘀咕着，拽了自家孩子，三步并作两步地走远了。那对母子反应亦是如此。

眨眼的工夫，这屋前便半个人影也无。

“啐——”老瞿显然不是个好脾气的，他把着木门，等了片刻依然不见有人进屋，便骂骂咧咧地要关门。

不过门刚要掩上，就被薛闲抬手拦住了。

“劳驾，借地躲个风。”薛闲道。

老瞿一听，还有些迟疑：“是人是鬼？”

不过未等薛闲开口回答，他又自顾自地喊道：“应当不是鬼，我那辟邪的串子挂得明晃晃的，鬼也不敢来……你们是谁啊？来我这儿做什么？”

“来问一件事。”薛闲答道。

老瞿依然把着门，迟疑着没让他们进：“何事？”

“听说你是朗州霞山一带的人？”薛闲对于进不进门本也无甚所谓，毕竟这小屋着实有些矮，他和玄悯两人进门还得低头，若是在门口就能问得清，倒也省得弯腰弓身的麻烦了。

老瞿点了点头：“是啊，怎么了？”

“方才送一位小兄弟回乡，听他提了一句，说他少年时候听你讲过，朗州霞山一带有不少神药？”

老瞿一脸奇怪地听了一会儿，又摸着下巴琢磨了片刻，还是松开了门把：“进来再说吧，站着怪累的，我腿脚不好，受不住。”

这老瞿似乎是个独居已久的，屋里也没个收拾，也不知多久不曾通过风了，憋闷出了一股子馊味，仅是馊味也就罢了，还混杂着一股蒜味。

他手一松，木门一开，这一言难尽的味道便糊了薛闲一脸。

薛闲：“……”要不还是站着说吧……

他绿着脸憋了一口气，低头弯腰跨进了门，又一把捉住想留在门外的玄悯，将他也一并拽了进来。

趁着那瞿老头儿转身摸索着坐下的工夫，薛闲一把抓起玄悯的衣裳，掩在鼻前狠狠吸了一口，这才缓过来一些。

玄悯：“……”

瞿老头儿不算个好客的，也没请两位坐下，他这屋里拢共也没几处可以坐人的地方。

“你们问的是什么神药啊？”他自己窝坐在铺了厚布的椅子里，眯眼问道，“朗州那一带虫草多得很，有些神药不稀奇。”

“可有续命或是改换祸福的？”薛闲试探着问道。

瞿老头儿斜睨着他们，好半晌才道：“那种神药传言是有的，不过并非同一种，据说拢共有两种，生得极为相似，但效用却是天差地别，一种能续命，一种则伤命。还有传言说其中一种能捆上三生的，也不知是哪种，反正咱也没那命见识，真假如何也就全靠耳朵听。”瞿老头儿絮絮叨叨地说着。

“那你可知那药生在何处？”薛闲又问道。

老瞿倒是没让他们失望，还真给圈了个相对具体些的地方：“百虫洞啊！”

薛闲了然：“那便行了，当地人是否都知晓百虫洞在何处？若是知晓，我们到了霞山再问。”

“哪儿啊！”老瞿摆了摆手，“你要真去问了，保准没什么人能答得上来。”

薛闲皱了皱眉：“为何？”

“你是不知道，咱们那处的虫子有多毒。百虫洞这名，光听着就去了半条命。况且谁没事琢磨这些个不真不假的传言哪？”瞿老头儿道，“我之所以听过这些，是因为我祖上是巫医，净爱鼓捣这些东西。实话说了吧，你们算是问对人了，也就我老瞿能给你们指条明路了。”

他抬手，用食指在另一只手掌上画着，道：“你们到了霞山一带，这么走，绕到西南山口，那面有三个峰，其中一处山顶有个弯折的崖，百虫洞就在那附近。至于是跳到崖下头还是怎么着，我就不清楚了，你们若是有命，就各种法子都试试吧。”

有命啊，最不缺的就是这个了。

薛闲嗤了一声，心说还真不算麻烦，大不了将那整个山崖盘着找一遍，于他和玄悯而言，也不算是多难的事。

其实要真说是药，薛闲反倒不那么信了。但要说是“百虫洞”，那可能还真找准了。毕竟玄悯所中的那玩意儿叫作“同寿蛛”，可不就跟虫有关嘛。

单靠一种虫就能续命改命，那自然是无稽之谈，但若是用那虫子养出的蛊，再借由某种符阵或是旁的邪术催一催，兴许还真能有些成效，只是这种东西想必只有一方受益，另一方怕是有得受折磨了。

问到了地方，两人自然不会久待。薛闲临走前扫了眼屋内陈年腐朽的破旧摆设，默不作声地丢了颗金珠在门后挂着的布袋里，算是问话的报酬。

瞿老头儿是个古怪性子，但不招人讨厌。他也不问薛闲他们要做什么，二人告辞他也不打算送，但在薛闲拉开木门正要跨出门之时，那瞿老头儿又说梦话似的喃喃了一句：“不过啊，我奉劝你们一句，那东西即便找着了，最好也别用。我祖上传说出过一个情种，据说是想将自己的命续出去还是想捆个来生来世，我也记不大清了，总之最后过得十分难熬，生不如死，也不知图个什么……”

他说完，又自嘲似的道：“不过这话啊，我给多少人都说过，没人信，都说我疯疯癫癫的。你们也就这么听一耳朵，走吧走吧，我再睡会儿回笼觉。”

“我可没那么闲得慌，再说了，我再续命还得了？”薛闲漫不经心地答了一句，冲瞿老头儿一摆手，推着玄悯出了门。

问到了想问之事，二人自然不会再多耽搁，当即循着村里阡陌纵横的小道，朝村口的方向走去。出村的途中，路过那河塘时，薛闲不经意地朝远处瞥了一眼，却见那伤兵果真直直地守在门前，似乎打算一站便是六十年白头。

他其实并不太能理解这种过于激烈的感情，不论是瞿老头儿嘴里那个“祖上的情种”，抑或是哭得一脸狰狞的伤兵，他们所作所为之中包含的那种感情，他着实难以感同身受。

他曾经也碰见过一个行伍之人，是六七十年前的事了。

那是极北之地的一片大漠，他循着天时去布一些雨水。到那处时，就见狂风吹搅之下，风沙漫天，地上尸骨累累，被烧毁的战车、破碎的战旗以及腐朽断裂的甲胄铺了十里。

那个兵将当时就孤零零地坐在战车边上，一脚屈着，虚空蹬在翻起的轮上，支着脑袋看着身边的破旗。

薛闲只看了一眼，就知道那是个死了大半年的野魂了。别的鬼魂都早早上路了，只有他，也不知惦念着什么，迟迟不走。薛闲生性有些懒，且算不上热心之人，本不打算管他，兀自布了雨便要走，结果那孤魂却将他叫住了。

那孤魂大约徘徊久了，脑子有些浑，也不管薛闲是何人，就这么拉着他絮絮叨叨地“蹦豆子”。他就同那伤兵一样，话说得颠三倒四，颇有些难懂。

薛闲做事向来看心情，那天他恰好看着遍野尸骨有些感慨，所以对那孤魂的忍耐度略高一些，容忍他讲了许久的废话。总结起来不过两件事，一是“若是这仗赢了就好了”，二是“不敢上路”。

“死都不怕，为何怕上路？”薛闲问了一句。

那孤魂又是颠三倒四地说了半晌，薛闲才勉强听了个明白：他怕上了路，他就得去过他的下辈子了，但他妻子还留在这辈子呢，他怕走了就再也没机会见了。

“赖着也没机会见。”薛闲道，“你被缚在这处了，走不了。”

那孤魂哀怨地看了他一眼，又连说带比画地讲了许久：若是下辈子还能记着去寻她就好了，也就不那样难受了；若是还有缘分，最好从幼年时候就能遇见，看着她一点点长大，从小姑娘变成大姑娘，然后娶她，也不用像戏文里那种生生死死的，最寻常的小日子就行，最好……还是别再有战事了……

薛闲看着满野尸骨，听着他酸唧唧的长篇大论，居然也没嫌烦。

他临走前，顺手丢给那孤魂一根长绳。

“给我绳子作甚？我已经死了，也不用吊啊？”那孤魂木着脑子道。

薛闲没好气道：“在左手腕子上缠一圈，做个记号，你不是下辈子还要寻人吗？虽然也没法儿让你记着这些鸡零狗碎的，但做了记号终归显眼一些，没准执念够深真能寻着。”

那孤魂徘徊大半年也只是因为这一点儿心事，这会儿了结了，自然没再多待，薛闲离开的时候，他也一并上了他自己的路。

现如今，薛闲看到那伤兵，便又想到了那个孤魂。六七十年过去了，他依然不太能理解那种死后还念念不忘的情感。

不过，在想起这些零碎往事时，他无意识地朝玄悯瞥了一眼。

“怎么？”领先半步的玄悯眼角的余光扫见薛闲脚步顿了一下，便淡声问了一句。

薛闲回过神来，这才发现自己的目光正落在玄悯肩背上，“哦”了一声，转开目光：“无事，想起一个过路人而已。”

“过路人？”玄悯朝河塘那头扫了一眼，转而瞥向薛闲。

不过薛闲的目光已经落在了前方的路上：“走吧，快出——有人！”

他们已经走过了村口的地碑，刚撤了障眼法，等拐过这个弯，便能出山道了。结果薛闲话刚说一半，就瞥见不远处的山道上站了一条长长的队伍，白森森的。

“哪家送葬这么大排场？”薛闲刚嘀咕了一句，就见那队伍中夹着的马车边竖着旗子，旗子上写了两个字：太常。

他和玄悯均停住了脚，还未待他看清来人模样，他就听见一个清亮亮的女声道：“下马。”

接着，那百来人齐刷刷从马上下来了，对着他们便行了个大礼。

薛闲：“……”这唱的是哪一出戏？

太常寺早有规定，只跪天地，所以即便见到国师，行大礼也并非跪礼，而是躬身礼。

但这百来号人穿着宽袍大袖的白衣，戴着狰狞而古朴的兽纹面具，默不作声而又整齐划一地一躬到底，场面还是蔚为壮观的，只是这壮观中透着股肃穆敬畏之感，若是每人再捻上几根香，那活脱脱就是来祭天的。

这场面对寻常人来说甚为宏大，但对薛闲来说倒算不上什么，他之所以有些愣，只是因为冷不丁看到太过意外而已。

他对凡世间朝堂之事甚少关注，对那些随着朝代更迭时不时换一遭的官名机构更是懒得去了解，毕竟跟他不相干，所以乍一看到“太常”二字倒是无甚感觉，倒是从这百来号人的着装打扮上可以推断出一二——恐怕是朝内专司祭祀问卜之人。

他活了这么久，没少见过这种架势，差点儿下意识地脱口而出：求雨都追到这儿来了？

不过还不曾待他开口，身边的玄悯便皱着眉朝前踱了一步，刚巧将薛闲半遮半挡在了后头。就见他端着张霜寒地冻的脸，眸子冷冷淡淡地扫过来人，问道：“有何贵干？”

有何贵干？!

队伍前端，刚打算张口喊国师的太卜和太祝二人当即傻在了原地。

不过他们好歹是在朝中长大的，不至于人前失仪，两人维持着躬身的姿态，偏头对视了一眼，俱是满眼惊疑不定。

认错人了？不可能啊！

那身形气质和走路姿态活脱脱就是国师，甚至都不用等对方走近，一眼就能认出来！

可这句“有何贵干”又是怎么回事？

刻意的？难不成有要事在身，不方便露出身份？

太卜、太祝二人当初同年进太常寺，说是青梅竹马一起长大也不为过，旁的不说，默契还是有的。两人略一交换眼色，便达成了一致的猜测。

只是这猜测刚一冒头，手边便突然传来了一声“嗞嗞”轻响。

二人一愣，就见发出“嗞嗞”声的，是太卜手指边不知何时出现的一团火苗，那火苗眨眼便退了个干净，露出火芯中包裹的纸条。

这情景于他们而言并不陌生，国师若是想要传递什么消息，往往会采用这种方式。

照理说太卜送出去的林鸽刚走，再怎么赶也不可能这会儿就赶到法门寺。唯一的可能便是国师刚好有别的吩咐，只是送来的这时间也太过巧合了……

太卜反手捏住折叠而成的纸条，不动声色地朝对面的白色身影瞥了一眼，正打算展开，身后突然传来一阵鸟类扑翅声。

“有信。”太祝转身看了一眼，抬手从扑到面前的林鸽脚上取下了信筒。

两人面面相觑，又赶忙低头看信。

“信是少卿所写，说是花枝县上报，传县内有人得见真龙，国师传了令，现今太常寺连同国师常住的天机院外院护军都出发上路了，让咱们在这儿先行留心。”太祝声音压得极低，但是说到“真龙”时仍有些诧异，以至于音调略高了一些。

他又慌忙收了声，极为克制地用气音说完了最后一句：“另，少卿说，国师已出关，另有要事，三天后自会来同咱们会合。”

而国师传来的那张纸条则一如既往地言简意赅。

太卜直接将那展开的薄纸送到太祝眼皮下，就见上头写了四个字：便宜行事。

落款依然是同灯。

两封信一前一后，长倒是不算长，所含讯息却颇为让人不解——花枝县有人得见真龙，为何太常寺连同天机院众人都要赶过来？以往可从没这样过，这架势有些太不寻常了，让人心里直泛隐忧。

不过太祝、太卜二人最在意的并非这点，而是国师居然真的已经出关了，且另有要事……

二人不禁同现今的场景相联系，只觉得自己先前的猜测应当是没错了——国师之所以与他们相见而不相认，应当是另有安排和隐情。

既然如此，他们自当全力配合，砸国师的场面，那不是活腻味了吗？

“便宜行事……”太祝嘀咕着，可不就得便宜行事嘛！二人迅速收敛了神情，抬起头来，冲对面站着的玄悯和薛闲点了点头，道：“一场误会，我们怕是认错人了。”

“认错人？”薛闲不咸不淡地笑了一声，顺手掸了掸衣袍侧边并不存在的尘土，“这话……能当真吗？”

虽然两方人相距较远，但薛闲还是听见他们提到了“真龙”一词，若对方索性坦坦荡荡地说明来意，他倒也不会多么在意，但对方偏偏抬头便来了句“认错人了”，这就有些值得琢磨了。

什么样的人需要自我隐藏呢?

居心叵测之人。

薛闲向来懒得去琢磨凡人肚里的弯弯绕绕，但是他毕竟吃过一回亏。一见到这种遮遮掩掩之人，他便不由得想起自己被抽的筋骨，顿时脸上的笑意更冷了。

“怪我们莽撞，这山道弯折，二位拐过来我们不曾细看，单凭衣色身形错认了人，闹了笑话。”太祝说着，看都不敢多看玄悯一眼，只冲薛闲拱了拱手，“还望海涵。二位既然在赶路，我们也不便多耽搁，请——”

说着，他冲身后的长队打了个手势。

百十来人的队伍如同破浪分海般朝两边让开，齐齐整整地给薛闲和玄悯让出了一条道。

薛闲短促地哼笑了一声，倒也没再开口，干脆地抬脚便走。

他和玄悯二人当真走进了那条分开的道，两人都是不怕事的祖宗，以至于走在这种道上也没有丝毫的不自在，神色冷淡，步履从容。

不待玄悯走到近处，太卜和太祝二人就同时垂下了目光，如同在太常寺里见到国师一样，根本不敢多看。更何况他们眼下似乎还惹了事，以至于场面一度有些尴尬，差点儿违背了国师的意思，自然更不敢抬眼。

只是在玄悯走过的一瞬间，太卜垂着的目光略动了一下，朝玄悯垂着的右手瞥了一眼，又很快收回了目光。

除开面对玄悯的片刻有些不经意的失态，二人此后的表现倒还算得当，守礼却又不过分恭敬，只在过程中又不动声色地多瞄了薛闲几眼，似乎生怕这看起来并不好惹的人发现什么破绽。

但坏就坏在这几眼上了，瞄别人兴许还不容易被发现，但像薛闲这样感官极为敏锐的，着实太容易注意到他们的目光了。他只觉得这些人简直就差把“居心叵测”几个字刷在脸上游街了。

有那么一瞬间，他隐约觉察到还有另一些古怪，只是这想法还没冒头，就被玄悯肩上的黑鸟搅和没了。

那黑鸟着实是个不怕生的，见到这些“披麻戴孝”的人居然毫不慌张，反倒在薛闲挤到它时，张开翅膀便扇了薛闲肩膀一下。

小畜生！

薛闲刚斜了它一眼，就见玄悯神色淡淡地又给它拍了一张符。

这回应该是定身用的，黑鸟被拍了之后，当即在玄悯肩膀上僵成了一块棺材板，动也不动了，两只黑豆眼委委屈屈地瞄了玄悯一眼。

薛闲顿时身心舒畅，也懒得再去琢磨那些人怎么个“居心叵测”法了。

太卜和太祝目送两人一鸟走出夹道，经过最后一匹马，走到了前头山间的岔道上。

“呼……”太祝轻轻地松了一口气，同时心里已经有了计划——为了不妨碍国师，他们要假装与二人背道而驰，继续行路，再从前头找条道绕过去，保持着不远不近的距离跟在国师后头，以便在国师需要的时候及时出现。

只是他这一口气还没有吁到底，就见“国师”身边那个清瘦高挑的黑衣男子倏然回头冲他们笑了一下。

那笑好看极了，也邪性极了，含着股凉丝丝的味道，从勾着的半边嘴角漾开，看得太卜、太祝二人均是一惊。

紧接着，整个太常寺的队伍头顶之上风云骤变，原本依稀能见的天光瞬间被滚滚黑云遮了个严实，接着数百道煞白的电光毫无预兆地从黑云中直劈下来，带着惊天动地的响声砸在地上。

每一道几乎都贴着脚尖，沿着整个人群箍了一圈，形成了一个云雷所铸的笼子。

太祝他们活了这么些年，头一回尝到了“人仰马翻”的滋味，整支队伍乱成了一锅粥。每一道雷的角度都甚为刁钻，绝不至于劈到他们，但又总能让他们觉得不躲不行。

那云雷没完没了地砸，似乎总也没个尽头，而他们能耐有限，想从这笼子里脱身绝不是一时半会儿能办到的。

于是，当太祝在狼狈之中勉强张望一眼，却发现他打算跟着的人早已没了踪影，而由于刺目雷光的遮蔽，他甚至没看到那两人究竟是朝哪条岔道走的。

就在他满心焦急之时，太卜一把拽过他，沉声道：“无妨，能追上。”

薛闲和玄悯回到清平县时，天色已经大亮了。不同于簸箕山脚下的黑云密布电闪雷鸣，这里日光甚好，在这寒冬腊月里，居然透出了一丝暖意。

整个清平县似乎较之前两天热闹了一些，街上人影往来多了不少，似乎从疫病的阴影里略微脱出了身，探头喘了一口气。

两人站在方家后院门口时，整个方家早已一片忙活了。

药郎伙计们在圃边铺着草药，打算趁着难得的晴天晾晒一番。那些个乞丐跟前跟后地给他们帮着忙，笨拙却仔细。陈叔帮着方承在核对卷册，一个念着药材名，一个用朱笔画改着斤两数目。

江世静则在一旁领着几个七八岁的孩童念书，这些孩童是一些人家送来学医的，年纪虽小，但对各种草药的药性倒是对答如流。

陈婶拎着把菜刀，在灶间剁着菜，杏子给她打着下手，时不时进出一趟。

双胞胎兄弟在前堂忙得不可开交，不方便见光的江世宁则窝在房内，给自家姐姐校改手抄的一本医书。

石头张挑了个角落，摸了两块石头，凿凿敲敲地不知在雕着什么小玩意儿。在他脚边，已经排了一串拇指大的石头兔子、石头猴儿，可见也是闲出花儿了。

方家后院算得上宽敞，硬是被这些老老少少填了个满当，近乎有些拥挤了。

这样的环境，若是让以前的薛闲瞧见，必然掉头就走——一个石头张在耳边嗡嗡就够闹人的了，这么多人一起嗡嗡，谁受得了？

他不像玄悯那样讲究，性子还格外张扬，但其实是个不喜闹腾的，他自己闹可以，旁人不能吵，就是这么蛮不讲理。

但这会儿，他倚在门边，闲散的目光从院里扫量而过，却忽然觉得这样的日子倒也不错，于寻常人来说，大约是再圆满不过了。

“啊——”杏子刚巧从灶间出来，一打眼便看见了悄无声息站在门边的薛闲和玄悯，欢欢喜喜地冲院里道，“薛公子回来啦！”

“小丫头你这心都快偏到胳肢窝了。”离她最近的石头张顺嘴侃了一句，“大师回来你就没看见啊？”

杏子红着脸连忙摆手：“没有的事，我还没来得及喊呢。”

这石头张约莫是沉浸在雕石头的乐趣中，还不曾缓过神来，转头张嘴便冲薛闲他们来了句：“你们收拾了一整晚啊？收拾完了吗？早知道还挺费时间，我跟廿七那小子就多留一晚搭把手了。”

薛闲：“……”

石头张不愧是个棒槌，就这么一句话，让薛闲脸色由白变绿。

有那么一瞬间，薛闲似乎能感觉到玄悯朝他看了一眼，然而当他偏头看过去时，玄悯已经垂下了目光，淡然地跨进了院门。

薛闲眯了眯眸子，朝石头张瞪了一眼。不过这三番两次被戳到心的感觉着实不那么痛快，好像平白多了根软肋似的。而事实上他浪荡惯了，活了这许多年，还从没这样心绪起伏过。

差不多得了！

石头张被他莫名地盯了半天，腿都软了，幸好是坐着的，若是站着的，恐怕扭头就想跑了。他轻轻抽了自己一嘴巴："让你多嘴，被瞪了吧。"

尽管他还是琢磨不透，一句简简单单的话怎么就惹着这祖宗了？

院子里的众人纷纷冲薛闲和玄悯二人打着招呼，盯着薛闲的脸发了半天呆的杏子突然想起什么似的又叫了一声，指着薛闲好好站着的双腿，瞪大了眼睛道："你——"

"哎哟？腿脚好了？"吃了无数堑却一智未长的石头张诧异道，"你这是使了什么神药？一夜之间腿就好了？"

薛闲眯了眯眸子，面无表情道："我劝你别说话比较安全。"

石头张默默封上了嘴，心说：我又怎么惹着这祖宗了？

然而像石头张这样觉察不出"一夜之间"这词有何问题的人还不在少数，眨眼的工夫，整个方家后院的人注意力都集中在了薛闲突然恢复的腿脚上，顿时七嘴八舌地频送关怀。

"一夜"长"一夜"短地叨叨了半天，以至于薛闲差点儿觉得这些人约莫都是来给他讨债的，这一张张嘴啊……

好在没听上几句，薛闲便发觉自己的腕子被人不轻不重地握住了。

"他腿脚刚恢复，还需静休几个时辰调养一番。"玄悯突然开口说了一句。

众人一愣，赶忙附和道："大师说得对，确实该好好调养。"

玄悯也不多话，捏着薛闲的腕子，推开他们先前合住的那间屋子，将薛闲引了进去，然后带上了门。

屋门将众人的声音关在了外头。这一层算不上厚的木板着实神奇，一旦掩上了，就仿佛隔出了另一个世间。薛闲的眸子不那么经意地垂着，刚巧落在握着自己腕子的那只手上。

房门明明已经关严实了，可那手却过了片刻才松开。

薛闲抬了眼，就见玄悯已经转身走到了桌边，一边拉开一把木椅，一边淡声道："方才一路，你步履不实，脉象也有些凝滞，腿脚恢复得恐怕有些不太好，再调养一番吧。"

所以手松得迟了些只是为了探一探恢复的状况……

薛闲挑了挑眉，收回了目光，也不再看玄悯。他兀自拎着那串还未归还的铜钱，错开坐在桌边的玄悯，在床边坐下了。

玄悯方才说的那番话倒是没错，薛闲自己也心知肚明，他真正的脊骨毕竟还未找全，此时之所以行动自如全凭铜钱凝出的那一条丝线拉着。

只是替代终究只是替代，无法长久维持。现在已然有些不稳了，若是不及时调理继续灌注灵力，那丝线一旦崩断了，他怕是还得瘫回去。

于是他也没多耽搁，当即接着玄悯的铜钱入了定。

起初，那股以铜钱为媒的灵力一如往常地在他体内脉络中汩汩流转，不断地浸润着断骨中牵连的那根丝线，甚至催得两端断骨又隐隐长出了一寸。

只是没过多久，另一股温热的灵力顺着铜钱，涌进了他的筋骨之中，与原先那股并行甚至融合为一，缓缓浸润着他的断骨以及受损的筋脉。

薛闲半睁开眸子瞥了一眼，就见玄悯不知何时也已经闭上了眼，单手行着礼，似乎也在修着什么。

由此可知，那另一股暖热的灵力究竟来自何处了。薛闲重新合上眼，在调养断骨和骨中细丝的同时，也不忘引着自己和玄悯双股灵力一遍遍从铜钱上走过。

许久之后，薛闲手里捏着的铜钱倏然颤了一下，明明没有发出声音，却有金属音顺着指间骨骼一路传至脑中，像是有什么东西“咔嗒”一下，解开了锁。

他愣怔了片刻，终于反应过来这是怎么回事——怕是玄悯那五枚铜钱中，又有一枚的禁制解了。

有那么一瞬，他下意识地能感觉到，随着新一枚铜钱禁制的解开，铜钱同他身体的牵连似乎又略微紧密了一些。铜钱嗡嗡直颤的同时，他觉得自己的脑子也在跟着嗡嗡颤动，以至于他有些不受控制地陷入某种梦境中。

与其说是梦，不如说是一些模糊到连轮廓都难以捕捉的片段，像是偶尔从河塘中冒了头又倏然消失的鱼——

有时能看见有人在他面前来回踱了几步，他的视角极为奇怪，看不见那人的身腰，只能看见几乎垂地的衣摆，模模糊糊如同云絮一般从他眼前一扫而过，他淡淡地张了口，似乎简短地说了两个字，也兴许只是一个称呼……

有时是他坐在某处，面前似乎有个桌案，只是看不清上头摆着何物，有黑色的虚影掉落在他手边，他似乎冲那虚影动了动手指……

有时他手里还会拿着东西，乍一看像是鬼面，红黑交杂的色团，也看不清个眉目……

就在薛闲着实有些弄不清这似梦非梦的片段都是由何而来时，他又看见了最后一个片段，这片段中有个面容模糊的孩童站在他面前，他弯着腰，冲那孩童伸出了手。

只是让他有些愣神的是，他的衣袖是白色的，纤尘不染的白。

“你是何人？”那孩童仰起脸，用模糊而稚嫩的声音怯怯地问道。

他正要回答的瞬间，忽然瞥到了自己伸出去的那只手，无名指关节侧端有一枚极小的痣。虽然梦境一片模糊，但那一枚小痣在瘦白手指的映衬下莫名地显眼。

那一瞬间的惊诧让他头脑倏然清醒，从极为模糊不清的梦境中脱离出来。

薛闲倏然睁眼，定定地看向桌边。

屋内一片漆黑，不知何时已经入了夜。外面的灯笼光亮隐约透进来，勾出了桌边玄悯的轮廓。

“玄悯。”薛闲皱了皱眉，轻声道。

玄悯应了一声，声音里透出一丝极为浅淡的疲累，似乎也刚从某种耗神的境况中脱离出来。从薛闲的角度，可以看见他抬起手摸了一下颈侧。

虽然屋内一片漆黑，根本看不见他手指的细节，但是薛闲记得，在他这只手的无名指关节处，也有一枚小痣，同方才梦境里的位置一模一样。

薛闲原本想同玄悯说一说方才的梦，但是见他摸起了颈侧，便改了主意。

因为另一个想法倏然在薛闲脑中冒了头，如果方才只是个凑巧的梦境，那说一说也无妨，但是……那若不是梦呢？

现今的他和玄悯的铜钱之间有些说不清的牵连，这牵连能将玄悯身上的龙涎效用传给他，会不会也能传递一些旁的东西？诸如……记忆？

若是没弄错的话，这铜钱但凡解一次禁制，玄悯的记忆便会恢复一些。方才在调养过程中，有一枚铜钱的禁制被冲破了，那么他所见的那些……会不会就是从玄悯脑中掠过的一些记忆？

只是因为牵连有限，以至于他看那些画面如同隔着河岸一般模糊不清。

若真是记忆，反倒不能这样直截了当地问了。毕竟玄悯主动告诉他是一码事，他在玄悯不知情之下亲眼看见又是另一码事。

他琢磨着等玄悯恢复一些，好好同他谈谈，不过眼下看来，这铜钱最好还是别乱动用了，以免牵连越来越深。

玄悯听他喊了一声又迟迟不说话，便偏头问道："怎么？"

这会儿声音听起来比先前好多了，似乎已经恢复了大半。

"这铜钱还是先还你吧，我暂且用不上了。"薛闲站起身，松了松筋骨，状似不经意地将铜钱搁在玄悯手里。

他习惯性地用手指钩着铜钱串的绳子，搁在玄悯手中时，手指还没从绳子中收回来。

玄悯握着铜钱，他钩着绳子，过了好一会儿，薛闲动了动被细绳缠住的手指，却并未松开，而是不轻不重地朝自己这边牵了牵，他垂着目光，看着坐在面前的玄悯，低声道："你……"

笃笃笃——

敲门声倏然响起，一个单薄清瘦的身影映在门外，陆廿七那干巴巴的声音传了进来："起来了，人家宅子主人过寿诞，你们怎么能睡到这么晚。"

薛闲手指一松，彻底放开了那根细绳："差点儿忘了日子，今儿个江世宁的姐姐请咱们吃酒席，走吧。"

他和玄悯在方家眼中是贵人。陆廿七只是来打个头阵的，薛闲这房门一开，方家老老少少便都聚了过来，连请带邀地将他和玄悯带去了客堂。

看着满满一桌堪比酒楼食肆的佳肴，薛闲这才弄明白陈婶大清早拎着菜刀来来往往究竟在忙些什么。

说是寿诞，其实并非什么整岁的大日子。江世静和方承只是借了这么个由头，凑齐人吃一顿和和满满的家宴而已。

左右也无外人，这一顿家宴众人觥筹交错，倒是吃得颇为痛快。前半程还拘着点儿礼数，后半程双胞胎兄弟先撒了疯，接着便一发不可收拾起来。

一群人以陈家两兄弟为主力，没脸没皮地哄方承和江世静，哄完又去闹陈叔陈婶。

“不害臊！吃你俩的饭去，再不消停明儿就给你俩喂猪食！”陈婶没好气地把那俩满场窜的兄弟轰回了座位，劈头盖脸一顿收拾。

方承倒是斟了一小杯酒，扫开闹腾的兔崽子们，一手捏着袖口，笑着冲江世静举了举杯。

江世静竖起食指，强调道：“只一杯啊！”然后抿嘴笑着也举起了一只小小的青瓷酒盏。

“无妨，一年一杯，我还能再喝上八十杯。”方承一本正经道。

“那都成精怪了！”江世静哭笑不得。

江世宁这个书呆子在旁吃不了寻常人的食物，却也笑得两眼弯弯。

薛闲把玩着手里的酒盏，原本正懒洋洋地看着热闹，结果目光从方承和江世静露出的手腕上瞥过时，却略微停驻了一下——

就见方承的手腕上有一圈极淡的痕迹，好似缠了一圈绳子压出的印，倒是十分眼熟。而江世静手腕上同样也有一抹淡痕……

“你在瞧什么呢？”江世宁无意间回头，刚巧瞥到薛闲的目光落点，于是凑过来问了一句。

薛闲下巴一指。

江世宁便“哦”了一声：“我姐夫手腕的那个胎记，自打出生便有的。

我姐那是她不小心磕的，偏巧小时候头一回见姐夫的时候磕的，留了点儿印一直没消，看起来倒像是天生一对了。”

“嗯。”薛闲应了一声，挑着眉啜了口酒，眯着眼道，“没准儿是上辈子留下的记号呢……”

那在荒漠尸海中徘徊许久的孤魂终于还是如了愿，寻到了想寻的人，过着最平常的日子，喜乐美满。

“八十算少的，没准儿下辈子还能接着数呢。”那边方承又开了口。他认真地在江世静酒盏上轻轻一碰，“这就算答应了，百年之后莫要反悔。”

说完，他仰头喝干了那一盏酒。

这世间有些牵连总是难以说出个所以然来，有时甚至连个端头都寻摸不着，却能牵肠挂肚、侵皮入骨，从少年折花至白头终老，百年而不绝，三生而无改。

薛闲咽下口中的酒，勾着嘴角笑了笑，漫不经心间忽而朝身边瞥了一眼，却见玄悯刚巧从他这处收回目光，端起茶盏浅酌了一口茶……

第三卷

第十章 指间痣

清平县城墙外西南角，绕过簸箕山一路朝前，有一条直通大江的古河，小名野鸭泊。

这河在清平一带自古传言不断，总说河里有河神，能保佑这一带农田风调雨顺，鱼虾鲜美，还传说曾经有不懂门道的人想要填河修宅，结果修什么倒什么。久而久之越传越神乎，人们便在河边修了一座河神庙，给远近百姓祭祀供奉以求心安。

但这野鸭泊终究是个荒野之地，河神庙白日里偶有人来，夜晚却杳无人烟，黑灯瞎火，是个“闹鬼”的好去处。

这天夜里，河神庙一反常态地在深夜亮了火烛，两豆油火在河神石像脚边微微晃动，照得一室昏黄。庙里的软垫上窝坐着两个人，一个是矮胖一些的中年男人，一个是单薄瘦小的少年。

一个穿着云雪白袍的年轻人正站在火烛边，借着火烛的光，将一张黄纸展平在香案上。他擎着袖摆，笔尖饱蘸浓墨，在那黄纸上写下了几个字：

江世宁

丙寅年八月初七

庙门边的一株老树上，一个黑衣男子正坐在弯折的粗壮枝干上，背靠着树干，屈着一条腿，另一条腿闲闲地垂下来，显得有些懒散。他素白的脸被庙内透出的一点儿灯火映照出了一点儿暖色，俊秀的眉眼轮廓被柔化了一些，难得显出了一丝温和之相。他不是别人，正是薛闲。

这一夜的方府难得歇得晚，老老少少继续都沾了点儿酒水，带着一点儿微醺之意沉沉睡下了。而薛闲他们，便是在众人歇下之后出的门。

“你就不怕日后你姐姐回回烧纸都数落你？”薛闲手肘架在膝盖上，另一只手有一搭没一搭地撩着垂在手边的叶子。

江世宁站在树下，仰脸望着他，摇头道：“我姐心肠软，舍不得。”

“你倒是舍得不告而别。”薛闲手欠地揪了两片叶子，在手里折着。

“不趁着夜里走，白天更走不了，她冲着我哭我可就没辙了。”江世宁笑了笑，“长痛不如短痛，总是要走的，我给她留了信了。”

薛闲点了点头：“行吧，左右是你姐姐，也不是我的。”

他偏了偏头，盯着树下身影单薄的书呆子看了眼，上上下下一顿打量，而后道：“你真想好了？这事可没有回头路。”

“嗯。”江世宁点了点头，“爹娘上路了，姐姐也过得很好，我也无甚遗憾的了，该走了，哪有好好的亡灵赖在阳间不走的道理。”

也确实如此，拖得太久，那可就连轮回都难入了，并非好事。

“天下无不散之筵席。”江世宁低头看了眼自己的手脚身子，又转头仔细扫了一遍庙里一路同行而来的人，最终还是抬眼看向了薛闲。

在江家医堂废墟里浑浑噩噩飘荡的三年时间，如同浮光掠影，眨眼便过，他现在甚至已经有些记不起来了。唯独清晰地记得自己在屋角高高的荒草中忽地一抬眼，便看见了这个一身黑袍的年轻人，面容苍白得近乎病态，眉眼却透着股嚣张的美感。

自那之后，他便有了纸皮身体，找到了爹娘碎魂，甚至还行了这么远的路，过了长长的江，写了满满一封信，同姐姐好好地告别……

“突然记起来——”江世宁冲薛闲道，“我似乎从未正经地道过谢。”

薛闲嗤笑一声：“谢什么？”

要谢的太多了，哪里是三两句话就能说清的。江世宁笑笑。

玄悯从河神庙中望了过来，冲江世宁点了点头，而后点燃了手里折好的黄纸。一根长香在黄纸燃烧的火舌中静静生着烟。

黄纸缓慢地烧成了灰，长香也一节节落了下来。

江世宁的身影越来越淡……

他在薄薄氤氲的纸烟中冲玄悯的方向深深作了个揖，又转过来，冲薛闲拱手躬身。

“你突然这么酸唧唧的，是想临时拍两下马屁，好让我以后记得给你烧一份纸钱吗？”薛闲看着他愈渐模糊的轮廓，眯着眼有些出神。

江世宁道：“纸钱就不用了，烧了我也还不上。”只是借着这河神庙的香火，祝各位一世平安。

毕竟这一别，便真的是再会无期了。

长香最后一截香灰散落下来，江世宁的身影再也看不见了。

薛闲盯着他消失的地方看了片刻，翻身从树上跃了下来，黑袍在夜色中翻飞又收拢，随着他的步子，无声地从草面上扫过。

他站在庙门口，却并没有抬脚跨进门。他看着站在香案边拨了一下烛芯的玄悯，心中蠢蠢欲动，翻涌出了一丝缘由不明的遗憾来。

玄悯在烛火中朝他瞥了一眼，又收回目光。

他垂着目光，平静地将香案上接着纸灰和香灰的符纸折了几道，长袖一扫，接着烛台上的那簇火苗便落到了叠过的符纸中，宛如一盏简单的河灯。

玄悯一手托着符纸叠成的河灯，大步流星地朝薛闲走来。

河神庙内的地面较之外面略高一些，玄悯在门槛边停下步子，将手里的河灯递给薛闲，沉静的目光落在薛闲眼里，又蜻蜓点水般收了回去："这河本名为平安。"

可安生魂，可送野鬼。

薛闲接了河灯，又眯眼看了玄悯一眼，却见他忽而抬手，碰上了薛闲的脸侧。

"枯叶。"玄悯淡声说道，继而将那枚从薛闲鬓边摘下的细瘦枯叶捻成灰，散在了门前泥土中。

薛闲收了目光，"嗯"了一声，转而托着河灯大步走到了河边，将盛着超度香灰的河灯放在了古河河面上。那一星灯火顺着河水静静流远，像是将故人送去黄泉彼岸。

他忽然琢磨过味来，先前不明来由的遗憾究竟是什么——

看着江世宁消失的那一瞬，他难得地泛起了一些感慨，觉得忽而少了些什么，明明江世宁并非聒噪吵闹之人，却依然让他觉得周围陡然空静了一些。

天下无不散之筵席，何况他的寿命近乎无所穷尽，总要看着旁人白头老去然后再会无期的，包括玄悯……

薛闲蹙起了眉，只觉得这样的设想让他格外不痛快，已经不仅止于遗憾了。

与此同时，在这河神庙南边的一座矮山山顶，一队人马正静静地坐在夜色中休整调息。趁着山顶的一抹月色，可以看见他们白色的衣衫上处处都是破损，形容狼狈，似乎刚从某些困境中挣脱出来。

这一队人马，便是被薛闲用云雷劈成的笼子圈在簸箕山脚下的太常寺众人。

他们在山顶借着月色和山中灵气休憩恢复，却并不曾点哪怕一个灯笼，似乎在刻意隐匿自身踪迹。

“你确信那处是他们？”太祝难得地摘下了面具，一边梳理着自己的头发，一边冲远处山野间的一抹灯火抬了抬下巴。

“确信无疑。”太卜点头道。

从他们这处，隐约可以看见河神庙的一星光亮，却看不见那里有什么人。一切讯息，全凭太卜一手占算。

虽然前一夜被人摆了一道，但总体而言太卜的占算还是准的，极少出错，所以她既然如此肯定，太祝便略微放了心。

“只是——”太祝束好了头发，放下手拨弄着面具边缘，忽然开口道，“其实我还有些存疑……”

太卜一愣，偏头看他：“怎么？”

“先前太过紧张慌乱，以至于忽略了一点，咱们在簸箕山下撞见国师迎面而来，躬身正要出声时，接到了国师的信。”太祝皱着眉，道，“你当时瞧见国师动手送信了吗？”

他们曾经见过两回国师同别人通信，据说国师将信纸烧干净的瞬间，对方便能收到信，前后相差无几，所以从不用担心耽搁时间。

但是当时太祝连头都没敢抬，更别说看见国师烧信了。

“兴许在拐过那处山道拐角前刚巧烧了，拐过来后，咱们才收到。”太卜猜测了一番，又笃定道，“不过不用疑心，那确实是国师无疑，他走时，我特地看了眼他的手指。”

太祝一愣：“手指？”

虽说太常寺众人得见国师的机会比寻常人要多一些，但即便是他们几个从小便由太常寺教养长大的，也极少有机会近距离接触国师，因为国师不喜欢旁人近身，是以他们甚少有人能探见国师细枝末节的特征，诸如是否有痣，是否有疤。

但太卜却是知道一处的……

那是她第一次见到国师，当时她只有七岁，生得面黄肌瘦，活似一根头重脚轻的豆苗。那时她家里穷困，爹爹早亡，娘又生了重病，将要撒手人寰。

她跪在家中破屋的床边，在凄风苦雨中哭得正要抽过气去，一个人敲开了门。

那是她第一次看见国师，国师一身衣衫白如云雪，个子高极了，从她的角度只能看见他瘦削的下巴。

他弯下腰冲她伸出了一只手，那手好看极了，骨肉匀称，干净得似乎从未碰过一星污秽。尽管他戴着银制的面具，但她却觉得，他一定比她短短一生见过的任何人都好看。

她几乎忘了要哭，仰着脸愣愣地问他："你是何人？"

那人的声音沉缓如水，听得她倏然就安了心："法号同灯，替太常寺来接你。"

她盯着面前那只劲瘦修长的手，几乎没听清对方说了什么就懵懵懂懂地点了头。

从此，她便走上了另一条路。

尽管后来的十几年里，在见识了太多事情后，国师在她心中的印象早已同当年初见时候的惊鸿一瞥相去甚远。面对国师时，敬畏谨慎远远多于当初的仰慕，但她始终清晰地记得七岁那年见到国师时的每一个细节，甚至能记一辈子。

太祝见她出神，又疑惑地追问了一句："国师的手指怎么了？"

"国师的手指无名指关节侧面有一枚很小的痣。"太卜回神道，"我第一次见到国师时看见过，一直记着。那天在簸箕山下我特地多看了一眼，确认过，绝不会弄错，他就是国师。”

谁知她这话说完，太祝非但没有消除疑惑，反而“嘶”地抽了口气，皱着眉道：“不对吧，我前些年有一回进过天机院你还记得吗？我去交差，国师当时在亭内下棋，我站在旁边时，因为什么缘故我给忘了，反正仔细看过国师的手。哦对，因为你那几天同我说过手相骨相之类的话，我就偷偷看了看国师的手指骨相，我敢确信，他手上一粒痣也没有。”

太卜皱着眉道：“会不会是你不曾看到无名指？毕竟那痣很小，并不太引人注意。”

“绝无可能。”太祝摇头道，“我每一根手指都仔细看了，左右手全无遗漏，若是看个半全，还怎么盘算骨相。我那时也算是胆大包天了，看完心直蹦，所以绝不可能记错。你呢？你确信？毕竟你第一次见国师那都多少年前了，稍有模糊也是有可能的。”

“我也绝无可能记错。”太卜无意识地捏着手里的面具，补充道，“再说了，若是我记错了，又怎会碰巧在簸箕山的国师手上看到同样的痣？”

确实，这样巧合的谬误着实太难发生了。

两人面面相觑，均是眉头深锁，面容沉肃。若是此时月光再亮一些，照透两人的眼底，便能发现，二人眸子深处俱是一片惊惶。

他们似乎在无意之中发现了一个惊天内情：同样是国师，同样是他们所见过的国师，却出现了相异的特征，其中一人认错的可能也已排除，那么只剩下一种解释——

他们所见的国师，根本不是一个人，而是两个。

有那么一瞬，两人几乎连喘气都忘了，半天找不着自己声音在何处。

又过了好一会儿，太祝用被人掐着嗓子般的声音道：“会不会……有一丁点儿可能，国师被人冒充了？”他说话的过程中还无意识地咽了口唾沫，那声音说是气若游丝也不为过。

因为这可能仅是想一想，就令人惊惧。

“你觉得呢？那可是国师啊……”国师在太卜心中，始终有着恍如高山神祇般的位置，以至于她几乎立刻就开口否定了，“怎么可能呢，国师会容许旁人冒充他吗？何人有这个胆子，连国师都敢冒充？”

太祝屏住呼吸想了想，又长吁了一口气：“确实，国师……应当不会被冒充，毕竟不论是太常寺抑或是天机院，都不是寻常人能蒙混进来的，若是内部人……”

“那便更无可能了，你我在太常寺算资历高的了，你敢去冒充国师吗？”太卜道。

太祝连忙摆手，仿佛被人用刀架在脖子上似的：“不不不不，给我八个胆子我也不敢哪！”

“那不就是了。”太卜皱眉道，“所以，冒充的可能微乎其微。”

太祝琢磨过来后，面色有些愕然：“难不成，是国师默许？甚至……”

甚至根本就是国师一手安排的。

可是国师为何要这么做呢？

这点，他们自然无从知晓。

国师做什么事情、怎么做事情从来不会同他们解释，事实上国师本就是个极少言语的人。细细想来，就太卜、太祝来太常寺的这十多年里，听见国师开口的次数都屈指可数。

除了他偶尔突袭一般来太常寺探看，以及每年一次去往泰山祭天，大多时候，国师连天机院的大门都不会出，他就像一个古怪的隐士，只不过隐居之地在朝中。

他若是有什么吩咐，也常是以传信的方式直接送至对方手中。

太常寺直属于他，平常时候若是民间或是朝中有事需要动用太常寺的人马，都是由国师下令指派人手。但就太卜他们所知，国师真正可以指派的人，其实并非只有太常寺的这些。

有时候他们找国师禀报事情时，会瞧见国师烧信，然而事后太常寺中却并未有人接到指令。可见国师除了明面上的人手，还有些暗处的人。

只是这些同太卜他们并无干系，毕竟除了太常寺众人，还有一些天生有灵的高人不愿意来朝中，还隐迹于民间，所以在他们看来，国师的举动实属正常，也并非他们有资格过问的。

整个太常寺，乃至朝中大多数人，甚至龙椅上的那位，都知晓国师性情古怪，脾气阴晴不定，并非常人能琢磨透的。但是高人嘛，总有些怪癖，何况国师历经几代，论资历即便是龙椅上那位也得敬着点儿他，论能力更是无人敢与之抗衡，谁会过问他的不是？

更何况国师虽然阴晴不定，却并非跋扈之人，甚少过问同他无关的事由，是以有时即便他的吩咐让人摸不着头脑，朝中其他人能做也就帮着做了，同样不会多问缘由。

“嘶——”太祝突然想起什么般抽了口气，“你可还记得先前国师吩咐各地官府散出去的海捕文书吗？”

“记得，文书告示上画了张同国师有几分肖似的脸，我当时瞧见文书时还有些纳闷儿，便多嘴问了一句。”太卜道，“少卿说他也不清楚国师的用意，不过他倒是听说过，许多年前，他还不曾就任太常寺少卿一职时，各地也曾发过一次这样的海捕文书，那阵子有传言说国师要……”

太卜颇为忌讳地停顿了片刻，压低声音道：“要圆寂了，不过民间有人瞧见告示后猜测了多种可能，倒是模糊了国师圆寂的传言。事实上那阵子国师状态确实不好，也不在天机院，据说有一个多月未曾露面，不过再度露面时已经恢复了常态。所以……我当时想着，这次兴许也是这个缘由，毕竟他在闭关。当时少卿让我不要多问，国师后来又明令太常寺众人不要掺和，我也就没再想了。”

太祝闻言，沉吟片刻，悄声道：“如果，我是说可否有那么一丁点儿可能，是咱们所见过的二位中，有一位离朝了？而这一举动，并不符合另一位的意愿，所以……”

“所以要借由海捕文书寻找对方的踪迹？”太卜接着他的话说完了猜测，“可是——”

太祝觉得似乎找对了方向，他打断了太卜的话，道：“否则，若是单纯为了模糊民间传言或是别的简单缘由，国师为何要绕过太常寺？他着地方上发了文书，却明令咱们不许掺和过问，为何？咱们从未有人敢忤逆他的指令，甚至多年来已经成了习惯，连想都不会多想。可你再琢磨一下，一份海捕文书而已，即便不在太常寺职权范围之内，代为行事也不是不行，毕竟是国师的吩咐。除非，他不希望咱们因为海捕文书接触到某些事，或者某些人……”

“你是说……”

“若是他想寻的就是另一个国师，其他人同国师毫无接触，即便面对面见到了，也只当是个寻常的海捕文书要找的人，消息自然也就平平常常地往上报。可若是咱们见到了……”

参考簸箕山下的一幕便知晓后果了。

两人同时停住话头，愣愣地朝远处河神庙的那一星灯火看去。

若是他们所猜测的大多为真，那么细想而来，他们现今所跟着的这位国师，应当就是离朝的那位，而法门寺内的那位国师绕过太常寺让各地寻找的，便是他了。

“月白，咱们该怎么办……”太祝忽然开口。

一声月白叫得太卜着实愣了许久。

当初他们被领至太常寺时，均是七八岁的年纪，有些甚至更小。他们大多是穷苦人家的孩子，民间给孩童取贱名，指望着贱名压住容易养大。除了阿猫阿狗，便是六两七斤，抑或是生辰年月，总之，乱糟糟的也上不了什么台面。是以他们到了太常寺后，为了好分辨，每个人都得了个相对文雅些的名字，全部取自丹青颜色，太卜那时候叫月白，太祝则叫元青。只是这名字已经许多年没被叫过了，现今只这一声，她便知晓，太祝是真的有些茫然无措了。

太卜想起第一次见到山下那位国师时他瘦削的下巴和沉缓的声音，道："跟着吧，探一探究竟，咱们也不能总这样一令一动地活。我想弄明白，我所跟着的究竟是不是我想跟的那位……"

太祝沉默片刻，点了点头。他长叹一口气，扫了眼后头那些年纪不大的侲子，拍了拍衣摆上的尘土，道："那便跟着吧，左右咱们还算有些能耐，至少不会被他们甩得太——"

"远"字还未出口，太祝整个人都愣住了。

就听远处河神庙处陡然传来一声清啸，犹如清风明月般清朗昭昭，听得人神魂一震，恍若聆听了天音。还不曾等他们从这声清啸中回过神，一条长影从河神庙处陡然腾空，直入云霄。

接着，长风乍然而起，弯月仍在，却见云雷阵阵。那长影于九霄之上横生而立，几个曲折蜿蜒间，便再没了踪影。

那是——

"真龙啊……"太卜、太祝连同身后太常寺百名侲子都在恍然间站起了身，于山峰之上引颈而望，仿佛一大窝吓蒙了的鹌鹑。

看见真龙活生生地从眼前甩尾而过，任谁都会被惊得说不出话来。

太祝他们满脑空茫，蒙了半晌，才下意识地朝河神庙看了一眼，原本亮着的一点儿灯火彻底熄了，可见那处已经再无人迹。

众人一脸木然地傻了半天，终于意识到了一个问题。

太祝用一种魂游天外的声音道："国……国师是乘龙上天了吗……"

太卜也没有料到这一情景，同样魂游天外道："应当是的……"

太祝："……"那他们怎么追？

第十一章 挪移阵

同太常寺众人一样崩溃的，还有被龙爪拎着的石头张和陆廿七。

石头张在方家也并非只雕了几块破石头，还是办了点儿实事的。他琢磨着方家那几个常年外出采药的伙计应当对周遭的山比较熟悉，于是他趁着薛闲和玄悯未归之时，向那几个伙计打探了一番。

他记得自己被蒙上眼带去的山周遭是什么模样，于是他冲那几个伙计仔细描述了一遍，好在那几人还当真给出了猜测。

说能在山中看见他所见江景的一共有两处，一处是云溪山，一处是连江山。

这两座山位于安庆府和武昌府之间，离他们所在的清平县倒也不算太远……当然，是薛闲口中的“不算太远”。

这祖宗琢磨着既然石头张顺手就能在那处挖着一根龙骨，兴许还有些碎骨遗漏在那处，左右也是要往朗州去的，方向一致，不如顺道在那两座山上落个脚，找一找。

薛闲是个嘴不如手快的性子，当即做了决定后，也不等石头张和陆廿七做点儿心理准备，就直接一手拎了一个，倏然上了天。这种豪壮之举，除了玄悯能受得了，旁人谁都得去了半条命。

这一行四人先在云溪山落了地。

石头张两脚刚着地就是一阵天旋地转，滚在地上还喃喃着摸了把自己的袍子，口齿不清道："幸好，幸好没尿裤子。"

薛闲一脸嫌弃地瞥了他一眼，兀自扫了眼山间。

石头张瘫在地上好半天，才踉踉跄跄地站起来，他一边试着稳住身体，一边嫉妒又羡慕地看着稳稳站着的玄悯，道："祖宗，打个商量，下回我能不能也上背上去，不在爪子上待着？晃得太厉害了，想吐……"

薛闲横了他一眼："龙背是随便谁都能骑的？"

玄悯正拨着树枝，捻着纸符，想探一探此处可有异常的灵力聚集之处，听到薛闲这话，手上便是一顿。

薛闲说完，咂摸着这话哪里不太对味，一抬眼又见玄悯目光扫了过来，登时脚快过脑地原地一转，背朝着玄悯，冲石头张道："滚蛋。"

石头张："……"

打商量不成，只得乖乖做事。他挑了几个地方，站在高石上东南西北看了一圈，摇头道："不是这座山，得换一个——"

"地方"俩字还未出口，他和陆廿七便又被薛闲这祖宗薅在了手里。

他甚至还未曾来得及摆出一张生无可恋的脸，就又在狂风之中上了天：亲娘祖宗——救命啊——

这一回落地，声势更为浩大。

因为薛闲两脚刚沾到连江山的地面，整座山便抖动了两下——那极为熟悉的呼应感又来了。

"就是这里！"甚至不用石头张确认，薛闲就已经斩钉截铁地开了口。

他恢复得越好，这山中龙骨同他的呼应便越强。这一次的震动较之先前任何一次都要强烈得多，以至于本就有些犯晕的石头张和陆廿七当即便被震得踉跄倒地，石头张更是脚下一滑，径直朝山下滚去。

好在玄悯及时伸手拽了他一把。“坐着吧。”他干脆地冲两人道。

就这么个震颤法，山没塌都是命好了，哪还站得住人？

石头张拽上眼神不好的陆廿七，一屁股坐在山顶的一株老树边，死死抱着树脖子，以防坐着也被这山头哆嗦下去。

薛闲只试着收紧了一下手指，便觉察到这龙骨状态不对，似乎被某种力量压在了地下，以至于难以挖出。这就好比伸手去拿某样东西，本应当轻轻松松的，却一次比一次麻烦，活似那东西上额外压了个累赘。

如果说，上一回在温村取骨时，龙骨上压着的阻碍能有千斤之重，这回简直就像是压了两座泰山。薛闲刚皱起眉，就觉得身边多了一个人。

他转头一看，果不其然又是玄悯。

兴许是他这一年犯太岁，自打被抽了筋骨后，做什么事似乎都不那么顺畅。这世间有能力给他帮忙的人少之又少，他也早已习惯凡事自己盘算着解决，能动手绝不动口，能来硬的绝不来软的，反正他无所畏惧。

然而直到碰见玄悯，他才发现，有人在关键时刻帮一把手着实能省去不少麻烦事。他本以为就自己那不喜欢旁人插手也不爱亏欠于人的脾气，应当不会喜欢被人帮忙。可事实上，当玄悯频频插手时，他却觉得很受用。

兴许是玄悯选的时机太过恰到好处，又兴许他半瘫之后耐心和脾气都被磨得好了一些……事到如今，他陡然发现，他居然已经开始习惯玄悯的介入了，甚至主动给玄悯留了位置。

就好比眼下，当玄悯盘着铜钱，理所当然般帮他压住其他一切阻碍时，那空出的位置便被填上了。

这是薛闲头一回在收回龙骨的瞬间有些心不在焉——

疯狂震颤的山体犹如一头猛力挣扎的凶兽，想要蹿出来，却又被玄悯以强硬的姿态冷冷压在笼中。只是那呼之欲出的龙骨在脱出泥土时，有了些微的凝滞。

“别松劲。”玄悯低沉的声音在耳边响起，接着，汹涌的灵力透过薄薄一层皮肤，灌注进薛闲的手掌中。

被埋于山中的龙骨乍然而动。

薛闲被握着的手指动了一下，接着像是回神般猛地加了力。

就听长风一声呼啸，在剧烈到连老树都快要歪倒的震颤中，小段的森森白骨从三处山泥中脱离出来，径直朝薛闲而来，一块接一块，在贴近薛闲掌心的瞬间被看不见的火化为齑粉，贴着掌心皮肤，融进了身体里。

在他还不曾来得及消化龙骨之时，这连江山中发生了一丝极为诡异的变化。就见四根仿佛蛛丝一般的东西，从连江山为起点，以极快的速度蜿蜒出去，分别窜向了四个不同方向，只是三根在他们东侧，一根单枪匹马地窜向了西侧。

那痕迹眨眼而消，如同水汽一般蒸腾进了夜色里，再无动静。

薛闲皱着眉，眸光扫了一圈，却一时有些捉摸不清方才那如蛛丝般一闪即逝的究竟是什么东西。

“取出来了？终于不震了？我能撒手了吗？”抱着树躲灾的石头张带着一脸劫后余生的庆幸，连珠炮似的问道，“你们为何这么一脸警惕地站着不动？”

被他这么一搅和，薛闲这才发现，龙骨已经取完了。

石头张那一张老脸贴着树皮呆了片刻后，才叹着气噼里啪啦地拍着身上的泥，一边拍，一边还拱了拱兀自盘腿坐在地上的陆廿七：“怎么了？别是出什么问题了吧？”

陆廿七当即翻了个白眼，语调毫无起伏道：“我哪知道，我瞎。”

石头张：“……”

他琢磨着这小子语调有些阴阳怪气的，同样觉察到阴阳怪气的还有从玄悯身边让开的薛闲，他瞥了陆廿七一眼，就见那十来岁的少年目光在他的手指那绕了一圈，又装瞎似的钉在了虚空中。

薛闲：“……”

“方才那是个什么东西？”他咳了一声，一边往正题上扯，一边站在山顶，朝远处扫了一圈，而后依次指着三个方向道，“刚才就是窜去这几处吧？一根斜窜进江里消失了，另一根直窜过江去了，还有——”

他说到第三根时，好像忽地想起什么般，紧紧蹙起了眉，脑中有想法一闪而过。

“徽州府、江心、安庆府。”玄悯似乎对他方才的念头心知肚明，又或许刚巧默契十足想到了一起去，他手指在虚空中点了三处，斩钉截铁地报出了地名。

这三处地名连在一起，对石头张或是陆廿七这两个半途加入的人来说并无问题，可在薛闲他们看来，干系就大了。

“刘家大宅、坟头岛、温村。”薛闲又将玄悯所说的三处地名再度细化了一番，而后和玄悯对视了一眼。

在徽州府宁阳县的刘师爷府上，薛闲挖出了他的本体金珠；在江心坟头岛的地下墓室底，他拿到了第一根散落的龙骨；第二次挖出龙骨，便是在安庆府的温村；现今这座连江山是第三次。

中途虽然碰到了石头张，从他手里收来了龙骨雕刻而成的剑，只是这龙骨也是石头张在这连江山中偷摸拾得的，所以一并算在连江山里。

那蛛丝般的痕迹自连江山而出，东侧三根所窜向的地方，没准儿就是薛闲金珠以及龙骨曾经埋过的地方，而西侧的那根……若是不曾猜错，约莫就是最终所指向之处了。

陆廿七冷不丁开了口，道："刚才那几根银丝，我也看见了，清清楚楚。"

此话一出，便有了另一层意思。

陆廿七那双眼睛，受十九的影响，对于寻常之物并不敏感，算得上半瞎，但对于精、气或是灵之类的物事却极为敏锐。若是方才那些蛛丝似的东西，他能看得清清楚楚，那么便意味着那些蛛丝属于三种之一。

玄悯沉吟片刻，给出了一个猜测："大阵。"

薛闲一愣："阵？"

不过没待玄悯解释，他便理解了其中之意。原本不论是金珠，还是龙骨，都各自牵扯进了一些阵局之中，诸如刘师爷家的抽河入海局，江心的百士推流局等，以至于他们被当时的情况转移了注意力，忽略了另一种可能——

如若这些阵局都是表象呢？若是金珠以及每一块龙骨所埋的位置，能串联成一个更大更广的阵呢？

玄悯记忆不全，一时也想不出这可能会是哪种大阵，不过他思忖了一番，还是开口道："有些过于宏大的阵局，需要醒阵。"

"醒阵？"薛闲皱了眉。

"选取恰当处所，镇下灵器，以四方之力促成最终阵局。"玄悯解释道，"真正的阵局一旦布完，先前的灵器便无甚所谓了。"

这就好比在院里牵藤时支了两根架子，以便让花藤爬上高处，等真正爬上去了，稳当了，那架子撤或不撤皆无影响。

薛闲闻言，再一回想，便觉得先前确实有诸多疑点——

帮刘师爷做抽河入海局的术士应当是个识货的，可若真的识货，怎么会把真龙之身化成的金珠，随便压在一个小小阵局里，还只是为了刘师爷这么个小人物？

而先前在温村时，他还有些纳闷儿，为何龙骨牵扯的阵局那样粗糙，顶多能防一防江湖术士，于薛闲自己来说，那种程度的阵局就好比开门迎客。

包括这连江山的也是，就连石头张都能挖走一根。

若是真如玄悯所猜测的，那些疑点便都能解释得通了，挖龙骨所引起的震动越来越大也就可以理解了，早些时候即便挖出一两根龙骨，也无甚影响。

随着龙骨越来越少，就好比撤掉最后一点儿支架，总该有些反应的。

“这么一来便意味着——”薛闲面色倏然一沉，冷冷道，“那所谓的大阵已经布成了。”

所以撤掉这醒阵用的灵物，才会如此容易。

照方才那蛛丝所游窜的方向来看，西侧还有些名堂，只是不知那是醒阵的一部分，还是真正大阵的一部分。

薛闲性子十分干脆，既然连方位都指出来了，就没有不去探一探的道理。

不过他刚打算拎人上天，就被人给打断了。

玄悯将铜钱重新放回薛闲手里，道：“你不妨先在此地将方才收的那把龙骨炼化一番，以免节外生枝。”

准确而言，是以免在半途中烧得晕头转向，再引出些麻烦。

薛闲一听，觉得此话有理，只是他接过铜钱时，心里滋味颇有些复杂——使了几次，他和铜钱……准确地说是他借由铜钱和玄悯之前生成的牵连便越来越明显，若是再来两回，还不知会牵连成什么样。

不过说到此事，他忽地想起什么般看向玄悯，问道：“你这铜钱，还有方才你加注于我手掌的灵气，充沛得几乎不是凡人能做到的，你是吃了什么灵丹妙药？”

先前玄悯也不是不曾出手帮过忙，只是兴许是铜钱禁制未解，又兴许是记忆不全的缘故，他所爆发出的能耐并不足以让薛闲诧异，顶多承认他在凡人中算得上出类拔萃。

上一回在温村，玄悯同样在他取龙骨时帮他镇了一方土地，那次灵力虽然较之先前已经强劲了不少，但因为玄悯自己手上也崩开了裂口，以至于薛闲的全部注意力都在他的伤口之上，并没有顾得上多想。

可这次不同，明明这连江山的龙骨难取得多，薛闲强行发力时所引起的山河震荡也剧烈得多，可玄悯却能在镇住山河土地的同时，分神在薛闲手上又加了把力。

依照温村那次的后果来看，此次情况下，别说崩出伤口了，废掉他一只手都不为过，可玄悯却毫发未损，甚至丝毫看不出费力的迹象。

几番对比一下，就很是怪异了。

这世间能帮薛闲的人不多，能帮他到这地步的人更是少之又少，况且若真是跟铜钱禁制相关，那就更惊人了，毕竟一共五枚铜钱，现今刚解了三枚禁制就强劲成这样，若五枚全解，那几乎有些不可估量。

不过薛闲对此倒也并未多想，只是着实有些好奇，于是顺嘴问了一句。

玄悯蹙眉道："其实对此，我也有诸多疑惑，只是已有的记忆不足以解释。"

他说着，抬眼看向薛闲，甚至少有地看进了薛闲眸底："若是记起缘由，定会坦诚相告。"

这回答既是意料之中，又是意料之外。

从先前几次交谈来看，薛闲知道玄悯不是会刻意绕弯隐藏之人。不知他对旁人如何，至少在面对薛闲时，他总是坦诚得近乎毫无保留。

所以薛闲在问出这问题时，差不多已经料到这答案了。而让他有些意外的是玄悯的目光和语气，同先前交谈不同的是，这次有种格外郑重的意味。

薛闲被玄悯看得有些发愣，不知为何，有那么一瞬间，他甚至觉得自己这吊儿郎当的性子有些承受不住玄悯那含着某种沉重分量的目光，一时间也忘了回话。

于是他呆了片刻之后，才近乎匆忙地撇开眸子，状似随意地摆了摆手道："无妨，你也别这般当真，我只是有些好奇。"

他甚至没来得及细想什么，便捞起铜钱匆匆翻身上了树，倚着树干半坐半靠地消化起了体内新收的龙骨。

这一入定便是一整夜。

石头张和陆廿七两个凡人之躯，自然比不过薛闲和玄悯这种非比寻常的体质，连夜飞来跑去、又震又晃的早也疲累了，刚好借着薛闲消化龙骨的工夫小睡了一觉。

这次一口气收了三段碎骨，薛闲只觉得断骨处延伸出了好一截，而用以替代的骨中丝也相应缩短了几分，却更为强韧了，较之前，应当能多撑些时候。

他从入定中脱身时，先是听闻了几声深山鸟鸣，悠远而婉转，调子脆生生的，让人神思清爽。只是那鸟鸣的尾音还未消，另一种熟悉的叹息声便响了起来。

薛闲挑眉睁开了眼，就见玄悯所养的那只黑鸟正绕着他在老树枝冠间打着转，嘴里还叼着个不大的包袱。

这鸟也不知是被如何养大的，性子野得很。它先前一路从簸箕山坳追到了山阳面的村子里，薛闲本以为它要黏上玄悯了，谁知在进方家院门前，它又兀自扇着翅膀跑了，可见它并不喜欢被圈在那小小宅院里。

几人上路时，薛闲还在方宅四处扫了一眼，也没见它的影子，还以为它就此失踪了，谁知现在它又神不知鬼不觉地追了上来。

“你居然识路。”薛闲嘀咕了一句，一把薅住它，从它嘴里把那布包裹摘了下来，一边解着结，一边朝树下扫望了一眼，就见玄悯正在树下盘腿坐着，听闻上头的动静，抬头扫了一眼。

薛闲在熹微透着亮的天光中，低头冲玄悯一笑，挑了下巴道：“早，你家成了精的鬼鸟做贼去了，给你偷了几块酥饼，接着——”

他说着，将拆开看了一眼的包裹囫囵扎了个结，轻巧地一松手。玄悯微微偏开头，接了个正着。

“下来。”玄悯皱眉拆着包裹，清清淡淡地说道。

薛闲下意识地就要从树上翻身跃下了，结果就见那只黑鸟一脸含冤地先他落地，乖乖站在玄悯跟前，一副低头听训的模样。

薛闲：“……”

他又不尴不尬地缩回了脚，翻着白眼重新倚在了树上，屈着一条腿，另一条长腿垂落下来，百无聊赖地晃荡着。

越过东边低矮一些的山头，他能看见远处天地之交处晨光半露。

他又垂眼看了看树下头坐着的玄悯和老老实实的黑鸟，忽然生出一种“日子就这样过下去也不错”的想法。不过于喧闹，也不过分孤静，一切空缺之处都被填得恰到好处。

若是每日晨光乍现时，都如眼下这般，过上百年应当也不会厌烦吧……

晨间清朗的空气格外容易将人的胸口填满，以至于薛闲几乎生出了一种懒散的满足感。

“并非偷来的。”玄悯的声音在树下响起，淡淡道，“方家几位应当看到留下的信了，这酥饼是他们备的干粮。”

他说话间已经站起了身，那身衣袍依旧连一点儿脏污也不曾沾染。

包裹中掩着的信被他展开夹在指间，冲薛闲示意了一番，而后举了举那一兜酥饼，问道：“饿了没？”

薛闲晃了晃脚，懒懒散散道："我劝你别让我开胃，否则把你连饼一起吃了都不够我填肚子的。"

玄悯瞥了一眼他那吊儿郎当晃荡着的长腿，似乎对他这副姿态颇为无奈，只得转身将那一包裹的酥饼搁在了刚醒的石头张和陆廿七面前："一番好意，莫要浪费。"

说完他又回到树下，不轻不重地拍了一下薛闲晃晃荡荡的小腿，淡声问道："想吃什么？过会儿在前边县城买上一些。"

薛闲垂眼看着他，玄悯漆黑的眸子在晨光中镀了一层亮色，显得浅淡了一些，莫名地透着股净透温和之感，好似霜雪将化。

他忽而觉得先前那种懒散的满足感更为强烈了一些，以至于近乎有种呼之欲出的冲动，想半真不假地问玄悯一句："等你恢复了记忆，若是没什么大事，干脆跟我游历四方去吧？"

不过他刚张了张口，还未曾出声，就被不知何处的一声轻微响动打断了。

咔嚓——活似树枝不小心被人踩断的声音。

眨眼之间，原本懒散靠坐在树枝上的薛闲便已没了踪影。他在山间几个轻巧的起落，便已然循着声音出去了数里地。接着，他又如蜻蜓点水般于山林枝冠顶轻轻一落。

再一眨眼间，他便重新落在了玄悯面前。手指一松，一块木质腰坠从他指间悬了下来："眼熟吗？"

玄悯眉心一皱，探手从怀中摸出了另一块木质腰坠，对比一番："一模一样。"

玄悯所拿着的这块腰坠，是从竹楼地下石室中布置百士推流局的那人身上摘来的，据那人所言，这是块桃木腰坠，由那道号松云的术士给他的，算是门人的标志。

薛闲面色冷冷地朝山林深处一挑下巴："方才我闻声追过去，有个人影刚巧消失了，约莫是布好了遁地的阵。我隔着老远抓了一把，只揪到了这么个玩意儿。”

但是足够了，只这一样，就足以证明那人的来路。

原本他只以为是有人清晨来山间拾柴或采药，但如今看来，怕是来者不善。

有这腰坠的应当是那松云术士的人，来此地怕是和龙骨脱不了干系。薛闲怀疑，是昨夜那蛛丝般的玩意儿让他们有些警觉，特来打探一番。

薛闲将玄悯手里的腰坠也一并拿来，走到陆廿七身边，蹲下身：“劳驾看一看碰过这腰坠的人，现今在何处。”

陆廿七虽然说话有些不冷不热的，关键时刻却相当干脆。他一声不吭地放下了手中的酥饼，摸出木枝就地一番涂画，片刻之后，指着西面道：“一路直行，有座山，山冠状如马头，一面可见相攒簇的五座石峰，一面可见一座六层庙塔。”

“知道了，饼先抓好，吃多了当心要吐。”薛闲说完，冲玄悯示意了一番，当即拎住石头张和陆廿七，就地化作长龙，趁着晨间云霞漫天，直奔西面。

陆廿七虽算不出地名，可描述已经足够具体了，以至于薛闲轻而易举地在半途中就寻到了那座“马头山”。

他借着层云包裹，挑了处僻静地方着地，陆廿七二话不说再度涂画了一番，斩钉截铁道：“还在山间，不曾离开，就在这山腰上——咝，怪了。”

“怎么？”

“忽然消失了。”陆廿七疑惑地道。

“消失了？”薛闲皱了眉，“又遁地溜之大吉了？”

“并非如此。”陆廿七摇头道，“我所谓的消失，并非指他从山腰消失去了别处，而是……从扶乩之象上消失了。”

他自己这么说着，似乎也觉得有些难以相信，顿时又抹掉重新来了一遍，却依然皱着眉摇头道：“还是如此，算不到他了。”

薛闲闻言，仰头看了眼山腰，忽地冷笑了一声：“行吧，那便不算了，我亲自把他翻出来。”

他直觉这事古怪得颇为危险，于是他干脆地在指尖划了一下，在石头张和陆廿七手背上各抹了一点儿血迹。为免出纰漏，他特地挑了皮肤完好没有伤口的地方下手。

抹完，他冲远处山道上一挑下巴：“拐上山道，那处有个通往县城的茶摊，在那处等也好，直接进城等也好，有龙血护着应当不容易出事，回头我也好寻你们，我和玄悯上山去看看。”

石头张和陆廿七知道自己几斤几两，自然不会主动来当累赘，闻言也不多话，点头说了句“当心”，便转头上了山道，直奔县城城门的方向去了。

薛闲和玄悯二人对视一眼，当即几个翻身，便上了山腰。

两人一番环视，便在山腰树林枝干间，看见一处较为平缓的地方，有一条隐隐的石阶，石阶顶上是一座大门敞着的屋子，既不像是废弃的破庙，也不像是歇脚赏景的凉亭。

薛闲循着自那处而来的山风吸了一口气，皱着眉面带嫌恶道：“尸气。”

两人没再犹豫，很快便上了石阶，站在了那间大门洞开的屋子前。

“这味道简直‘飘香十里’……”薛闲刚站住脚，就差点儿被屋里扑面而来的味道熏个跟头，“这是什么鬼地方？”

这间屋子的顶格外高，较之寻常门宅高出了半丈有余。

门前有槛，只是槛边刻着许多扭曲弯绕的字符，还在边角处钉着一些钉子，整块木质的门槛也不知是被什么东西的血泼过，又兴许是干脆在血里浸过，木色极深且始终有些泛潮，散发着经年的血腥味，在满屋扑出的尸气中若隐若现，有些令人作呕。

屋子两边没有寻常宽大的木窗，只在极高的墙面顶上，开了两处透气的气窗，活似两个窄窄小小的洞。

因为气窗太过窄小，屋子里甚少见光，始终阴黑潮湿，生人仅仅是靠近一些便会觉得极不舒服，更别指望能一眼看清屋里的模样了。

薛闲皱着眉，抬手在鼻前扇了两下，发现无济于事，只得板着脸默默屏住气。他左右扫量了一眼，就见屋门两边挂着一副字，只是年代太久，早就斑驳得缺胳膊少腿了。

他仔细辨认了半晌，才发现是这么八个字——阴人出行，阳人避让。

有点儿耳熟……

薛闲转头看向玄悯，面带询问之色。

以玄悯那性子，让他在这种环境下张口说话还不如死了来得痛快。于是薛闲憋着一口气，刚用眼神问完话，就感觉自己垂在身侧的手腕被人捏住抬了起来，玄悯无甚表情地用手指在他掌心画写了几笔——尸店。

尸店？

薛闲对这名字倒是有所耳闻，据说湘江一带有一种匠人，将死在他乡的人赶回家乡安葬。他们向来只在夜里行路，白天须得避让生人。而这路途迢迢，又并非一夜能到的，若是碰上雨雪，更得在路上耽搁数天。于是这一带每隔数十里便会有供他们歇脚躲雨之处，称为尸店。

薛闲同此类事情接触甚少，是以了解不多，但在他印象中，传闻赶尸匠接活儿也是有讲究的，大多是在尸身未腐的时候将他们带回来，否则岂不是走到哪里脏到哪里？掉落的腐肉腐虫自不必说，光是这经久不散的味道，也够人喝一壶的，谁受得了？

所以，这尸店味道浓郁成这样，着实有些不大寻常。

薛闲生无可恋地掩住了口鼻，绿着脸踌躇片刻，还是豁出去似的抬脚进了门，还下意识地转头瞥了眼玄悯。

玄悯的脸乍一看冷静极了，除了紧蹙的眉间流露出了对气味和污秽的淡淡厌恶，几乎再没旁的反应，只是薛闲却从他漆黑沉寂的眼珠中读出了一点儿难以言说的无奈感。

刚瞥见那一点儿压在眼底的情绪时，薛闲是有些想笑的。这本不是什么趣事，但放在玄悯身上，对比就鲜明得有些好笑。但笑意还未及嘴角，他便倏然意识到了一个问题——

玄悯惯来沉静，一点儿情绪都被压得极深，不动声色。旁人常常探究半天，也很难从他眼里琢磨出旁的滋味来。即便是薛闲，也总是难以看透他的心情和想法。然而现在，他却能捕捉到玄悯的一些情绪了。

甚至不用刻意去琢磨，仿佛体会那种情绪是自然而然的事情一般……

一想到自然而然，薛闲便猛地反应过来——铜钱！

是因为那串铜钱的牵连。

那种牵连终究还是因为再一次使用而变得更加紧密了一些，甚至连这种细枝末节的情绪都能传递到薛闲这里了。

薛闲的笑意顿时变得复杂起来，毕竟这种牵连也不知是好还是坏——若是深到一定程度，兴许连自己都分辨不清高兴是因为自己真的高兴，还是受了对方情绪的影响而有所加深；若是难过，又是不是会因为对方情绪的叠加而加倍难过。

最要命的是，玄悯的反应传递到了他这里，那他的情绪和感受会不会也传递到了玄悯那里？

单是想想，薛闲都觉得这张老脸可以不要了。

他琢磨着从这里出去后便把这种变化告诉玄悯，能切断还是切断了吧，以免引来什么麻烦。

薛闲刚一回神，就瞧见玄悯正看着他，似乎觉得他这要笑不笑又僵在半途的表情十分古怪。

“无事。”他摆了摆手，下意识地开口道。

刚说完，他就默默翻了个白眼，只觉得自己七窍都升天了。

玄悯：“……”

这屋子里比薛闲想象中的还要空，准确而言，整间屋子近乎空无一物，别说桌椅案台了，连个能坐人的石礅都没有。趁着从天窗漏进来的一点儿微末的光，薛闲沿着四面墙走了一圈。

比起空空荡荡的屋子中央，倒是这四面墙上名堂多一些。就见墙面上或密或疏地钉着一些巴掌大的半圆形铁箍，两边钉死在石墙里，中间拱起一道小小的弯。

这样的铁箍总是并排钉着两个，而后隔上一人宽的距离，再并排钉上两个，如此一般在四面墙上钉了整整一圈。

薛闲盯着铁箍看了片刻，在其中几个上头看到了一些刮擦下来的麻绳断丝，这才明白这铁箍的作用——约莫是那些赶尸匠在此处休息时，会将站着的尸体靠墙放着，再用麻绳扣在两端铁箍上，将尸体贴墙捆住。

一方面以防尸体软倒在地，另一方面也能防一防其他意外。

只是很快，薛闲的脚步便是一顿。

只见面前这个铁箍上居然沾着一丝血迹，也不知是慌忙中蹭上的还是溅上的，唯一的问题是这血迹潮湿黏腻，一看就是刚留下没多久的。

薛闲头也没抬，伸手拍了玄悯一把，朝自己面前的铁箍指了指，示意他看这血迹。

玄悯眉心微蹙，又很快展开，他点了点方才站着的那处屋角。

薛闲顺着他的手指望了一眼，隐约看见那地上盘着一截麻绳，还有一些纸团。他刚才以为那都是赶尸匠剩下的杂物，没觉得有什么问题，便没细看，绕着走开了。

但玄悯既然特地指出来了，就说明没那么简单。薛闲略一思忖，却没想出个所以然来，于是乖乖伸手，掌心朝上摊在玄悯面前。

玄悯一愣，还是抬手在他掌心画写了一番。

挪移阵——掌心画字毕竟不如直接说好理解，也不方便写太复杂，于是玄悯言简意赅地写了三个字。

这阵局原本是什么名字，已经顾不上细究了。反正经过玄悯这么一写，薛闲就已经知道了它的作用——正如在连江山那个瞬间消失的人所使的法子一样，这屋子里也曾有人借用阵局就地转移了，就在他们追来之前。

前后一联想，在此遁地而走的人十有八九就是薛闲正在追的人。

只是……

玄悯又在薛闲手掌上写道：不止一人。

薛闲干脆走到那看似不起眼的麻绳和纸团面前，蹲下身来。地面上积沉了多年的尸气更为难闻，薛闲忍不住皱着眉掩住了鼻口。

离地面近了他才发现，这地面上被人用血迹画了一个圈，麻绳盘在圈头，那些纸团则是浸了血又晾干的符纸，看似无序实则有序地压在血圈周围。

除此以外，薛闲还看到了另外几样东西——

就在这血圈外头的墙角地缝旁，滚落了几根细长的针，那针上还沾着深色的血迹，几乎与地面融于一体，若非看得仔细，绝对瞧不见。

这种细长银针的用法太多了，但是在尸店如此阴湿的环境之下，联系先前陆廿七所说的“突然消失了”，薛闲只想到了其中一种——

有的术士，在某些需要冒险的境况中，会用尸将取而代之。

所谓尸将，便是在已死之人的尸首上做些手脚，让他们“起死回生”，乍一看恍如常人，其实都是由术士操控而已，本身并无意志。

待到关键时刻，银针一拔，便又成了尸首，而死人是绝不会出现在陆廿七扶乩的结果中的。

若真是如此，在背后操纵的术士是谁，自然不言而喻。

既然已经追到了如此境地，只差那么几步便能见到罪魁祸首，薛闲自然不会就此罢休。他干脆一把拽过旁边玄悯的手，在他掌心中写道：这阵还能用吗？

玄悯回道：追？

薛闲点了点头。

玄悯了然，画写道：阵已废，但可复原。

写完，他在手指上划了一道，挤出一些血来，依照着某种古怪的顺序，依次滴落在那几个纸团之上。

几声闷闷的滴血声落下，就见那原本几近凝固的血圈颜色微微变亮，似乎重新活泛了过来。

玄悯冲薛闲招了招手，示意他先进圈。

这血圈十分狭小，一个人站进去刚好，想必先前那拨人也是一个接一个离开的。

薛闲站在圈中，原本也打算先走一步，可一抬头就瞥见玄悯封阵时微微蹙着的眉。

以玄悯那挑剔至极的性子，在这屋子中多待一刻都算得上是莫大煎熬。于是薛闲想也不想，在玄悯封阵的刹那，伸手一把将他也拽进了血圈里。

他手劲颇大，玄悯被他拽得猝不及防，进圈时脚下不稳，几乎整个儿撞在他身上。整个血圈骤然卷起一阵风刀，随着“嗡”的一声长鸣，周遭瞬间便换了地方。

地方一换，薛先便略有些后悔方才的举动了——

玄悯那一撞的惯力极大，两人接连踉跄几步，他只觉得后背“砰”的一下撞在了碎石嶙峋的坚硬石壁上，玄悯也因为惯力重重压了上来，撞在他身上。

肩背被尖利的岩石猛地硌了两下，剧痛一下子蔓延开来，即便是薛闲，这么毫无准备地撞上满背伤也忍不住闷哼了一声。但是最容易撞到的后脑勺却并没有磕上什么碎石，反而抵在了某个相对柔软一些的东西上，缓冲了那股力道。

他愣了一下才反应过来，在撞上石壁前，玄悯下意识地伸手护了一下。而他脑后压着的，应该是玄悯的手。

薛闲下意识地愣了一下，猛地直起身来，将玄悯垫在石壁上的手拉到了面前。

这大约是他头一回体会什么叫作小心翼翼，尽管他心里清楚得很，玄悯跟寻常人不一样，也不是纸做的身体，不至于用点儿力就散了。

玄悯手背上被尖利的石壁磨破了好几处，有些扎得较深，有些只是蹭破了皮，但乍看起来却颇为触目惊心，血水很快糊住了他半边手背。

薛闲不是没见过血的，比这过分千万倍的伤口他都见过，甚至亲自承受过，但是看见玄悯这一手背细细碎碎的伤口时，却还是觉得心里麻麻扎扎的，有些不那么舒服。

刚认识玄悯时主动给他下绊子添麻烦的那些过往，似乎都成了上辈子的事，薛闲甚至已经快记不起来了。

“无妨。”玄悯恰巧跟薛闲一样，也是个不把自己的伤口当回事的人，他一边要往回抽手，一边用另一只手轻拍了一下薛闲的肩，道，“可曾撞到肩背骨头？”

“缺了一大截呢，哪来骨头给它撞，手别缩。”薛闲十分敷衍地回了一句，心思根本没在背后，只捏着玄悯皮肉完好没有伤口的无名指和小指，将他要抽回去的手往自己面前又拽了拽。

薛闲皱了皱眉，正欲低头，玄悯眼疾手快地用另一只手掌托住了他的额头，不轻不重地拦住他要继续下低的动作。

“别胡闹。”玄悯语气里掺杂了一丝无奈。

“什么胡闹？”薛闲被他抵着额头，一头雾水地抬眼问道，“挡我作甚？”

玄悯漆黑的眼睛看着他，欲言又止，干脆沉沉静静地不说话了。

薛闲眨了眨眼睛，片刻才恍悟道：“你以为我又要……”像上回一样将龙涎抹在伤口上吧？

玄悯眸子动了一下，没说话，显然算是默认了。

“想得美！”薛闲恼羞成怒，然而一看见玄悯那血肉模糊的手背，又没了脾气，他没好气地道，“我只是想凑近看看能否找到法子，让你这破皮烂肉赶紧愈合。万一我这龙气一呵就好了呢，毕竟我全身都是宝。”

玄悯："……"

薛闲觉得这句话并没有什么问题，然而玄悯却不知想起了什么，神色有一瞬间的不自然，只是很快又恢复了。

他抽回手移开目光，淡淡地指了指前面的路："剐蹭而已，算不得伤，还是赶紧追人吧。"

薛闲当然知道剐蹭之伤于他和玄悯来说都是微不足道之事，自然也没有固执地要做些什么，毕竟除了龙涎，一时间他还真想不到有什么能让玄悯皮肉迅速愈合的法子。

他任由玄悯抽回手，跟在玄悯身后朝前面走去。

两人所落之处像是某处深山的山洞，有一条深邃的石道从他们所站之处延伸出去，那石道窄极了，两边的石壁呈倾斜状，越往上，留下的缝隙便越窄小，最顶上的那部分俨然已经长合在了一起。

薛闲和玄悯一前一后走着，因为两人的个头儿都高，行走过程中不得不低着头。

"血迹。"薛闲看了眼石道侧面突出的尖利石块。

那血迹透着股钝锈的气味，用手一摸十分黏腻，颜色泛黑，绝不是从玄悯手上蹭到的新鲜血液，想必是先前传过来的"人"在挤过这条石道时不小心蹭上的。

不仅如此，就连凹凸不平的地面上也似乎浸染了这种陈年老血，脚踩在上面，鞋底总有一些让人不舒服的粘连感。

"嗯。"走在前面的玄悯应了一声，又道，"地上血迹很厚，应当走过许多人。"

"不止一人"和"许多人"所含的意味有所区别，玄悯说这话时声音沉肃，显然觉得这脚底积淀的血泥有些超出预料。

这绝不是一两个人能走出的效果，也并非七八个人。若是一边走一边从身上掉落下半凝的陈血，想要达到现今这条石道的效果，起码得有个百十来人，甚至更多。

薛闲和玄悯先前落地那处还有些自上漏下的天光，而到了这狭窄的石道中，那天光便愈渐微暗了。待到拐了一个折角的弯后，石道倒是骤然宽了一些，但那暗淡的天光却被彻底挡在了外头，眼前可见之处俱是一片茫茫然的黑暗。

好在薛闲目力较之寻常人好了太多，以至于在这样的黑暗中，依然能辨认出一些模糊的轮廓。他朝前走了两步，想同玄悯调换一下顺序，只是刚要往前蹿出一些，便被玄悯精准地拽住了手腕。

薛闲："……"管得真宽啊，手上长眼了吗？

他面上虽有些无奈，脚下却老老实实地放慢了步子，保持着同玄悯并肩的状态，并没有固执地绕到前头去带路。

两人在黑暗无光的狭窄石道中肩摩着肩又并行了片刻后，脚下陡然出现一个突兀的台阶。两人走下那一级台阶的同时，两边挤压着身体的石壁骤然一空，似乎豁然开阔起来。

然而薛闲的步子却猛然一顿。

他一把抓住玄悯的手臂，将还要向前迈步的玄悯强行拽住，手指飞快地在他掌心写了个"等"字。

玄悯自然领悟，停住脚一动未动。

两人压低呼吸，眸子在黑暗中四下扫量了一圈。

他们平日里若是想要做到行事悄无声息，并不是多么难的事情。但是方才走过的那条石道地面的血迹着实太过黏腻，哪怕刻意压住了脚步，却依然避免不了一些细碎的声音。而那石道又格外静谧，就连衣料轻微的摩擦声都被放大了不少。

于是那些细碎的动静便被黑暗的石道打得来来回回，形成了一重叠着一重的回音，反倒在不经意间掩盖了其他一些细小的动静。

此时动作一停，那窸窸窣窣的轻微动静便由此凸显出来，在二人耳中愈渐明晰。

那是一种类似于蜻蜓点水般的声音，轻而快，只是密集得很，一下接一下，仿佛没有尽头。兴许是因为声音打在石壁上又不断被打回，又兴许是别的什么缘故，发出这种声音的不止一处，而是遍布四方。

不论是头顶，还是两侧，抑或是前方，那种窸窸窣窣的轻微响动都变得越来越清晰起来。

薛闲好像忽然想起了什么，脸色一变，冲玄悯道："还有火寸条吗？点火。"

即便已经压低了说话声，他的声音也依然成了极为突兀的响动，被各处石壁打得来回重叠了三次，幽幽地在石道中回响。

那袅袅的余音未落，周遭那种窸窸窣窣的轻微响动乍然一停，而后猛然变得疯狂起来，甚至还带了"嗡嗡"的振动声，就像是……什么东西在挥翅一般。

玄悯在摸出火寸条时，便意识到了什么。于是他在划亮火苗的瞬间，劈手便将那根火寸条甩了出去。

轰——

太多的振翅声同时响起，那声势浩大得简直让人反胃。

就见无数黑影从四面八方一哄而起，猛地扑向那豆火苗。有些甚至擦着两人的脸颊而过，翅膀扇起的风带着股潮湿的霉味，还有一些细粉似的东西。

薛闲一脸厌恶地探手一捉，于黑暗中准确地捏住了一只匆忙而过的黑影。

只是刚触及指尖，他便"啧"的一声，反手便将那黑影甩了出去。他捻了捻手指，只觉得指腹也沾染了那黑影双翅上的干粉，变得有些滑。

他狠狠地蹙起了眉，正要开口，却听见身边的玄悯已然冷声道："飞蛾。"

没错，正是飞蛾。

方才那豆大的火苗虽然在半空中便被数以千百计的黑影扑灭了，却依然让薛闲扫到了眼下这地方的大致构造——

这是一处宽敞些的石洞，周遭的墙壁皆为弧形，活似一个扣在石盘上的瓜。

弧形的石壁上兴许有些孔洞凹凸，而这数以千百计的飞蛾先前便隐匿在石壁上，或缩在孔洞里，或趴伏在石块上，虎视眈眈地等着来人。

薛闲即便是龙形的时候，也极为讨厌这种扰人清静的玩意儿，不仅仅是飞蛾，只要是这种窸窸窣窣没完没了的虫，他都厌烦得很，更别说人形时候了。一想到那些飞蛾还从他脸上擦了过去，他的脸色便阴沉了下来。

玄悯丢出去的火寸条被无数飞蛾团成的球裹了个严实，而片刻之后，随着一阵让人浑身不舒服的噼里啪啦声，那团闷了火的飞蛾便纷纷掉落在地。

与此同时，更多的扇翅声从四周石壁上响了起来。

"这是什么鬼地方？怎么这么多闹人玩意儿?！"薛闲烦躁道。

"退后些。"玄悯说着，再度摸出了一根火寸条，只是同时拽出来的还有他的那串铜钱。

嚓——

一豆火苗从他指间的火寸条顶端蹿了起来，映照着他瘦长的手指。

轰——

又是铺天盖地的振翅声乍然响起，无数飞蛾形成的巨大黑影兜头罩脸地朝二人直扑过来。

就见玄悯干脆利落地在铜钱上一抹，接着食指猛地一扣铜钱面，"嗡"

的一声，金属声乍然响起，罡风由玄悯宽大的袖袍间涌出，那豆不起眼的火苗骤然在风中拉长变大，犹如一条火龙，直蹿出去，在这方拱形的石室中呼啸盘绕。所过之处，飞蛾扑簌直落。

那悍然的火龙同数以千百计的飞蛾在空中交缠相斗，整个石洞乍明乍暗。

薛闲看着那下雨般掉落的飞蛾，便嫌恶得不行，难以忍受地撇开了目光。

“等等，墙上刻着字符。”他目光刚巧落在了身边的石壁上，就见那些飞蛾藏身的凹凸之处并非孔洞，而是不知何时被人刻上去的字符。

他一拉玄悯，手指顺着墙上的字符依次下移，最终停留在了某一处，念出了末端的那几个字：“百虫洞……”

唑——这地方在哪儿听过?

对了！这不是传说中同寿蛛可能存在的地方吗?

追个人居然阴错阳差地追到了这处，简直歪打正着，也着实是太巧了。有那么一瞬间，薛闲觉得有些古怪，只是还没待那古怪念头真正清晰起来，他自己就下意识地将它扫开了。

这墙上的字符活似天书，除了“百虫洞”这三个字，没一个是薛闲能认得的，似乎是某个古老氏族自创的文字。薛闲看了片刻之后终于耐心告罄，收回了目光

“这里一地飞蛾，看得人皮肉发麻，着实不是什么适合久待的地方。”薛闲一边挥扫着面前扑簌直落的虫尸，一边一脸嫌恶地道，“前面还有石道，咱们过去吧，瞧见什么都好，我反正是不想再碰见这些满身是粉的玩意儿了。”

玄悯目光从那些雕刻的古怪字符上移开，“嗯”了一声，也不再耽搁，一边冷冷地用宽袖扫开撞过来的飞蛾，一边带着薛闲大步绕到了前头的

石道口。

火龙在石洞中横扫千军，将所有扑上去的飞蛾烤得周身焦煳。

玄悯回头又扫了一眼，就见这短短片刻，地上已然铺了厚厚一层虫尸，乍一看简直让人反胃，可仔细扫上两眼就会发现其中的古怪。

“嘶——这些混账玩意儿居然咬人。”薛闲火气腾腾地拍打了一下手背，要不是他亲水厌火，早将这石洞整个儿烧了。

他将自己的手背伸给玄悯看了一眼，玄悯借着火龙的光，扫了眼他手背上多出的两个血点，指着身后的一地虫尸道：“这当中有一些飞蛾大得不同寻常。”

若真能养出同寿蛛这种稀奇东西，那这百虫洞自然不会简单，兴许就是个天然的蛊器。这飞蛾在当中待久了，一代又一代地活着，一部分发生异变也是可以料见的。

只是这异变着实让人不大愉悦——由小变大不说，居然还开始盯上血肉了。

“走走走！再看一眼我就要吐你一身了。”薛闲黑着脸，头也不回地朝更深处走去。

越往里走，石道越高，两人不用再委委屈屈地弓腰低头，甚至那火龙还被玄悯引了过来，从两人头顶呼啸而过，直接在前头带起了路。

这种时候，即便不耐热的薛闲，看这火龙也开始顺眼起来。

薛闲的手背被飞蛾弄出的两个血点有过一瞬间的灼热，只是很快又消散开去。他估摸着那飞蛾应当是带了毒性的，若是寻常人在这里，要么会被那些飞蛾恶心疯，要么被带毒的飞蛾亲遍全身死在洞里。总之，绝不会有什么好下场。

方才那石洞中的飞蛾虽然被烧得差不多了，但这石道中也趴伏着一些。正如玄悯所说，石道中的这些较之寻常飞蛾就大得多了，最大的甚至比巴掌还要大上一圈，也不知平日以什么为食，肚大腹圆，看着便沉甸甸的。

它们大多遵循着本性，直扑火龙而去，还有一些则被薛闲和玄悯吸引。

“越往里走，这些飞蛾便越是生得怪异。”薛闲脸色阴沉，烦不胜烦地抬袖一扫。狂风带着锋利的刃，将那些飞扑上来的玩意儿削落在地，又狠狠地砸在石壁上，震得整个石洞都哆嗦了几下，细碎的石块簌簌从顶上落下来，散开一阵烟尘。

薛闲：“……”

所以说有时候能耐过大也不是什么好事，在这种一不小心就要塌陷的地方，根本没法儿使力，薛闲为此气了个倒仰，但又在心里暗道，还好有个能放能收的玄悯跟着。

走到石道深处时，他们再碰见的飞蛾便不再傻兮兮地朝火龙扑了，而是仿佛成了精一般，避让着他们，扇着翅膀逃荒似的朝更深处飞去。

不知是不是薛闲的错觉，他竟然从飞蛾的举动里品咂出了一点儿别的意味，就好似……在赶往深处通风报信一般。

他正琢磨着，就觉得左手小指突然一痒，像是有什么细脚伶仃的东西在他手指上爬一样。

薛闲眉心一皱，抬手看了一眼。

“蚂蚁。”他说道。

就见他小指上正趴着一只伸头摆尾的蚂蚁，这蚂蚁较之寻常的大了两倍不说，在火光映照之下，躯壳还泛着点儿红色。这玩意儿是个不怕死的，在薛闲眼皮子底下龇开口，从他小指上叮了一点儿血肉。

薛闲“啧”了一声：“又是个吃肉饮血的贪心玩意儿。”

说着，他不耐烦地将那食人的蚂蚁弹飞出去。

薛闲这一指的力道自然非同寻常，那蚂蚁重重地撞在石壁上，当即扁成了一摊，身体里溢出的汁液在石壁上化开来，散着股隐隐的腥臭。

单是这股味道，就能得知这蚂蚁平日里吃的恐怕都是些死尸。至于死尸是误入的虫兽还是人……那就不好说了。

薛闲还没从那股恶心人的味道中缓过神，就感觉自己身侧以及背后被人拍了两下。

他偏头一看，刚好瞧见玄悯收回手。而在他脚边，则散落着一些细脚朝天的蚂蚁尸体……以及数列从前方爬过来的蚁群，或是沿着凹凸不平的地面，或是沿着尖石嶙峋的石壁。

那队列长得惊人，从脚边一直延伸到火光尽头。

这东西比飞蛾还令人厌烦，因为它会顺着腿脚一路爬上身。

薛闲转头看了一眼，果不其然，玄悯的脸色冷得简直快掉冰碴儿了，以他这种讲究性子，约莫是半点儿都不能忍受衣衫里爬虫子的。

薛闲借着非同寻常的目力朝火光尽头的阴影处又望了一眼，脸色登时就变了。现在还只是排成列的蚂蚁，再往前去，那蚂蚁都快铺满地了。

那些蚂蚁的速度飞快，仅仅是两人停步的工夫，便潮水般朝这里涌来，窸窸窣窣，一望无边，转眼便要漫到脚前来了，活似突然得到了消息似的。

薛闲又忍不住想到了先前的飞蛾，只觉得这百虫洞里的玩意儿只怕都离成精不远了。

地面不能踩，石壁不能碰，就连头顶也被那些蚂蚁爬满了。

他二话不说，当即从脚底抄起一阵狂风，也不管会不会将这石洞弄塌，拽住玄悯直朝前去。有狂风扫底，两人脚都不曾触地，几乎是踩踏着风绕过了潮水般的食人蚁群。

那呼啸的狂风劲道极大，撞得整个石洞开始颤抖，头顶碎石纷落，脚下毕剥声响不断，无数食人蚁被狂风甩到石壁上压成扁壳，还有些直接在风中就被撕扯开来。

而火龙呼啸之势依旧未止，将石道顶端燎得处处焦黑，没留一点儿活口。

薛闲终于明白那个翟老头儿所说的“百虫洞光是听着就去了半条命”是怎么个意思了，得亏来的是他和玄悯，但凡换个寻常些的人，只怕是血肉俱全地进来，白骨伶仃地出去。

这石洞偏生又深又长，也不知何时是个尽头，薛闲和玄悯在当中引火招风地奔走了约莫一炷香的工夫，脚下已是尸山尸海……

“飞蛾、食人蚁、蚰蜒、百足、蝎子……”薛闲一路数着死在自己手里的毒虫，又扫量了一眼地面，冷笑了一声。

这些闹人玩意儿毒性一个比一个重，个头儿一个比一个大，越靠近深处越难对付，有些甚至要被火烧上好一会儿才慢慢蜷缩起来。

不过再麻烦，于薛闲和玄悯而言也不过是些杂虫，大不了脚不沾地。风火并行，总不至于折在这些玩意儿手里。

但这并非薛闲冷笑的原因。

他之所以面露冷嘲，是因为越往深处，地面成堆的便不仅仅是被他和玄悯剿灭的虫尸了，在那成山的虫尸之中，还夹杂着越来越多的人骨。

“是尸店那拨人。”薛闲掩着口鼻，终于在虫尸尽头落了脚。

玄悯皱着眉回头扫量一眼，又将目光收回来，落在了脚前。

他们此时所站之处是石道的尽头，直行是封死的石壁，脚前有一条盘旋向上的石梯，也不知是何朝何代留下的，歪斜窄小不说，还结了白茫茫的蛛网。

只是原本一张摞着一张、一层叠着一层的蛛网被人扫开了，轻飘飘地垂在石梯两边。

看见蛛网，薛闲便自然而然地想起了“同寿蛛”，这名字自然不会只是巧合，想必这石阶上头便是他们最终要找的地方了。

“有人捷足先登了。”薛闲扫了眼那蛛网，“看来尸店里的那些是被招来当人肉铁盾的。”

玄悯沉吟道：“但这石道中的白骨有限，应当还有一些剩余。”

“兴许就在上头呢。”薛闲指了指那石阶。

两人对视一眼，自然不再耽搁，当即抬脚沿着石阶朝上走去。

这石梯上同样沾了些黏腻的血迹，还混杂着一些旁的腌臜秽物，以至于两人全程脚不触地，也避免了踩在那些东西上发出声音。

这石梯高极了，层层绕绕，几乎百余阶，两人却只费了片刻便悄无声息地站在了顶头。

一间约莫有两间屋子大的石室落入他们眼中，只是这石室中嵌着一汪深黑水潭，水潭边落着一面铜镜，铜镜边是大片凌乱的血迹，从墙边一直蔓延到了水潭边缘的石块上。

而其中的一块白石之上，赫然印着五根血指印，活似是什么人在挣扎中抓挠出来的。

“没人，跑得够快的……”薛闲在火龙的映照下扫了一眼整个石室，最终目光还是落在了水潭边的白石上，“又或许是沉尸水底了。”

这间石室方正得一看就不是天然形成的，应当是被人雕凿过，除了水潭和几根作为支撑的石柱，深处还有一方石台，乍一看，像是一张可卧可坐的床榻。

当然，又硬又凉，决计不会多舒服。

“有人在此处清修过。”玄悯和薛闲一前一后走进石室，扫了眼那石台便如此说道。

“哪个神人受得了这种地方。”薛闲头也不回地伸出拇指朝后头指了指。

尽管这间石室里没有海潮一般淹涌而来的毒虫，但身后那百级石阶之下，尸山尸海可还在呢。哪个头脑正常的人会挑选这么个地方清修？这能叫清？

但不可否认，这里应当真的有人落脚过，因为除了那一方一人多长的石台，四周的石壁上还有几处碗形凹槽，位处探手可触的地方。玄悯抬手碰了一下，拇指食指一捻，当即有些厌恶地掏出了纸符拍了个除尘咒。

“怎么？”薛闲朝那几处凹槽看了几眼，又看向他的手指。

玄悯皱眉道：“灯油。”

薛闲下意识地应了一声，以为玄悯的厌恶纯粹是因为不喜欢触碰油腻之物。不过片刻之后，他又恍然大悟地“哦”了一声。因为他忽然反应过来，有些地方的灯油来历并不简单。

不过厌恶归厌恶，玄悯弄干净了手指上沾到的灯油，还是引着高高盘于石顶的火龙在那些凹槽处转了一圈。随着几声轻响，壁火便一盏接一盏地燃了起来。

有了壁火照明，玄悯便干脆地将火龙收了。他将铜钱串子钩在指间时，清清淡淡地扫了一眼薛闲额角冒出的一层薄汗。

没了热得灼人的火龙，也没了讨人厌烦的毒虫，薛闲总算凉快闲散了一些。他抱着胳膊，左右张望着沿着石室走了一圈，奇怪道：“除了那上头几个手指粗的气孔，整个石室也没个出口……”

他最终还是停步在了那黑水潭边，用脚踢了踢那块带着血指印的白石，接着道：“那么先前那拨人里残余的那些去了哪里？总不可能一个不落全都沉进水底了吧？”

这黑水潭也就一丈见方，能扔几个人进去？况且单看这白石上的血指印，先前应当是有过激烈挣扎的。不管是内讧也好，出现了旁的变故也好，既然有挣扎，就总有个占上风的和占下风的。

占下风的人被沉尸水潭可以理解，占上风的那个呢？

“还有，所谓的同寿蛛呢？”薛闲皱着眉说道。

据那翟老头儿所讲，传说里的神药就在百虫洞中，百虫洞倒是真的存在，也恰如其名，可薛闲和玄悯都走到尽头了，连个疑似“同寿蛛”的东西也没见着。

方才转那一圈时，薛闲甚至连地缝和头顶都没放过，全看了个仔细，却依然一无所获。

“兴许这当中会提到。”玄悯答了一句。

他站在石床边，看着那面暗色的石壁，同最初在飞蛾石洞中看到的石壁一样，这处也刻着字符，洋洋洒洒刻了一整面。薛闲刚才经过时再次尝试着辨认了一番，除了头晕眼花，再没别的收获。于他而言，这就是一篇佶屈聱牙的鬼画符，他一个字也不认得，也不知玄悯为何会有那耐心站着看那么久。

薛闲一看那些字符就脑仁疼，也不再管他，而是兀自在黑水潭边蹲下身来，琢磨着要不要干脆将这黑水潭整个儿抽干了。

他盯着黑水潭看了片刻，发现这潭中水深浅难测，至少从他这角度，只能看见一片漆黑，根本看不清更深处的东西。

这水抽了送去哪儿呢？他胡乱扫了一眼周围，心里暗道：说什么也不再徒手吸了，上回在坟头岛底可恶心坏了，再来一回真能吐一屋子。

思忖间，他的目光突然落在了脚边不远处躺在地面的铜镜上。

看那铜镜边缘处所沾的血迹，想必也是先前来过的人留下的，或者说……根本没顾得上拿走。薛闲伸过手去，打算将那铜镜拿起来看一看，却在手指触及铜镜边缘的瞬间，感觉到那铜镜微微抖了一下。

金属质地的边缘磕在石质地面，发出一些磕碰的声响，紧接着那黑水潭也毫无征兆地发出轻微的“咕嘟”声响，像是有什么人朝里头丢了一小粒石子，打破了水潭面的平静。

玄悯闻声转过头来，朝薛闲手边的铜镜和那泛着涟漪的黑水潭分别看了一眼，干脆也走过来蹲下了身。

“这铜镜倒是有些古怪，你看看。”薛闲在他蹲下时，用手指将那铜镜朝玄悯面前推了推。

玄悯皱着眉打算拿起铜镜细看一番，却在手指触到铜镜时，听到了更为明晰的抖动声，只是这回铜镜的反应比薛闲碰它时的反应大得多。而黑水潭里的涟漪也陡然变快，整个黑水潭似乎在那一瞬间活了过来似的，一圈圈飞速地朝外扩散着波纹。

玄悯下意识地想将那铜镜丢开，却发觉那铜镜似乎黏在他手指间似的，一时竟抽不开手。

紧随其后，铜镜躺着的那片地面上杂乱的血迹中，突然显现出了阴阳符。薛闲看见玄悯捏着铜镜的手指一抽，整个人似乎都僵了一下，目光有些空茫地朝黑水潭投去。

而就在他僵住的那一瞬，薛闲也听见自己脑中“嗡”的一声响，像是有谁甩着皮鞭在脑中抽了一鞭子，将人抽得一蒙，半晌回不过神来。

当薛闲略有一丝回神，能转动脖颈时，他发现那黑水潭已经不再是一片漆黑了。它好似变成了一面镜子，漆黑的水面上缓缓显出一幅场景。

那场景虽然模糊得犹如梦境，却莫名地叫人心中一悸，仿佛被蛊惑般沉浸其中……

那似乎是在山河之间，狂风在耳边交错呼啸，群山在身后隆隆震颤，滔天江浪犹如奔腾而来的千匹白马，几乎要掀到天上去，无数惶恐的惊叫和凄声哭喊被狂风和大浪撕得支离破碎。

泼天罩地的狂浪之下，塌陷滚落的山石之中，有两个跪坐着的身影。

尽管一切都犹如蒙了一层水雾，薛闲却依然一眼认了出来，那是他和玄悯。

他看见自己垂着双手，犹如石像般一动不动，深黑长袍似乎被浪潮打得湿透了，裹在身上，不知为何透出了一股浓重的阴沉感。

长发湿漉漉地黏在脖颈间，衬得脖颈的皮肤苍白得毫无血色。

而再往上……他的双眼被一只手掌蒙住了。

那只手瘦削修长，本是极为好看的，却同样苍白得毫无血色，几乎泛出一种带着死气的灰。

那是玄悯的手，而玄悯正从他脸侧抬起头来，垂着的眸子掩在阴影之下，又被一层薄雾笼着，让人看不清情绪。

然而透过水雾看着这一切的薛闲，甚至都不曾注意到这点，因为玄悯在抬起头后便一声声地闷咳了许久，他的一只手掌依然蒙着薛闲的眼睛，但另一只手却在越来越沉闷的咳声中垂到了一边，而他那一贯白如云雪的衣袍，则满是血红……

大片大片的血迹从他胸口、腰间晕散开来，像是流不完一般，将整件衣袍浸满。

薛闲看着玄悯蒙眼的那只手也渐渐失力，几欲滑落时，周身突然如同发寒般，蒸出一层冷汗。他眼睫一颤，猛地打了一个激灵，从那水雾缭绕的场景中脱离出来。

他睁着眼茫然了许久，耳边嗡嗡的鸣声才渐渐散去，沉重而急促的呼吸声隐隐传进了他的耳中。

又过了好一会儿，他才意识到，那犹如从噩梦中乍然惊醒的呼吸声源于他自己。重新清晰的视野中，那汪黑水潭依然静静地泛着涟漪，上头什么场景也没有，消失得了无踪迹。

而玄悯则完好无损地半蹲在他面前，手指没有泛出死灰色，衣袍也没有晕染出大片的血。只是此时他正侧着脸，目光半垂着落在黑水潭上。

他似乎也被拉进了某种场景之中，不知他看到的是和薛闲所见相同的场景，还是别的什么，只见他略有些空茫的神情中少有地显露出了一丝别的情绪。

那情绪旁人难以捉摸，但是看了让人莫名地觉得有些难过……

薛闲沉静地盯着他的脸看了片刻，突然皱起眉伸手按了按自己的心口，然后长长地吐出一口气，抬手试着拍了拍玄悯，哑声道："玄悯？"

玄悯似乎听不见他的声音。

"玄悯，醒醒。"薛闲声音依旧低低的，透着一丝哑。

依然没有任何应答。

薛闲皱着眉，手从玄悯肩上滑落下来，落在玄悯的手背上。

他这么一动，玄悯的手指便同地上的铜镜分离开来。

薛闲抬起了眸子，就见玄悯刚转过脸来，眼神还有些空茫，眉心却蹙得极紧。

他的目光似乎还没有找到定点，在薛闲脸上散乱地扫了两下后，紧抿着嘴唇合上了眼，许久之后，才又缓缓睁开。

"现在醒了？"薛闲低声问道。

玄悯盯着他看了一会儿，眸子深不见底，又复杂得叫人分辨不清。片刻之后，他垂下眸子，"嗯"了一声，而后宽袖一扫，那铜镜便被扫去了墙角处。

"方才那黑水潭……"薛闲撤回手，疑惑地开了口。

"铜镜和黑水潭组成了一个阵，只是被这些乱血掩盖住了，以至于一时大意不曾察觉。"玄悯淡声说着，似乎已经恢复过来。

"什么阵？又是心魔？"薛闲皱了眉。

他摇了摇头，用一种十分平静的语气说道："是得见死期。"

薛闲呼吸一滞："死期？"

玄悯这才想起什么一般，蹙着眉道："这种阵法对真龙这等神物应当是不起效用的……你看见何事了？”

薛闲脑中正空茫一片，听见玄悯这话后，又觉得自己所见应当是谬误了。这阵法既然对他不起实际作用，那他看见的可能是受这阵局影响所致的一些幻境，就好比做了个囫囵的梦。

他兀自琢磨解释了一番，这才缓缓定下心来。又见玄悯依然蹙着眉盯着他等答话，便摆了摆手道：“我是没见着什么，只是看那黑水潭突然直泛涟漪，你又迟迟不应声，便问你一句。”

玄悯沉声道：“当真？”

薛闲嗤了一声：“天雷都劈不散我，上哪儿寻死去？”

玄悯盯着他的眸子也没看出什么破绽，这才信了他的话，“嗯”了一声，沉默了片刻后，又补了一句：“即便如此，日后也须得小心一些。”

薛闲却没应这些，而是反问他道：“你呢？你看见何事了？”

玄悯半垂着眸子站起身来，冲薛闲道：“无事，寿终正寝。”

第十三章 母子蛛

说着话的时候，玄悯还扫掸了一番袖摆上的尘土，行为神色均与平日无异，乍看起来并无问题，但是薛闲受了自己所见场景的影响，总觉得心里有些隐隐的不安。

方才幻境中的一切都模糊在了那层水雾之下，只有玄悯满身是血的模样像一根清晰的刺，明晃晃地扎在皮肉里，只要一想起来，便牵皮带肉般地不舒坦。

不过他转而又想，左右他自己寿数长得很，若是玄悯当真碰上了什么事，自己总能帮一把的。于是先前在连江山晨光中冒头的想法又在心中蠢蠢欲动起来，只是这次却不再是冲动之下的一时兴起了。也正因为不是一时兴起，才需要慎重一些，至少在眼下这满地是血的环境中，手上还悬着没有办妥的事情，说出来总有些不合时宜。

他琢磨着等找到“同寿蛛”，从这满是血迹和毒虫的昏暗石洞中出去后，便问一问玄悯。

这想法刚闪过，他就觉得脚边有什么东西轻轻动了一下，发出了窸窸窣窣的轻响。

难不成没死绝的毒虫顺着石阶爬上来了？

薛闲低头在脚边看了一圈，却并没有看见什么爬动的东西，而那极为轻微的响动也骤然一停，好似知道他在寻找似的。

他皱着眉朝那拐下去的石阶瞥去，突然咂摸出了一点儿古怪之处：“照咱俩那种烧法，总有些漏网之鱼，地下毒虫千千万，这上头怎么能干净得连一个虫尸都见不着？要说那些百足蚰蜒爬百级石阶费劲，不还有生了翅膀的飞蛾和蚂蚁嘛，怎的一只也没见上来？”

玄悯在看那些字符，神情沉肃而平静，目光顺着那些奇怪的符号一个个缓缓移动着，似乎真能看懂内容。他头也不回道：“兴许是不敢上来。”

这猜测倒是同薛闲想到了一起去，这上头的石室明明连个遮挡的门都没有，同下面的石道只隔着百级石阶，却泾渭分明得好似两个世界，一边虫山虫海，一边却连一根触须都不曾看见。

唯一能想到的解释，便是那些毒虫惧怕这里，即便没有遮挡，它们也不敢过界。

联系石阶上的一些蛛网痕迹，薛闲自然明白了那些毒虫惧怕的究竟是什么，而在他脚边发出动静的东西也有了眉目。

也许是看薛闲半天没有动作，脚边的东西胆子又大了起来。

它发出的响动着实微小，若不是薛闲耳力过人，怕是根本听不见。薛闲手肘架在膝盖上，漫不经心地侧耳听了一会儿，准确地分辨出了那声音所在之处，而后简简单单地伸出手指摁了上去。

他没有使出太大的力道，毕竟若真是他要找的玩意儿，以他的手劲，一个不小心就该摁死了。

意料之中，指腹之下有一小粒圆珠似的东西，光滑生脆，似乎只要稍微一动，那皮壳就要被揉碎了。薛闲想起了之前在竹楼底下，从心魔中脱身出来时听见的圆珠滚落在地的声音，眸子一动，扯起嘴角道："我抓着了一个好东西。"

因为平生甚少会碰到真正有威胁的玩意儿，所以薛闲的警惕性永远不能同寻常凡人相比，毒物基本毒不着他，凶物也几乎伤不着他，于是但凡碰见点儿什么，他总是手快过口。

所谓"常在河边走，哪有不湿鞋"，他冲玄悯所说的话刚说完，尾音还萦绕在这间石室里，手指下面那圆珠似的东西便突然奋起反击了一下。

薛闲只觉得指腹突然被什么东西刺了一下，血液被吸出的感觉颇为鲜明，而与此同时，那生脆的圆珠也随之缓缓膨胀起来，仅仅吸了一口血，就比原来大了整整一圈。

紧接着，又有某种液体顺着同一条路径被送进了皮肉之下。

若不是这东西是个难找又脆弱的玩意儿，薛闲早在被刺的瞬间就让它一命呜呼了，可偏偏这东西还有些金贵，于是薛闲只能翻着白眼、冷着一张脸将那玩意儿从地上拈了起来。

玄悯一回头，看见薛闲正在跟手里的什么东西较着劲，张口问道："抓着何物了？蜘蛛？"

"嗯。"薛闲一边应着，一边颇为费劲地将那滑不溜丢的圆珠从指间挪到了掌心，为了防止它凭借圆润体形从手中溜走，不得不将它禁锢住。

这么挪到掌心，他借着火光细瞧了一番才发现，这脆得仿佛一碰就碎的玩意儿还真是个蜘蛛，头腹齐全，八条腿一根不少，侧面还带着一排绒毛似的刺。

之所以先前怎么也瞧不见，只是因为这蜘蛛的颜色纹路同石质地面近乎一模一样，若是一动不动地趴在地上，旁边的人即便将眼睛瞪瞎了，也难以分辨它所在的位置。

而自打它落进薛闲掌心里，它那一身皮壳就活似在褪色似的渐渐变淡，仅仅是片刻的工夫，就快同薛闲的手掌融为一体了，这骗人的功力着实让人叹为观止。

那边玄悯本也是顺口一问，没想到他真的抓住了，当即愣了一下，大步走过来嘱咐道："当真是蜘蛛？小心些，万万不可被其咬——"

他话未说完，就见薛闲摁着掌心的那根手指已经泛起了青黑色，由指尖一路朝上蔓延，眨眼间就到了手腕。

那样子着实不好看，整只手活似被火熏燎过又浇了一层菜汁一般，活似乌骨鸡爪。

薛闲瞥见他走过来，当即无辜又无奈地抬起了脸，干笑一声："稍微说晚了那么一点点。"

玄悯："……"

"咝——"薛闲下意识地吸了一口气。

玄悯一听便皱了眉，准备将那会咬人的毒玩意儿接过来："疼？"

"那倒不是。"薛闲的表情透出一种哭笑不得的崩溃感，他一边毫无章法地蹭动着无名指和小指，一边避让开了玄悯的手，道，"这玩意儿滑溜得很，难抓，别换你拿了，咬都已经咬了。只是劳驾帮我个忙，我腾不开手，这只被咬的手快痒疯了，帮我挠挠，快快快……"

玄悯："……"

痒着实是一件要命的事，比痛可难忍多了。

这挨千刀的蜘蛛毒性着实有些厉害，只是朝薛闲手指尖端注入了一点儿毒汁，他整个手臂就都犯了绿，并且还有要往肩膀、脖颈蔓延的趋势，若是再上脸，那就更好看了。

那种从血脉里往外胀的痒意让人手足无措、心口惶急，但凡忍耐力低一点儿的，指不定此刻已经涕泗横流地满地滚了，说一句“生不如死”也不为过。

薛闲皱着眉，脚下都有些发飘，因为强忍着痒意，眸底发热，漫起了一层水雾。他抬脚朝玄悯走了一步，想催玄悯帮忙，结果鞋底着地时，却好像踩不实一般朝前踉跄过去。

玄悯一见他连站都站不稳了，当即将他搀扶到石台边。他试图让痒得不行的薛闲松开手，谁知这祖宗一双龙爪比谁的都难掰，硬是将那蜘蛛圈死在手中。

薛闲背靠着石壁倚坐在石台上，歪歪斜斜直不起身，冲玄悯道：“赶紧，挠两下，手手手！”

龙血本该可以化毒，所以大多数毒物对薛闲来说构不成威胁，顶多伤口有一瞬间的灼烧肿胀或是发紫发黑，但是几乎转瞬就能好。

眼下这情况足以说明这天杀的蜘蛛毒性究竟有多强，饶是薛闲也有些耐受不住，更难想象若是寻常人中个招，会狼狈成何种模样。

玄悯当然不可能真的毫无顾忌地伸手去抓挠一气，因为有些毒性是越抓挠越厉害的。他看了眼薛闲蔓到肩窝的青黑，摸出了两张纸符，当即划破了手指在其中一张上笔走龙蛇。

他将那张沾了血的纸符拍在薛闲颈侧，那不断蔓延的青黑色当即停在了纸符前头。

他又将另一张拍在了薛闲乌骨鸡爪似的爪背上，而后轻捏着薛闲的下巴，让他将脸朝左边偏一些，脖颈延伸往肩膀的筋骨线条因为这个动作而绷直。

玄悯垂着眸子，将薛闲右侧的衣襟拨开一些，食指和中指并着，略微顿了顿，最终还是落在了薛闲颈窝处的皮肤上。他借着二指丈量了一番，拇指在薛闲锁骨偏下一点摁住，而后解了铜钱，一边盘着铜钱边沿，一边将一股力压进了皮肤里。

薛闲侧着头，轻轻吐了一口气。

那一股力道压进穴位的同时，活似有一股泉流顺着经脉缓缓蔓延开去，捋顺了每一处因为毒性而蹿火带电的皮肉。那种抓心挠肺的痒意便走了一半，剩下的一半，也渐渐为龙血所化，一点点隐了下去。

薛闲懒懒地倚着石壁，冲一旁的石壁抬了抬下巴，问道："你看了好半晌，看出些名堂了吗？我这手里的玩意儿就是传说中的同寿蛛？"

他被那圆蛛咬过一回，自然吃了教训，改换了钳制它的角度，将手掌中的玩意儿给玄悯看了一眼。

只是这次，那圆蛛较之先前又有了变化——它的颜色依然褪得同薛闲的掌心皮肤颜色极为相似，只是在浑圆的腹部多了一条血线。

玄悯眉心皱了起来，神色沉肃地看了薛闲一眼，道："它吸了你的血了？"

薛闲蹭了蹭手，干巴巴道："它咬我时，喝了我一口血，又吐还给我一口毒汁，礼尚往来。"

玄悯："……"

"那上头当真讲了同寿蛛？"薛闲冲石壁上那一片字符努了努嘴，问道，"都说什么了？这玩意儿是从哪儿冒出来的，先前怎么找不见？多了一条血线又是何意，难不成这就同寿了？"

他接连问了好几句，而后顿了一顿，最终又补问了一句在心里盘绕片刻的话："这些字符难认得很，我活了这么些年也不曾见过，你……是怎么看明白的？"

玄悯愣了一愣，道："你从不曾见过？"

薛闲听了他这话，也有些讶异："难不成还是种常见的字？我当真从没见过，兴许是某些人自创的，怎么说呢？太过……古朴简单了一些。"

玄悯闻言面色微沉，似乎在回想什么，片刻之后，他仰头看着那片字符开口道："我能看明白这些字，就好似从年少时便一一学过，却记不起谁曾教过这些。"

有人教过？

薛闲想起了曾经在玄悯记忆里看到的一幕，当时玄悯的视角颇为低矮，记忆又过于模糊，只看见对方几乎触及地面的白袍，当时玄悯张口说了一句什么，简简单单只有两三个字，像是某种称呼。

现在想来，兴许是……师父？

有那么一瞬间，薛闲甚至觉得有些奇特。因为玄悯平日里所表现出来的性子或习惯，都不像是会同别人有过多联系和往来的，独身一人居于雾瘴弥漫的小竹楼中，倒是更符合他的一贯表现。

有时候，玄悯甚至比他更像一个天生地养、与尘世间的一切全无瓜葛的人。然而现今，却突然发觉他也是从一丁点儿大的孩童慢慢长成如今这样的，他也有过爹娘，有过师长，甚至弟子……就如同在零碎记忆里出现过的那个询问玄悯是何人的孩子。

这些牵连让薛闲突然意识到，他所见的玄悯也不过是其中一面而已，而其余那些，甚至连玄悯自己都有所不知。

薛闲一时间有些出神，是以沉默了好一会儿，待他再回过神来，就见玄悯正看着他，似乎因为他突如其来的沉默而误会了什么。

"我不会骗你。"玄悯沉黑的眸子静静地看着他，开口说道。

薛闲一愣，放松了神色，摆了摆手道："只是突然记起一些事，没污蔑你骗我，出家人不打诳语，我明白的。"说着，薛闲还懒懒地冲他眨了眨眼。

玄悯："……"

"说起这个，我得冲你坦白一件事。"薛闲拉起了衣襟，一本正经地坐直身体，仰脸看着玄悯，讪讪道，“你那铜钱约莫有些叛主。”

“叛主？”玄悯下意识地垂眸扫了眼手指间吊着的铜钱串，一时间未能领会这话的意思。

“我用它养过几回筋骨之后，出现了一些古怪的反应。”薛闲说起这话来莫名地有些心虚，但转而一想，明明这也并非他能控制的，心虚什么。

他顿了顿，收起了那一丝心虚感，一本正经地冲玄悯道：“兴许是铜钱的效用还在我身体里留着，所以……我跟你之间似乎也因它起了一些牵连，你的某些情绪和反应会被传到我这里。

“这倒也没什么，重点是上一回铜钱解除禁制，你恢复一部分记忆时，我跟着看到了一些。”薛闲瞥了眼玄悯的脸色，立刻又补充道，“不过并不多，只看到了几个颇为零碎的片段，话都没听全一句，而且活似雾里看花，模糊极了——”

说着他挠着腮帮子的手一停，当即指向玄悯手里的铜钱坠子，理直气壮道：“这得怪它。”

玄悯：“……”

有一瞬间，薛闲看见玄悯嘴唇微动了一下，似乎想问些什么，然而最终还是没有出声。他看着薛闲的眸光里没有恼怒，也没有旁的令人不舒坦的情绪，只是沉静了片刻后，摇头道：“无妨。”

说完，他又淡淡地重复了一句：“左右我也不会骗你，看便看了吧。”

这毫无防备的态度戳得薛闲心里有些痒，但是这种牵连毕竟有些不大妥当，于是他还是冲玄悯道：“我信你，不过这牵连，你若是有法子还是解了吧。”

“出去再议。”玄悯顺口答了一句，脸上倒是真看不出一丝介意。

他抬手点了点石壁上的那些字符，张口道：“上头提及这里养了两种毒蛛，下方石洞中的那些毒虫均是用来饲喂的，加以符阵，养足七七四十九年为一代。这本是当年应人所求而养，待到养成时，所求之人却已不在，是以就地将毒蛛封禁了。”

“四十九年一代，最初是何年何月？养到今日也不知生出了多少代。”薛闲皱了皱眉，也不知这究竟是好是坏，至少单听缘由，在此地养蛛之人倒算不上阴邪，“上头还写了什么？”

玄悯又点了第三列：“毒蛛圈于阵中，不知死而不见生。”

“那么长的话就这么寥寥几个字说完啦？”薛闲纳闷儿道。

“与同寿蛛相关联的仅此一句。”玄悯耐着性子解释道。

不过这就够了，那些字符看起来洋洋洒洒长篇大论，若是从头到尾给他念一遍，估计他也没那耐心听，挑重点说便成。于是薛闲点了点头，也不再多问，懒散撑扶在石台边缘的手指轻轻敲了两下，道：“怪不得……”

玄悯沉声应道：“嗯？”

“那铜镜。”薛闲抬手朝角落里的铜镜一指，道，“你方才不是说‘毒蛛圈于阵中，不知死而不见生’吗？咱们先前在这找了一圈也不见一点儿活物，兴许就是因为那毒蛛被圈在了阵里。因为透过铜镜见了死，所以才能得见生机。这便能解释得通了，否则先咱们一步的人为何要在这里布这么个阵呢？大约就是借着濒死之感，将那毒蛛从阵中引出来。”

玄悯瞥了眼那铜镜，点了点头，又隔了两列字符，点着后头一句说道：“这句便说的是同寿蛛当怎么起效。”

“怎么？”

玄悯颇为无奈地朝薛闲的手指扫了一眼，道：“同寿蛛实为母子蛛，以子供母，见血起效。子蛛自寿主身上汲一口血，腹部会生出血线，而同其成对的母蛛若是在另一人身上再汲一口血，这效用便成了，后者与前者同寿。”

薛闲：“……”

他当即从石台边站起身，瞪着眼睛就地找寻起来："那只母蛛呢？！"

那子蛛喝了他一口血，另一只母蛛随便扎谁一口，那人就和真龙同寿了。若是现在不将那玩意儿找出来，任它躲在角落里，待他跟玄悯一离开，以后若是再有人来，那乐子就大了。

这要是个真心向善的人，活得久一些便也罢了，若是来个什么歪门邪道的货色，那岂不是祸害遗千年？

退一万步说，即便让那母蛛咬个大善人，那也不是什么好事，毕竟不是什么人都能承受得了近乎无穷尽的寿数的，那滋味远非尘世间寻常人能忍受的。

玄悯道："母子相系，子蛛在你手中，另一只应当不会太远。"

薛闲闻言，便竖起手指摁在唇边，冲玄悯比了个噤声的姿势。而后一撩衣袍蹲下身，侧着耳朵仔细听了起来。

这种毒蛛细脚伶仃，动起来近乎悄无声息，也只有凭借非同寻常的耳力才能勉强听见一些。薛闲屏息听了片刻，突然抬头冲玄悯比了个手势，而后指了指玄悯脚边。

毒蛛对人的动静格外敏感，若是薛闲此时再起身追过去，那毒蛛怕是已经又挪了窝。于是薛闲冲玄悯眨了眨眼，示意他来抓。

好在玄悯也非同常人，领悟了薛闲的意思后，一撩衣袍，悄无声息地蹲下身来，伸出手虚虚地在地面隔空轻扫了一圈，最终停留在了一处地方。

那地方偏巧靠近墙缝，以至于玄悯不得不侧过身去。从薛闲的角度，便只能看见他的肩背。

他探头张望了一眼，就见玄悯伸手拢在了那处，动作颇为谨慎，似乎在提防着被那毒蛛张口咬到。又过了好一会儿，玄悯袖摆一动，终于站起了身。

他约莫是怕那毒蛛再给薛闲一口，是以将那毒蛛闷在了自己掌心，而后冲薛闲道："我暗袋里有一只袖珍瓷瓶。"

薛闲眨了眨眼，这才反应过来玄悯是何意。他"哦"了一声，走到玄悯面前，手里那只子蛛已经被他妥善地捏在了左手指间，右手在玄悯腰前停了一下，还是摸进了他腰间的暗袋里。

玄悯："……不是腰间的。"

薛闲咬了咬舌尖，心说早不开口！他又讪讪地将手缩回来，从玄悯前襟的边缝中探进去。

"摸到了。"薛闲端着张一本正经的脸说了一句，将手收了回来，摊开的掌中并排躺着两只颇为精致的小瓷瓶。这瓷瓶仅有薛闲拇指大，大肚扁圆，顶多能放些药粉细末，不过此时刚巧能派上用场。

薛闲将其中一枚瓶塞捏开，玄悯手指动了动，从掌心捏起某物，干脆地摁进了那只瓷瓶里。见玄悯空出了一只手，薛闲便把另一只瓷瓶塞给他，兀自低头看起了自己手里这瓶。

就见这瓶里有一只圆蛛正窸窸窣窣爬动着，周身颜色正缓缓淡化，几乎要与白瓷瓶颜色相近。这毒蛛乍一看同咬了薛闲一口的子蛛并无差别，只是在头顶的位置，有一条极细的血线，刚巧同子蛛成对。

薛闲也不再多琢磨，当即将手里那只子蛛也塞了进去，堵上瓶口，仔细地收了起来。在他收瓷瓶时，眼角的余光瞥见玄悯正给另一只瓷瓶堵上瓶口。

有那么一瞬他有些疑惑：方才给玄悯的瓷瓶瓶口被打开了吗？好像没有啊？

不过待他再抬头时，玄悯已经将瓷瓶重新收回怀中，并且又看了一眼石壁上的字符，眉心微皱，似乎在琢磨什么别的东西。

"怎么？"薛闲没再细究瓷瓶，而是冲石壁抬了抬下巴，"何故这副模样，可有什么问题？”

玄悯屈起食指在石壁末端轻轻一敲，道：“这落款之名……”

“这是落款？”薛闲好奇道，“落款怎么了？”

“似曾相识。”玄悯答道。

“哦？叫什么？”

玄悯迟疑了片刻，念道：“同灯。”

同灯……同灯……

薛闲听闻这个名字时也略微一愣，一种毫无来由的似曾相识感自他心头升起，就好似他也曾经在哪里听说过这个名字似的……

可没道理啊，当真耳熟的话他不会一丁点儿相关的印象都没有。

薛闲的记忆绝对算不上差，只是他活了太多年，而他碰到的大多数人和事情并未被他放在心上过。即便这样，稍微说过两句话的人都能被他记很久，但凡觉得耳熟的，他总能很快便联想到耳熟的缘由。

可这次，就好像一切都隔着雾一般模模糊糊的，总是差了那么一点儿，怎么也捕捉不到。

愣了片刻之后，薛闲终于反应过来，他并不是对“同灯”这两个字耳熟，而是曾经在哪儿听过这个音节。

在哪里呢……

薛闲皱着眉，捅了玄悯一下：“你当真全无印象？”

玄悯摇了摇头：“想起来的那些记忆中并不曾有此名出现过。”

“怎么专挑关键的漏呢。”薛闲没好气地道，他抱着胳膊，拇指食指无意识地在下巴上摩挲着，抬眼上上下下地扫量那一片古朴的字符，“会自创字符的，大多是些远离尘世的偏远氏族，尤其这同寿蛛其实更像是一种蛊虫，所以那氏族应当是通晓一些巫蛊之术的，来自南疆一带也说不准……”

还有先前那翟老头儿所言，说他是从祖上那边听来的传说，都能称得上“祖上”了，怎么着也得往前推个二百来年吧。

二百来年前，南疆，他有些似曾相识、玄悯又有些耳熟的……会是什么人？

薛闲这思绪越飘越远，愣是将二百来年前稍有印象的人都在脑中翻了一遍，却半点儿收获也无，这几个条件的交集空空如也，一个符合的都拎不出来。

若这样都理不出个头绪，那便说明这当中某些关键之处他想岔了。

一时半会儿也分析不出什么名堂，薛闲便挥了挥手，将这事暂且从脑中扫开。他手指动了两下，又忽然在自己眸前停住，目光落在无名指尖上，眨着眼看了片刻。

“怎么？”玄悯见他突然盯着手指发起了呆，以为他想到了什么线索，便出声询问道。

谁知薛闲将无名指朝他眼前一杵：“看，多了一枚痣。”

他手指戳得太近，玄悯微微朝后让了一步才看清，他先前光洁无瑕的手指尖上陡然生出了一枚极小的红点：“毒蛛咬的？”

“嗯。”薛闲咬着舌尖，眯着眼欣赏了一下，又冲玄悯的脖颈抬了抬下巴，“跟你下颌靠近颈侧的那一枚倒是相像，只是不知以后会不会也跟你似的时不时伸出几只蜘蛛脚来。”

玄悯：“……暂且应当不会，毕竟那母蛛还不曾咬过人。”

只要母蛛还没找人下嘴，那所谓的“同寿”就还只停留在薛闲和毒蛛之间，还不曾建立起另外一半的牵连。

薛闲捻了捻那只生出血色小痣的手指，眯眼道：“我若是趁现在将那对毒蛛弄死呢？”

“死不了。”玄悯抬手敲了敲石壁，“在未曾咬人之前，毒蛛与你同寿，你在，它们便在。”

两只小破蜘蛛，他居然还拿它们没办法，薛闲闻言就气了个倒仰，凉凉道："这么说我还得一直供着它们了？多宝贝啊，能活千万年的蜘蛛，回头同我一起挨一回天雷，指不定就成精了呢。"

玄悯摇了摇头，似乎也是无语。

"这上头就没说个解法？"薛闲颇为不满道，"这才是咱们此行的目的。"

玄悯沉声应了一句："有。"

薛闲双眸如洗，在火光映照中倏然一亮："还真有？说来听听，麻烦倒不怕，能把你脖子上那玩意儿消了就行。"

玄悯言简意赅地吐了几个字："寿主死，则因果尽。"

薛闲："……"

这缺德带冒烟儿的，只管挖坑不管埋是哪门子的狗屁道理！

薛闲一脸嫌恶地瞪了一眼那洋洋洒洒的字符，尤其狠狠瞪了瞪那落款，好似能通过那落款的名字，将养出这同寿蛛的人一并瞪了似的。

他又有些遗憾自己认不得这些字符，否则定要好好将那字里行间的信息挖一遍，以免漏去什么关于同寿蛛的信息。不过他转而一想，以玄悯这稳重克谨的性子，只会比他看得更仔细，若是真有其他可行的解法，自然不会疏忽大意地遗漏掉，毕竟这同寿蛛能不能解，最关乎玄悯自己的性命。

薛闲顿觉此行简直赔了夫人又折兵，玄悯的同寿蛛没解成不说，还把他自己的寿命供了出去。

"罢了。"他不耐烦地"啧"了一声，"既然此处找不到解法，再逗留也是白费工夫，左右我留了一对蛛，兴许往后能从它们身上找到旁的法子。"

眼下同寿蛛之事只能就此告一段落，但那个先来一步又离开的人，还是可以追一追的。

薛闲在脑中过了一遍，不论是他揪下来的那个桃木坠子，还是后来的阴尸，以及眼下这黑水潭边利用铜镜所布的阵，都同那术士脱不开干系。

当初让陆十九帮忙扶乩时，算出那术士尚在蜀中小龙洞清修，难不成现如今那术士已经赶来了这里？究竟是何事让他匆匆从蜀中来到朗州一带呢？

这缘由光凭脑袋自然想不通透，不如直接追上去将那术士拿下再问。

好在薛闲别的不行，脚程却远快于寻常人，那术士能耐再大，仅仅是提前离开了这么一时半刻，薛闲想追依然手到擒来。更何况……

“那人跑不远。”薛闲重新站在黑水潭边，垂眸扫量着那些凌乱的血迹。

“嗯？”玄悯终于不再看那片字符，转身走了过来，跟着将目光投落在地上。

“你看——”薛闲指了指当中几个较为明显的指印，“这血迹太过纷乱，似乎几经挣扎，我们当时乍看了一眼才会认为有过一番争斗。但你再仔细看，所有的血迹都圈在一个范围之内，而这些手印全都来自同一人，所以……那人怕是布完了阵，引出了一对同寿蛛，被毒蛛咬了后生不如死，自己弄成这副模样的。”

那毒液连龙血都难以将其即刻消融，更何况没有龙血的凡人？再说了，都搞出这么一地血了，那人状态能好到哪里？哪能这么快便恢复？

薛闲越看那血迹越能瞧出些名堂，他盯着黑水潭白石上的血手印以及一旁滴落的几条血痕看了片刻，又干脆地一撩黑袍蹲下身，俯身在潭边闭眼听了一会儿。

“我知道他人在哪儿了。”薛闲突然睁开眼。

玄悯对上他的眸子，又扫了一眼水潭，当即便明白了他的意思：“从这水潭遁走的。”

“没错。”薛闲说着，直起身体冲玄悯勾了勾手，“追人嘛，自然捷径比较快。”

玄悯看着那不知沤了多少年的黑水，一言不发。

“放心，火我不那么待见，水还是能把控自如的。”薛闲站起身，拍了拍手上的尘土，冲玄悯伸了过去。

握住玄悯手指的时候，薛闲又下意识地朝那片古朴的字符扫了一眼。他突然想起什么似的问了一句：“对了，你方才不是说过，这里一共养了两种毒蛛吗？一种是同寿蛛，另一种呢？难不成真是那翟老头儿念念叨叨的所谓咬一口便能捆上三生的玩意儿？”

玄悯垂着的眸子一动，抬眼看他：“你想要？”

薛闲摇了摇头：“那倒不是，我要来做什么？我寿命何止常人三生三世。再说了，被那毒蛛咬一口格外舒坦吗？我只是顺嘴问一句，谁让你全都略过不提了呢。”

玄悯淡淡的眸子从那石壁上一扫而过，又收回来，摇头道：“同三生无关，传言有些谬误，无非是些祸福牵连。”

薛闲只是因为动了些别样心思，才会陡然对人间常言的三生爱恨有些好奇，至于这些毒蛛，他当真是全无兴趣。听玄悯这么轻描淡写地解释了一句，他便没了追问的意思，当即干脆地一点头，而后勾起一边嘴角冲玄悯笑了一下，手上猛一用力。

哗啦——两人侧身落入黑水潭中，乍然溅起无数水花，落在黑水潭边的地上，将那刚有些干涸的血迹润得有些湿。

在沉入水下的瞬间，两人周身便多了一个硕大的水泡，将他们包裹于其中。他们极速下坠，很快便没在黑水之下，再没了踪影。

第十四章 山谷阵

黑水潭下不见天光，总给人一种夜幕深沉的错觉，而实际上，外头还未近晌午。

石头张和陆廿七并未进县城城门，而是在城根通往村郊的茶铺里坐下了。茶铺里算不上热闹，但人也不稀少，于这两人来说倒是刚好——无甚危险，桌椅间隔又够大，说话倒是不用太过小心翼翼，还能随时看着点儿山道上的情况。

“你说大师他们追上了吗？”石头张所坐的位置正对山道，他一边喝着茶水，一边目不转睛地看着山道，指望下一刻就能看见玄悯和薛闲的身影，“不知怎么的，我这眼皮打今早起来便跳个不停，跳得我心慌，但是大师他们那样厉害，应当也没什么人能奈何得了他们，不会出事吧？”

陆廿七此时手里也没个能扶乩的东西，只能用木枝有一搭没一搭地在桌上点着，似乎是百无聊赖，但那小动作也多少透出了一些意味不明的紧张。只是石头张是个能哆嗦的，这紧张不能同他说，否则他能把这桌子给抖散了。于是陆廿七摇了摇头，敷衍道：“不知道，兴许你没睡好。”

旁边一桌的两人身边各放着一只竹篓，约莫要上山，临行前在这里歇个脚吃点儿东西，边吃边有一搭没一搭地说着话，声音自然也传进了石头张他们耳朵里。

“今早上你打河边走了没？”

“走了，那水也不知怎么回事，一夜疯涨，今早我打那儿过的时候，河面快齐着鞋底了，晃一晃都能漫出来。”

“是啊，大冬天的，怎么好好的涨水了，也是奇了怪了。”

“怪事哪年没有？兴许晚上又落回去了。要说怪事，你瞧见今早从咱们城里匆匆过去的两伙人没？一伙穿着灰衣，一伙一水儿的白，看着可唬人了。”

那人刚说完，另一人便嗤笑一声：“你这没见识的，灰衣什么的我是没瞧见，白衣那些我看到了，那是太常寺的人啊，来头大着呢，看看便罢了，少提。”

两人刚说完，话音便是一滞，因为茶铺里突然多了十来个灰衣人，扮相古怪，戴着面具和斗笠，活似从庙会或是戏园子里来的。

石头张握着茶盏的手指一紧，心更慌了。

他隐约听见其中一个灰衣人低声问了谁一句：“八字可对得上？”

“嗯，就在这儿。”另一人沉声答道，“只是——”

“左右人也不多，全包。”另一个声音答了一句。

石头张脑门儿上倏然渗出一层冷汗，一弹陆廿七的手背，打算拉着他离这群怪人远一些，结果还不曾站起身，他就乍然听见耳边“嗡”的一声，像是空竹之音，却震得他眼前一黑，两腿一软，当即便没了意识。

与此同时，在武昌府边郊的马道上，一支长长的队伍正嗒嗒疾行。

这一行人均是一身白袍，前襟绣着古朴兽纹，脸上罩着狰狞却又肃穆的面具，策马而行时，飞扬的雪白衣袍如云如雾。

不是旁人，正是太卜和太祝所领的傩仪长队。

他们先前在绕经武昌府时，曾从路人口中得知已经有两队太常寺的人马打武昌府经过了，弄得周遭百姓既好奇又惶恐。毕竟能出动太常寺这么多人马的，向来不是什么好事，不是哪里有大灾大难，便是碰见了什么关乎庙堂安稳的大凶之兆。

这两年本就有些流年不利的意味，寒暑不稳，时旱时涝，隆冬比以往来得都早，持续的日子也长，几乎将春秋两季都笼进了袖里，大雪从漠北一直落到了岭南，冷得惊心，其间还总夹着三不五时的雨，压得百姓阴沉沉的总也喘不过来气，好似这冬日几乎没了尽头……

原本只是坊间流传一些拿不出凭依的瞎话，诸如真龙坠海世道不平，有些人信，有些人不以为然。现今太常寺人马频频出现，行色匆匆，那些原本不信的人也不由得跟着忐忑起来，好像头顶悬着千斤重剑，随时会贯穿下来，防不胜防，毫无预兆。

太卜他们一行人原本只是循着先前的真龙之迹追赶，并没有明确的目的地。自打听闻太常寺其他众人的踪迹，便笃定了要一路往西。

结果行了没多久就收到了少卿的飞鸽传书，信上说这两天将有大灾，他们接到了国师传令，正在赶往洞庭。另一支马队则赶往朗州临江的万石山，叮嘱太卜、太祝他们尽早办妥该办之事，等国师差遣。

果不其然，当他们快要行至岳州府境地之时，太卜握着缰绳的手指忽然被轻烫了一下。她掩在面具后的秀致双眉微微蹙了起来，勒缓了身下马匹的步子，将那只手从缰绳上松了开来。

在她松开的瞬间，手指间突然蹿起了一捧黄火，并不真的灼人，但还是有些微烫的。

一张薄纸自黄火芯子中吐露出来，随着火苗渐熄而愈渐清晰。

太卜抬手比了个“停步”的手势，当即叫停了整支马队。长长的队伍停留在一处岔道前，太祝转脸问道：“国师说了什么？”

“让咱们去往江松山大泽寺。”太卜将薄纸递给太祝。

“大泽寺？那不是一座鬼寺吗？僧侣都没有，让咱们去那儿作甚？”太祝颇为不解地问道。

然而国师白纸黑字交代得清清楚楚——

就见那薄纸之上言简意赅地写了几个字：**未时前至大泽寺，守阵。**

“守阵？”太祝一愣。

太卜掩在面具下的面色微微一变，她迟疑了片刻，低声道：“洞庭、万石山、大泽寺，这三者之间相距数百里，咱们是去守阵，少卿他们呢？也是吗？”

“应当不是吧，若是的话，这阵得多大？简直平生未见。”太祝答道。

“可我觉得……”太卜语气犹豫，顿了好久才道，“罢了，先赶去大泽寺再计议吧。”

未时之前要从他们所在之处赶至大泽寺，时间有些紧，于是他们不再耽搁，抬手一招，当即带着大队侲子挥鞭策马，直奔江松山。

在他们绕过岳州府抄近道行路的同时，黑水潭里被水泡包裹着的薛闲和玄悯终于从不知多深的池底脱离出来，顺水而走，在一汪泉池之中冒了头。

两人浮出水面的瞬间，水泡“啪”的一声碎得彻彻底底，一帘顺着山壁挂下来的山溪当即兜头罩脸地将他们浇了个透。

他们翻身上了岸，玄悯二话不说在自己和薛闲手上各画了一道净衣咒，仅仅是眨眼的工夫，满身的水便蒸腾得干干净净，一滴不剩，衣袍也轻而蓬松，半点儿没有黏腻之感，就连先前被火龙炙烤出来的薄汗也一点儿不剩。

薛闲颇为满意地抖了抖黑袍衣摆，弹去上头所沾的最后一粒水珠，冲四周扫量了一圈。

他们所在之处是一片极深的山坳，同玄悯那间竹楼所在的簸箕山山坳相去甚远。这里举目望去，只能看见极为高陡的石峰，一座连着一座，如同收拢的手指一般，将他们握在了其中。

就连天穹都被划割得只剩下头顶那一块，像是天然深井。

“一共三座石峰。”薛闲抬手点了点最近处这座，石峰高耸入云，侧壁陡如刀削斧劈，只在顶头有个鹰嘴似的钩，钩下藤萝重重，犹如细密的绿帘，曲曲绕绕地挂下来，“眼熟吗？”

说是问话，尾音却是笃定的——这刚巧同那翟老头儿所说的百虫洞入口景象一致。

尽管这传说中的入口对薛闲和玄悯二人来说已经成了出口，但仍然能帮他们确定一个大致方位，他们现在的确已到了朗州霞山一带。

而自打从泉池中翻身而出，薛闲便觉得这天井般的山坳阴气重极了，虽然不像那尸店一般恶臭弥漫，却仍旧透着一股子陈年的腐朽之气，活似一只数十年严实合着的木箱子，陡然被人掀开了盖——潮湿的水汽混合着尘土味，让人觉得老旧且阴气沉沉。

直觉告诉他，这里死过人。

不是一个两个。

薛闲皱着眉看着脚边的野草，他用脚尖微微排了排，果不其然，发现了滴落在草根处几乎融于湿泥的血迹。

“找到了。”他拍了拍玄悯。

然而却并未有回应。

薛闲抬头扫了玄悯一眼，就见他似乎刚回神一般飞快地从茫茫野草中收回视线，垂目看了眼薛闲脚尖所指的地方，了然道：“血还未凝。”

“你怎么了？”薛闲收回脚，一边听着山谷间的动静，一边低声问了玄悯一句。

玄悯有片刻的沉默，而后迟疑着开了口：“这里，我似乎来过。”

薛闲闻言，飞快地瞥了他一眼，又收回目光，一面顺着血滴朝前走着，一面状似不在意地玩笑道：“你怎么见什么都似曾相识？”

老实说，这一路薛闲始终有些隐隐的不舒坦，细究起来，那种滋味就好像遗漏了某件要紧事一般，总觉得哪里有些不太对劲，可又总忘了去细想，或是一时想不出头绪。

他揣着这种少有的感觉行了一路，直到现在才突然明白过来，这种不舒坦，其实是一种莫名的危机感，就好像有一个重要的隐患被他或有意或无意地搁置了。

玄悯听了他的话，没有立刻出声，只是垂下了眸子。

有那么一瞬，他脸上虽未表露出什么神色，却莫名地看得人心里发闷，就好像压着什么格外沉重的东西。

片刻之后，玄悯闭上了双眸，又重新睁开，摇头道：“还是……”

薛闲轻轻眨了下眼，几乎是抢在玄悯有所进展之前开口道：“先找人吧，你这记忆总也不见好，哪是这么容易便能记起来的，兴许再有一枚铜钱禁制解了，便清楚了。”

玄悯似有所觉地看了他一眼，大步走在了前头，沉声应道：“嗯。”

事实上这些血迹几乎将对方的行踪暴露了大半，两人几乎没有费力，便在一小片石林外停住了脚。那石林前后不足十丈，着实不算大，却能布出极好的八门遁甲阵。

若是有人藏在其中，还当真能拖延几刻，如果碰上的不是薛闲的话。

“躲在里头又有何用呢？”薛闲站定步子，懒懒地冲里头说道，“你若是藏在街头坊间，我兴许还得顾及着一点儿旁人，你藏在这深山里头，那我当真就全无顾忌了。区区几块破石头而已，还当真能拦住我？”

龙尾一扫便不剩什么了。

而薛闲之所以同他废话了这么一句，没有直接动手，就是想探一探他有什么后招，一并招呼来，解决得也干脆一些。

果然，这话说完，石林中悄无声息沉默了片刻，而后是一阵模糊而低哑的笑声，似乎因为受了重伤而显得断断续续。笑声一停，一道尖厉的哨音便响了起来。

“既然追上了门，那我总也得讲些待客之道吧。”那低哑的声音说道。

而伴着他的话音响起的，则是如海潮般铺天盖地的号哭，哭声响起时，头顶那一方天穹骤然变色，阴云滚滚而来，眨眼间便将天光笼得严严实实，整个山谷变得晦暗不明。

薛闲突然记起来，百年之前，朗州山间曾发生过一次天雷引起的大火。据说那火在山间烧了整整三天三夜，将整个山谷中聚居的百姓烧了个精光，传言那一年总有人听见山哭。

实际上那并不是山在哭，而是葬身火海的千万亡灵在齐声号哭，哭声凄厉，绵绵不绝。

薛闲只觉得整个地面都随着那号哭震颤起来，而先前还杳无人烟的山谷突然传来了无数破土之声，那些早已埋了百年的尸首抖落一身肉泥，从地底下钻了出来，浩浩荡荡直冲而来。

能操纵这数以万计的阴尸，绝非寻常人能办得到的。那么隐匿在石林中的，很可能不是什么无名喽啰，而是那松云术士本人。

想到这点的瞬间，薛闲只觉得脊背犹如有所感应一般疼了一下，活似受劫之后，在昏沉中被人抽去筋骨的滋味重新涌现出来一般。

他心里清楚，那其实只是脊骨中牵出来的细丝受这万千阴尸的影响而有所颤动，以至于有些撑不住了，断骨的刺痛才会又隐隐泛上来。

但是在这种境况下，这种刺痛只会勾得人新仇旧恨齐涌。薛闲闻着那令人作呕的味道，看着漫山遍野的阴尸以及被他们淹没的石林，脸色冷得犹如霜冻。

他静静地站在原地，看着直冲而来的阴尸海潮，伸手轻轻一掸衣袍，而后倏然化进了一层浓重的白雾中。

仅仅是眨眼之间，黑色的巨龙腾空直上，捣入云霄之中，长啸一声。群山震动之中，乱雷裹着狂风直劈入山谷，一道道电光迅疾又狠厉。

山谷中密密麻麻的阴尸被雷电轰击得如同散了窝的马蜂。石林在雷电之中轰然炸裂，碎石漫天之间，一个灰色身影伏地一滚，便没入了尸海。

他在窜入尸海时给自己套了一层伪装，当即便同那些皮肉直掉的阴尸混为一体，一时之间根本难以分辨。

黑龙在群山之中翻腾了一圈，直接长尾一扫，巨大的力道带着震山劈海的气势直贯而来，砸在山谷之中。

轰隆——

龙尾所落之地，无数条深邃的地缝迅速朝外蔓延开来，成堆的阴尸被龙尾带起的狂风直接掀飞，又层层叠叠地砸落在地，碎成一地肉骨，大批大批的阴尸直接被扫进了地缝之中。

与此同时，一条火龙也由山谷一角直蹿而出，带着恣意高蹿的火舌，在猎猎劲风之中呼啸着，将一圈又一圈的阴尸卷进火中。

薛闲冷着脸横于黑云之中，自上而下地俯视着那群阴尸狂叫着在诸多磨难中挣扎倒落，而他真正要找的那松云术士，却犹如阴沟耗子一般四处躲藏，不惜将自己化作烂肉直掉的白骨模样。

可是这样躲藏又有何意义呢？现在去死和片刻之后再死又有何区别？

他脊背断骨中的丝线因为盛怒而不断颤抖，又因为灵气消耗而愈渐不稳。侵皮入骨的疼痛于薛闲来说并非毫无所觉，只是在此时此刻，一切疼痛都会化为怒意。

仅仅片刻的工夫，那些阴尸便在乱雷和大火之中倒下了大半，又被龙尾砸得粉碎，在山谷地动之中翻滚着掉入地缝的深渊里。

在那阴尸号叫之中，还夹杂了一声嘶哑的惊叫。

薛闲冷笑了一声，龙尾毫不犹豫地扫过石峰。就听一声炸裂般的巨响在石峰腰间响起，接着整座石峰拦腰而断，带着无数碎石直砸入山谷，刚巧砸在那嘶哑惊叫所在之处。

尘烟瞬间弥漫，像一层带着灰土味道的雾。

那一大片的阴尸连带着那个声音一起被压在了倒落的石峰之下，即便不碎也不得翻身了。

这便结束了？这就算泄去仇怨了？

薛闲从未想过要问那术士什么，在他看来，同这人多说一个字都嫌脏污，不论何种理由他都没那兴致去听，也没那兴致过问。哪怕多让对方说一个字，多存留一刻，都是过度仁慈。

可如此轻而易举地将对方送入深渊，又让薛闲生出了一丝说不出的烦躁。费了大半年工夫，拖着双不能行走的废腿辗转过那么多处地方，最终遇见的仇敌就这么没了声息，前后不过只有半个时辰而已。

活似一拳捶在了棉花上，怒气非但未消，甚至烦躁更胜之前。

而就在此刻，山谷中的遍地碎骨突然在狂风之中窸窣而动。仅是眨眼的工夫，便重新拼凑成了无数阴尸，而那些宽窄不一的巨大地缝之中，无数落入其中的阴尸又重新探出了头。

雷电劈不散，烈火烧不化，砸碎了又能重新凑成堆，落入地底还能爬上来。

这简直是活脱脱的阴魂不散，却把薛闲气笑了——因为他在碎骨咔咔作响的动静中，隐约又听见了几声刻意掩藏的呼吸，只是已经不再是石峰砸落的地方了。

在看到阴尸重新爬站起身、直扑而来时，玄悯的手指终于盘上了那串铜钱。

沉重的阴气和冤死的怨怼沉酿百年，犹如黏腻的蛛网，在阴尸不断的翻腾和扑打中缠上一切活物，不论是玄悯还是薛闲都斩不断这种粘连，越是阳气浓重的活物吸引力便越大，是以那些阴怨之气对真龙的纠缠远甚于对凡人的。

自古阴阳相缠，没人能更改。

这种来自数万阴尸的沉怨能撼动一方山河，若是落在寻常人身上，就犹如真正的刀刃一般，顷刻之间就能将其刮成白骨。

薛闲和玄悯对其虽有压制，但并不能完全抵消，是以在那些阴尸大潮一番又一番地“死而复生”之中，两人皮肤上渐渐裂出了一些细小的血口。

活似无数薄刃在周身拉扯刮擦。

拖得越久，身上的血口便越多，而这些阴怨之气又在这些阴尸一次又一次的粉碎之中越发浓稠，每被击倒一回，阴怨之气便疯长一番，仿佛陷入一种永不见光的循环。

血口再多薛闲也不在乎，即便周身满是血腥味，他依然无甚所谓，这种程度比起劫期还差得远了。

然而他在近乎冷静的怒意中一遍遍地翻找那术士的踪影，将那人连同周围一起轰击成渣的间隙中瞥到了玄悯白色的身影，当即有些愣怔，因为玄悯抬头看了他一眼。

他在九霄之上，玄悯在山谷之中，这之间的距离本该远得连五官也看不清。

然而薛闲却在那一瞬间觉得，玄悯看向他的目光之中含着格外沉重的东西。就见玄悯忽然抬手接了虚空中的什么东西，在指尖捻开。

薛闲隐约看见他手指间一片血红，才恍然反应过来，玄悯接到的约莫是从他身上滴落下去的血。

那一瞬间，薛闲心里没来由地泛起一阵说不清的情绪，就像皮肉之下最软的地方被人用针扎了一下。

那一下刺痛来得莫名，以至于薛闲一时间并未反应过来是因为什么。直到玄悯收回目光，手指摸上了他那串铜钱。

既然火烧雷劈都不管用，玄悯干脆收回了火龙。他似乎在低声念着什么经文，手指拂过的铜钱乍然泛起了一层亮色，像是炼化于其中的灵气乍然活了过来一般。

五枚铜钱之中，三枚被解了禁制的铜钱亮得惊人，连云霄之中的薛闲都觉得略微有些晃眼。

铜钱被血引动解开禁制的瞬间，薛闲的脊背也一阵发热。

他愣了一瞬间，忽然明白过来，先前那一下刺痛兴许根本就不是他自己的感觉，而是玄悯的反应透过铜钱牵连，传到了他的身体里，让他恍然生出了一种感官模糊的错觉。

不过没待他细想，那铜钱已然在风中嗡声作响，玄悯一手执着铜钱，另一手在诵经之中屈指一弹，就见一个巨大而繁复的符文在烟尘和雾气之中升腾而出，带着鸣钟一般的厚重声响，朝那海潮般的阴尸压过去。

当——

符文落下的瞬间，所有阴尸俱是一震，活似魂魄受到了重击，在若隐似现的古钟余音中瑟瑟震颤。

是的，雷劈不了，火烧不化，只因阴怨之气根本不是这些能驱散的。

而玄悯此刻，就像是同时在给数以万计的阴魂超度一般，一边承受着利刃裹身之痛，一边神色淡漠而平静地合眼诵经。

当——

又是一下，山谷之中的阴尸犹如魔怔了一般愣愣地停了动作，迟缓地转过身。阴怨之气从薛闲身上散开了一些，似乎在犹豫着要朝玄悯而去。

玄悯一下又一下地叩击着铜钱，那些黏腻的阴怨之气终于彻底弃了薛闲，直奔玄悯，将他重重叠叠地裹在了其中，而山谷之中的千万阴尸则在不断的钟音里疯狂地号叫起来。

薛闲有一瞬间的愣怔，而后龙尾一甩，长身化作一团黑雾，直贯山谷，狠狠砸在了玄悯身前。

落地的瞬间，阴尸被巨大的冲力掀倒了大片，山谷震颤，黑雾散去，薛闲一身黑袍站在了玄悯身前，抬手便要替他挡住那山呼海啸而来的阴怨之气。

然而刚有动作便感觉脊背之间又是一阵发虚的剧痛，刚才过于消耗灵力，以至于本就靠巨大灵力维系的那根细丝隐隐又有了要断的架势。

他感觉双腿的知觉有一瞬间被抽离了一些，因而不受控制地踉跄了一下。

而就在此刻，玄悯手中的铜钱光亮越来越盛，因为不断加快的盘绕而震颤起来，似乎是蠢蠢欲动，又似乎是难以承受地亢奋着。第四枚铜钱灰扑扑的皮突然开始剥落，一点儿隐隐的油黄光亮从那皮壳之下透了出来。

当——

玄悯合着双目，似乎对周遭的一切毫无所觉，他念着经文的声音沉沉的，一字字犹如钟锤直敲在脑中。

在铺天盖地的阴怨之气中，在阴尸的挣扎和尖号之中，第四枚铜钱的最后一点儿灰皮终于落地，铜钱陡然一震。

薛闲脑中忽然传来“咔嗒”一声，似乎某个锁头终于被人拨开。

他知道，那是铜钱禁制解开时，从玄悯身上传来的共感——只是这种共感他抗拒不掉，他只觉得脑中陡然一阵眩晕，眼前乍然一黑，接着各种纷杂模糊的场景便潮水一般涌了过来……

他的视线在这似梦似幻的场景中乍然一矮，活似被裹进了一个孩童的身体里。他不受控制地垂着眼，目光刚好落在身前一人的衣袍下摆上。

地面是厚重的雪，几乎没过了他的双膝，膝前的地上搁着一方矮几，案上摊着书册，笔架上架着一支笔，笔尖的墨都结了一层薄薄的冰。

他听见一个模糊的声音从头顶落下来：“天生灵骨不是用来荒废的，先在此处抄经，入夜我来领你回去。”

而他一声不吭，只抬手提了笔，在砚台之中润了润，落在了薄纸上……

倏然天色近黑，书册上的字迹再看不清，薛闲听见桌案前的雪地上传来“嘎吱”一响，微微抬眼，就见那白衣人又来了。他依然没有去看那人的脸，似乎是敬重又似乎没什么情绪般将目光落在那人的手上。

就见那人手腕一翻，从袖间抖出一个铜质暖炉递了过来，而后沉声道：“冷不冷？”

薛闲下意识地想嗤笑一声，心说你来站一天看看冷不冷。

然而出口却是：“不冷。”

音色依然模糊不清，像是近在咫尺又似乎遥远得像隔了数十年。但薛闲却能听出来，那是孩童的声音，却冷淡得不像个孩子。

“为师并非害你，只是不希望你身带灵骨，却碌碌一生。”那人叹了口气，说话时，铜炉已经放进了薛闲怀里，又似长辈一般拍了拍他的后脑勺，领着他在厚厚的雪地中朝不远处的一间小楼走去……

这是玄悯的记忆。

薛闲在模糊如梦境的场景之中勉强保留了一分清醒。

剧烈的晕眩感再次毫无预兆地在脑中翻搅着，他下意识地闭着眼摇了摇头，再睁开眼时，眼前的场景便又是一阵纷乱，时而在清冷的殿宇中，时而在亭台里。有时身边寂静无声，有时隐约能听见院外有人交谈。

他视线时而高时而低，似乎那些回忆并不是依着顺序而来。

待他脊背微微一热，某种嗡鸣声在耳边一闪而过时，他同玄悯的牵连又稳了下来，那些模糊的场景又略微清晰了一些——

他看见自己面前依然摆着一张桌案，一只信鸽在桌案一脚乖乖缩着，似乎在歇脚，安分之中带着一丝莫名的惧意。

而他手中正捏着一张叠过的纸，纸上洋洋洒洒写满了字。乍一看，只看见落款之处的红印上有几个字，他只来得及看清其中两个，手指便不受控制地一动，将那张薄纸又重新折叠起来，压在了一边。

那两个字是“太常”。

他拿起搁在笔架上的笔，蘸了蘸墨，在桌案间的一张纸上写了寥寥数字：不可耽误泰山之行。

而后，他又提笔在落款之处写了两个字：同灯。

薛闲脑海中一阵嗡嗡声，只当自己看错了，然而还没来得及细看，场景便又在震荡中倏然一变：他站在一间高阁的栏杆边，身边是一盏宫灯，散着模糊的光亮。

先前“同灯”二字带来的茫然还未散尽，以至于他愣了好一会儿，才觉察到身后有人在同他说话，他甚至都没有听清对方究竟说了些什么，就已经转了身，走到了高阁中的石桌前，伸手将桌案上的一张纸朝前一推，然后张口说了一句话。

尽管场景依然模糊，声音也依然渺然不清，他却依然能将玄悯的音色分辨出来。

他听见自己用玄悯的声音冷冷淡淡地说了一句话："戊辰年，六月初七。"

自那之后，玄悯还说了一些话，又或是问了对方一句什么，只是薛闲一个字也没听进去，他耳边嗡嗡作响，周身发寒，方才那冷冷淡淡的一句话一遍又一遍地重复着，每重复一遍，他身上便更冷一些。

脊背的刺痛感再度袭来，然而薛闲却麻木极了。

戊辰年便是今年，六月初七不早不晚，刚巧是他的劫期。

或者说……刚巧是他被人抽去筋骨的日子。

他几乎有些难以置信，一股说不上来的沉重感兜头将他笼在其中，他在一片空白之中近乎急切地想看一看这场景中其他的人或是物，什么都好，只要能证实方才那句话只是一个巧合。

然而他的目光却只落在了石桌一边，似乎是瞥了某个东西一眼，看清的瞬间，他空茫的心口泛起一阵难以言说的情绪，很淡，淡得不像是他自己的情绪。

似乎是嫌恶，又似乎是旁的什么。

薛闲顾不得，也没那心思去想，因为他看清了桌边搁着的东西。那是两张面具。一张银制的，在灯下泛着冷冷的光；而另一张则浓墨重彩地涂画着兽纹，那纹样古朴肃重，两旁系扣着长须，像是从野兽身上弄来的，如果覆在面上，远望时，大抵会像散开的长发……

他盯着那兽纹面具，脑中却一片茫然，脊背上的疼痛突然加剧。

那痛是真的有些难熬，就好像沿着空虚的脊背渗到了心口，又顺着心口扩散开来，让他有种错觉，好像他突然有些心慌，又有些难过……

那之后的一切纷乱记忆都再没入过他的眼，直到它们在铜钱愈渐清晰的嗡鸣声中渐渐消散。

薛闲忽然闭上了眼，过了很久之后才缓缓睁开，山谷的一切重新归入视野中，明明很近，却又似乎远在另一个世间。

不知何时，玄悯已经落在了身侧一座矮峰上，古朴的钟音余韵不绝，在山谷中一遍遍地回荡，阴尸的尖号已经变成了哀叫，沉酿百年的阴怨之气也在渐渐消退。

山谷之中雾气深重，以至于薛闲突然看不清玄悯的脸了。只能感觉到玄悯似乎也看向了他这边，手中的铜钱灵气未散，一道道符文产生的淡色金光如同一张铺天盖地的巨网，将山谷笼罩在其中。

那淡金色明明不算亮，却晃得薛闲眼睛发痛，痛得让他忍不住想起当日在海边兜天罩地般将他捆束住的金线。

他心里突然泛起一股深重的难过，比他想象的还要难过得多，比那张漫天撒下的网还要难以挣脱，深重得几乎连他自己都有些讶异了……

而此时，山谷之中的累累白骨下，有人突然用错愕又惊讶的语气冲玄悯的方向道："国师？你怎么……会在这里？！"

"不是传信说了在江松山见吗……"那个滚走在众多阴尸之中不断隐匿自己的人在看清玄悯的模样后，终于暴露了自己的位置。他身上还保留着障眼法，乍一看同阴尸无甚区别，碎肉早已在不断的躲避奔走中抖落在地，裸露出来的骨头歪歪斜斜，像是拼凑过的，泛着黄黑，散发着令人作呕的味道。

但是他周围真正的阴尸在金光笼罩之下，已经被压得瘫倒在地，成了一地碎骨，唯余一点儿痴黏的阴怨气萦绕其上，是以维持着站姿的他便显得格外突出，一眼便能分辨出来。

他的脑袋只剩一副头骨，骨头上裂纹遍布，风干的老皮紧紧裹着骨骼，眼眶只剩两个黑洞洞的窟窿。从这样一张脸上自然看不出什么细微神情，但从他茫然张着的嘴来看，应当是诧异得忘了处境。

若是在这种时候出手，想必他根本来不及反应。

然而薛闲却已经看不见他了，除了那片金光，山谷中的一切仿佛都同他没了干系。他只知道脊背的疼痛一直贯穿到了心脏里，活似眼睁睁地看着自己被人一刀捅进身体里，胸口处是彻骨惊心的冷意，冷得天寒地冻。

玄悯和他之间隔了山石，隔了金光，隔了一片浓重的水雾。但是他却没有抬手将那水雾挥扫开，只依然这么隔着水雾静静地望着石峰上的白影，轻声重复了一句："国师？"

往日的诸多细节均在那一瞬间涌入脑中，有用的、无用的，清晰的、模糊的，以一种杂乱无章到令人头脑发疼的方式闪现着，随着"国师"这一声称呼，突然变得明晰起来——

不同寻常的能耐，同官府的瓜葛，格外讲究的性子，还有上回在簸箕山下碰到的那一支队伍……

其实处处都有蛛丝马迹表露着玄悯的身份来历，这些天，尤其在进了百虫洞后，那种隐隐约约萦绕不散的不舒坦根本就是一种下意识的不安，甚至带了一种怯意……

原来他早已有所感，只是始终在有意无意地忽略而已。

哪怕直到现在，借着铜钱的牵连亲身经历了一遍玄悯的记忆，他仍旧抱着最后一丝侥幸之心，仍旧想亲口向玄悯问个明白，甚至可以装一回痴愚，只要玄悯摇头否认，只要玄悯说一个"不"字……

"戊辰年，六月初七……"薛闲死死盯着那片水雾后头的白影，轻声开口重复了一遍记忆里玄悯所说的话。

他看见那个白影似乎僵硬地动了一下。

只是水雾太过浓重，让他难以分辨究竟是不是错觉。

“你所说的戊辰年六月初七，是什么日子……”薛闲眸光一动不动，问完了一整句话。

在漫长到几乎没有尽头的一生里，他从来没有这样在意一个人的答话，有一瞬间，他甚至又有些反悔，想张口就此打断，将这问话收回去。

他头一次如此怕听真话。

然而山石上的那个人曾经对他说过“我不会骗你”。

玄悯沉默了很久很久，久到薛闲胸口冷得几乎已经没了知觉，才听见他用有些低哑的声音道：“真龙劫期……”

薛闲眼睫一动，而后静静地合上了眼，再睁开眼时，已是面无表情。他最后又看了一眼玄悯，用一种冷静得让人心慌的声音说了一个字：“好。”

第十五章 江河血

距离江松山数十里的一座寺庙里，一个面孔带着少年气的小沙弥正盘腿坐在窗边看经书，正要翻页，屋外陡然阴云密布，电闪雷鸣。

小沙弥搁下经书，伸头探出窗外望了一眼。

他们这座寺庙依山而建，是方圆十里内的最高处。从他这角度，依稀可以望见远处还有一座山，山前临着浩荡江水，山上还有一座孤零零的寺庙。

这黑云和雷电来得莫名，半点儿预兆也无，好似这老天爷忽然伤了心，闹起了脾气。

黑云层层滚滚，仅是眨眼之间便从天这一头，一直罩到了天的那一头，压抑而低垂，仿佛就重重地压在屋顶上，伸手便能探到一般。

小沙弥看着觉得古怪又稀奇，当真伸手想去探一下，然而手指还没伸直，大雨便倏然落了下来。

这雨真是大极了，大得连远处的山都看不清了，只隐隐能看见那孤寺的一抹淡影。

小沙弥的手被雨水打得生疼，灰布僧衣的袖口当即湿透了，黏在小臂上。湿透的衣袖裹在身上自然不会舒服，但是小沙弥却没在意，只愣愣地看着瓢泼大雨。

不知为何，他莫名地觉得这雨大得活似宣泄，看得人莫名地心生难过，好像也被那黑云兜住一般，闷闷的，有些喘不过气。

他年纪尚小，久居山间，甚少会生出这种毫无来由的情绪，只忽而想到了方才看的经书，里头有一句他理解不了的话：**由爱故生忧，由爱故生怖，若离于爱者，无忧亦无怖。**[1]

他看着这大雨默默出了好久的神，直到师兄进来叮嘱他关窗。

“师兄，我方才见着前头那座山寺有人。”小沙弥抬手指了指大雨之中淡如青烟的山影，回头说道。

“你那是什么招子，能瞧见那么远的地方有人？”师兄哭笑不得，又道，“不会的，那是大泽寺，出了名的鬼寺，荒了不知多少年了，哪来的人影。”

“我真瞧见了，还没下雨时瞧见的，穿着白衣，又将将好站在塔顶，只是再看时已经杳无踪影了。”小沙弥念了一声“阿弥陀佛”，约莫是说着说着便想到什么孤魂野鬼上去了。

其实不用师兄说，他也知道那孤零零的寺庙是大泽寺。

他小时候听师兄们提过两句，说许久以前，兴许是一百多年又兴许是两百多年前，有一个从南疆来的少年在大泽寺剃了发，还未受戒，大泽寺突逢雷火，一众僧人俱亡于大火，以至于民间私下里提起大泽寺，除了叹惋之外，便是议论那南疆少年约莫是个克人克己的灾星。

十来年后，有人说曾在江松山间看见过一个白衣人，在大泽寺荒废的庙门前捡了一个被弃的婴孩后离开。

---

1 由爱故生忧，由爱故生怖，若离于爱者，无忧亦无怖。——《妙色王求法偈》

看见白衣人的樵夫信誓旦旦地说，那人挽起袖摆，露出的手腕上有南疆那边才有的图腾。

而数十年后，同样又有人在江松山间见到了一个白衣人，当然，这次那人并未挽起袖摆，自然也看不着那腕子上是否有什么图腾，但那人同样在山间捡了个孩童离开。

当然，这些传言因为俱不可考，便没有广泛流传开去，到如今，约莫只有同大泽寺遥遥相望的这所寺庙里偶尔有人会提起了。小沙弥记得当初师兄跟他说起时，还颇为好笑地提到："师父以前同我讲过，最离谱的一个传言还说，那南疆来的少年就是那白衣人，而那白衣人，就是后来的国师。"

"那弃婴和后来的孩童呢？"小沙弥当时是这么问的。

师兄没好气地答了一句："你还真信？我上哪儿知道去。"

是以那孤零零的鬼寺在小沙弥心中总伴着各种传说，显得神秘莫测，在那处看见什么似乎都是可能的。

"别发愣了，这雨大得出奇，今早听说县里的河道都漫水了，雨再一下，怕是要淹没脚脖子了。你再这么敞着窗，估计没多会儿这屋子也得淹。"师兄数落着。

小沙弥连连应声，伸手抓住了窗框，正要往回拉时，他目光下意识地朝天上瞥了一眼，便就此顿住了手。

"师兄……"

"又怎么了？关个窗也这么费劲？"师兄哭笑不得地凑过来，打算抬手帮他拉一把，却见小沙弥愣愣地一指黑云，茫然道："我似乎，看见龙了……"

师兄闻言，正想敲他脑壳一下，却见那乌云之中有一条长影倏然而过，裹在煞白的云雷之中，看不清模样。但那影子，怎么看怎么像是一条龙!

“天啊——”师兄愣愣地叫道。

小沙弥指着江松山，一脸呆滞道：“好像……好像奔着大泽寺去了！”

与此同时，江松山顶大泽寺内，太常寺傩仪长队一干人马正站在大殿之中。当初的大火烧得不算久，但这大泽寺因位置偏远，香火稀落，僧人本就寥寥，那火又是夜里遭雷劈而起的，这才没什么人能逃出来。

事实而言，那火只烧了后头，前头的几座殿受损倒不重。

太卜、太祝二人遵照着国师的指示，带着百十来名侲子，在大殿里相对围坐成圈。太卜居于首，太祝封于尾，正中的地面上，是一座小小的石雕。石雕上刻着繁复的符文，自上而下贴满了油黄纸符，石雕底端，则以血画了个圈。

太卜令各名侲子将拇指尖扎出一个血点，鲜红的血珠从那小点中倏然冒出来，正要滴落时，大殿里突然响起了一声叹息。那声音轻极了，混杂在殿外的风声之中，以至于除了太卜愣了一下，其他人居然都不曾反应过来。

太卜皱着眉，警惕地扫了一圈，却又想起来他们刚到时就仔细搜找过这大殿，绝没有闲杂之人。

听岔了?

太卜在心里自语了一番，最终还是摇了摇头不再管这些。她冲众人嘱咐了一番，便抬手将带着血珠的拇指摁在了身前地面上，百十来名侲子以及太祝同样摁了下去。

就见一道道细如发丝的血线自拇指所摁之处延伸出去，仿佛活了一般，朝那石雕而去。

而后众人合上了眼，张口低声诵起了经。

嗡嗡的声音从大殿之中传出去，又倏然飘散在泼天大雨之中……

万石山、洞庭湖两处太常寺人马和他们一样，围坐在国师先一步放下的石雕边，将带着血珠的拇指摁了下去。

大泽寺所在的江松山前，是一片石峰林立的黑石滩，而过了黑石滩，便是漫无边际的江面。

此时的黑石滩中躺着密密麻麻的人，粗略一数，有近两百人。他们看上去面容苍白毫无血色，双目紧闭，眉心微蹙，均是人事不省，乍一看简直像是死了一般，但又不曾僵硬。

从这些人身上所穿衣物来看，大多破布烂袄衣衫褴褛，散发着许久未曾清洗的酸馊味，不是纯粹的乞丐便是因为饥荒而远离家乡的流民。

还有一部分即便衣衫完好，但也看得出不是什么好料子，看那手上的老茧裂口以及经年日晒后形成的干黑皮肤，可以猜测他们必定来自穷苦人家。

不过这些人之中还夹杂着个别一些看起来日子过得还不算差的，大多是因为落单或是在野外而被掳来了这处，其中便包括在那茶铺里等人的石头张与陆廿七。

若是他们此时醒着，必定会被当下的阵仗吓一跳。因为这近两百人被人由里至外摆成了圈，一圈环上一圈，最终形成了一个活人摆成的圆阵。

圆阵的中心放着一尊一人高的石雕，粗粗雕刻成了一个脚踏莲花座的人。这人从背后看，衣袍飘逸，很有股石佛的味道。然而绕到身前便会发现，根本看不见这人的五官，因为他面上罩着一张兽纹面具，看着古怪又肃穆，还透着一股隐约的邪气。

更诡异的是，这石像衣袍上刻满了繁复的符文，乍一看，同大泽寺、万石山以及洞庭湖那几处小阵中央石雕上刻着的一样。唯一的区别在于，这石像身上的符文之间还夹杂着一些古朴的字符，乍一看像是某个部族流传下来的自创文字。

若是薛闲此时在场，一定能认出，这些字符同百虫洞石壁上的同宗同源，只是笔锋略有区别。这区别微小极了，就连写字的人稍微晃个神都会分辨不出。

这石像莲座上贴满了油黄纸符。

而这莲座之下，同样被人以血画了一道圈。

这近两百人均是头朝石像脚朝外摆着，他们虽模样有差、贫富有别，却有一样是相同的——他们额头命宫处均显出了一枚小小的血点，乍一看像是血痣。

江上风大浪急，一层赶着一层直冲上岸，加之大雨泼天，那架势，似乎再多掀一个浪头，便要扑到江松山上去。

然而这近二百人形成的圆阵却好似形成了一个铜铁之罩：烈得能割肉断袍的狂风肆虐而过，那石像莲座上的纸符却纹丝不动；泼天大雨眨眼间便让江水漫上了岸边，却一滴也不曾落到这些人的衣袍上。

在这圆阵之外，单膝跪着一队灰衣人，他们面上均戴着面具，乍一看同太常寺的有些相像，只是太常寺那些以赤红为主，这些人的面具却以青黑为主，活似一阴一阳，一明一暗。

除此以外，他们腰间还都坠了一块桃木坠子，同玄悯竹楼下躲藏的那人佩着的一模一样。

“八字相符之人共一百又八十，一位不多，一位不少，阴九十，阳九十。”领头那个灰衣人开口禀报道，声音掩在面具之下显得有些闷，又在出口之时被大雨打散了，听着模糊不清。

他们单膝所跪之人正站在两峰黑石之间，面朝着江松山，两手背于身后。他穿着一身雪白衣袍，纤尘不染。大雨距其毫厘之处杳然无声，愣是没在那衣袍上落下一星半点儿湿痕。

这人个头儿很高，身形修长而挺拔，单单是背面便有股出尘离世的气质，让人不敢多看也不敢靠近。

他面上覆着银制面具，旁人看不见其容貌，单是露出了一双透黑眸子。他此时正微微仰着脸，目光落在江松山顶，沉静冷漠之中似乎含着一丝旁的东西。

他听了灰衣头领的话，背在身后的手指微微摩挲了一下，目光却一动不动。

灰衣头领抬头瞥了他一眼，又惶然地低下头，噤声不语，等着这白衣人开口。哪怕只是这样些微的沉吟，都让这些灰衣人觉得忐忑不安，好像自己满身都是谬误，做了一堆荒唐事一般。

而实际上，那人摩挲了一下手指，便淡淡开口道："可曾叨扰无关百姓？"

他的声音也透着一股天生的冷淡，像是微微结了冰的水。

但是这么一句简简单单的问话，便叫这些灰衣人微微一颤。领头那人连忙道："不曾不曾，咱们只挑了僻远之处掳人，但凡旁边有个别闲杂之人的，也都一并带来了，一丝把柄也未曾留。"

那人又摩挲了一下手指，不喜不怒道："掳人？"

灰衣头领连连改口："不不不，请人。"

他慌忙更正之后，又是好一会儿没听见吩咐，忍不住偷偷抬头瞥了一眼，就见那白衣人依然静静地望着江松山顶。尽管看不见他的眸子，但灰衣人却觉得，他似乎少见地带了一丝感慨，好似这偏僻无名的江松山同他有什么渊源似的。

那灰衣人看得恍惚，一时间胆大包天，居然张口问道："这地方偏僻无名，平平无奇，国师为何挑中这里？”

这话刚说完，灰衣人就想一巴掌把自己抽死在这里。他自小受松云术士教养，十六岁起开始帮松云和国师办些麻烦事，至今已有七八年了，然而真正见到国师的次数却屈指可数，他大多是从松云那边领了事四处奔走。但是即便接触少而又少，他也是知道这位国师的脾气的——

这位从来喜怒无常，且十分厌恶底下人不知天高地厚，问些不该问的事情。

至于什么是不该问的，其实这位从不曾明确说过，但灰衣人他们的理解，就是指“什么都不要问”。

这位有什么安排自有他的道理，哪是他们能插嘴的。

谁知他这一问，国师非但没有怒意，甚至还答了他一句：“许多年前，我在这处遇见过一位贵人。”

那真是……太久太久以前的事了，久到连他都已经记不清那时的自己究竟几岁，生得什么模样，爹娘是何人，又是因何缘故将他弃留在这僻远的山里。若不是那位贵人，他恐怕轮回都入了几遭了，又何来现今的一切。

灰衣人听了他的回答，当即愣了一下，低头道：“那贵人当真慧眼识珠，否则，又哪来今日的太平盛世？”

“慧眼识珠……”国师似乎觉得这话很有意思，又有些嘲弄道，“太平吗？若是太平，我也不用做那么些麻烦事，今日也不用站在此处，请来这么些劳苦百姓了。”

灰衣人一时间不知该接什么话，然而国师向来寡言，难得有兴致说这么些话，他不接岂不是更过不去。于是他想了想，又道：“是我们愚驽，分不了忧。”

国师闻言，眸光一动，淡漠地从他们身上瞥过，又重新落在江松山上，半晌之后淡淡道：“总有用得上的地方，无须妄自菲薄。”

他看着山顶荒寺，忽而抬手行了个礼。

于他而言，这一生始于此处，所以也该“殁”于此处，这才算得上是有始有终。况且，他现今所为，多少有些忤逆当初那位的初衷，所以临“死”前来忏悔一番，也算得个心安。

相信对方若是活着，也是可以理解他一番苦心的。

当他行完礼重新抬起眼时，那百人组成的圆阵之中，石像莲花底座上的纸符忽然抖动了一下。

一张正对大泽寺，一张冲着洞庭方向，还有一张则对着万石山。

三张纸同时一抖，发出“哗”的一声，像是狂风吹搅着战旗发出的拍打之声。

紧接着，莲座之下的血圈倏然一亮，原本快要干涸的血迹似乎陡然间变得新鲜起来，甚至还微微流动着。

国师转过身来，抬袖一扫，就听一阵风刃之声于圆阵上方扫过，阵中近两百人的左手拇指突然裂开了一道割口，殷红的血顿时从那道割口之中流淌而下，落在地上，又如同被什么吸引了一般，直直朝那石像蜿蜒而去。

那是一幅极为骇人的景象，数百条血线如同长蛇一般静静地朝石像爬去，眨眼间便融进了石像底端。

一众灰衣人虽然有所准备，但乍然看到这一幕依然有些手脚发凉。他们目瞪口呆地看着那些血液将整个莲座染成暗红色，又似乎活了一般，沿着石像由脚往上，似乎要将整座石像染成血色。

那究竟得耗费多少血，灰衣人不知。他们只知道，这圆阵中，近两百人的血最终都是要流干的，一个也活不成。

而就在他们愣神之时，国师淡淡地扫了他们一眼，抬袖又是一道风刃。灰衣人只觉得自己的左手拇指一阵刺痛，还未来得及有所反应，整只左手便被千钧之力猛地压向地面。

那力道之大，让人无力反抗。灰衣人各个措手不及，连带着整个人都狼狈地横趴在地，眼睁睁地看着殷红的血从手指之下汩汩流出，也直奔那石像而去——仿佛他们流的不是血，而是活气。

他们蒙了片刻，然后下意识地疯狂挣扎起来，然而不论他们使出多大的力道，用什么方式，左手依然被死死钉在地上，纹丝不动，鲜血也依然汩汩向前流。

领头的那个灰衣人好像忽然意识到了什么，他愕然地抬头看向国师，刚巧对上了国师垂下来的目光。

那双透黑的眸子里无波无澜，仿佛他所看的根本不是活生生的人，只是世间草木。

透过那双平静至极的眸子，灰衣人忽然明白了先前那句话的深意：总有用得上的地方，无须妄自菲薄。

他更是明白了国师难得多话的缘由，因为在他眼中，这兴许只是自言自语而已，根本没人听见……毕竟，死了便是白骨一副，算不得人了。

鲜活的血液一点点从他身体中流失，似乎将他周身的热气一起带了出去。他开始发冷，视野变得模糊不清，脑中昏昏沉沉，脖颈也越来越无力支撑抬起的头。

在近乎茫然的惶恐之中，他忽然想起了许多许多事，零碎而松散。

他想起了和他一起在山间长大的人，现如今都同他一样滚倒在这一片血色里。

想起了第一次见到国师时的情景，那时候他还是小儿年纪，不曾明白事理，更不曾同国师有何牵连，只在瞒着松云溜下山偷看从县城经过的祭天队伍时，瞧见过国师一眼。

那时候的人真多啊，却无人敢靠得太近。他在人群之中来回挤着想挑个清楚些的位置，却不慎被人手肘一撞，踉跄着便要扑到祭天队伍里。眼看着就要摔倒了，他只觉得好像有云雪从眼前一扫而过，就那么轻描淡写地扫起了一道风，将将好把他扶直了身体。

小小年纪的他甚至不曾反应过来究竟发生了何事，怎的自己回过神来便已然稳稳地站在了道边？而他愕然抬头时，那队伍已然朝前走了一段，然而他还是一眼就瞧见了骑在高头大马之上的白衣人……

这记忆太过久远了，远到连他自己都以为早就忘了，却在这种时刻又重新回想起来。

原来在那样小的年纪里，他并非像如今这样畏惧国师，甚至是有些崇敬的，究竟是从何时起，他见到国师就只剩惶恐和忐忑了呢……

他领了松云的命，同一帮兄弟在暗中奔走数年，究竟做过多少事，他都已经记不清了。起初看着手中的人命，他还负罪累累不胜恐慌，也追根溯源地问过松云。

松云说，他们所做的一切均是为了更多的百姓。那些点滴准备，都是在布一个宏大的阵局，那阵叫作江山埋骨。若是布成，不仅能挡他们算到的大灾，还可保山河百年长安。

这些太过高深的东西，松云不曾教过他，这宏大的阵局究竟该如何拿捏，他也一无所知。只记得一句从小便听松云说过无数遍的话：有些大事之所成，总少不了些许牺牲。

这话他明白，所以牢牢记了许多年。

直到今日，直到他眼睁睁地看着血流汩汩而淌，从活到死仿佛只有眨眼的光景，巨大的恐惧笼罩在头顶，他忽然间变得满心混乱了。

他忽而觉得那句话不对，还漏了许多东西，至少……至少该问一问，那些人是不是愿意牺牲。

在又一阵无望的垂死挣扎后，他在迷茫之中又觉得那句话倒也没错，只是……

他突然有些不确定，这样漠然的国师，当真是为了百姓身不由己吗？躺在这里的百人、江底镇着的枯骨，还有更多被牵连进来的人，当真死得值当吗？又当真是不可避免的吗……

不过他已经没有力气张口问这些了，甚至连再看一眼国师的眼神都做不到了，只能在愈渐浓沉的黑暗里，一点点睡过去，然后……大约是不会再醒来了……

从这百人指下流出的血，终于顺着莲座将整个石像尽染成暗红色，连背影也不再出尘，而是显出一股浓重的邪气来。

仿佛一场妖异的仪式终于开始，乍然之间，整座江松山连同国师所站的黑石滩都开始震动起来，江面巨浪滔天，接连直扑过来，却又在国师身后堪堪停住，败退回去。

乍一看，活似有两方力量在疯狂较劲。

国师就地而坐，双掌合十，口中低声念着经文。乍一看仿佛在超度亡灵，然而那经文浑厚古朴之中夹杂着一些怪异的音调，听得人极不舒服。

他身后黑石倾倒，身前大浪奔涌，却奇异地在他头顶笼成了一个拱形，没能伤到他分毫。

起初还不曾出现什么变化，当他念完一段经文后，合十的两手指端突然出现了密密麻麻的血点，看起来可怖异常，那血点少说也有百来滴。

他口中经文依然未止，似乎对这些血点毫无所觉。

而这些血点仿佛活了一般，在沉厚的经文之中，一点点朝手背推进，只是每推一步都显得格外艰难。

国师面戴银罩，未曾露出面容，但是眨眼的工夫，两鬓被面具边缘压着的地方已然渗出了层薄汗，可见他声音虽未见波动，实际却是费了劲的。

血点缓缓从手背爬上了小臂，隐在了他宽大的衣袖里。

天地之间风浪更加可怖，大有侵天吞地之势，远处江岸边的小楼被狂浪扑打得直抖，最终还是没能撑住，伴着无数脆裂之音，又一个巨浪滚涌，彻底塌倒，栽进了江里。

与此同时，一条灿金的丝线，犹如电光一般，在江岸另一端远远游走着，速度快得犹如滚地的风雷。在人们反应过来之前，就已经直蹿向东北，途经江中某处之后，发出一阵炸响，而后又直蹿向西南，最终直奔向这里。

就在它经过洞庭湖、万石山，终于奔向大泽寺的时候，国师身下开始隐隐涌现出一丝金光。而那一片血点，则已然顺着手臂爬过肩膀，出现在了脖颈上。

那一幕其实甚为骇人，一个看起来颇为出尘的高人，脖颈上满是血点，而这血点还在他所念经文的催动之下，奋力朝面上爬。

就在那血点漫上下巴的瞬间，黑石滩地上骤然多了一道血圈。

圈中血光一闪，冷不丁多了两个人。

其中一人身着白麻衣袍，昭然出尘，好看极了，却也冷极了，冷得简直叫人心悸，仿佛在百年冰雪之下压着的万丈深渊，而他手中还毫不客气地捏着另一个人的衣领。

那人周身是血，原本灰蓝的长袍滚了一身尘泥，四处是破口，露出的手臂、脖颈甚至脸上，都是各种抓挠的印记，仿佛经受过万蚁噬心，在疯狂的痒意中将自己弄成了血人。

这血人不是旁人，正是被围困山谷之中的松云术士。

而捏着他衣领的人则是玄悯。

他面容依旧冰冷，只是漆黑的眸子里隐隐多了一些旁的东西，似乎风雨欲来，让人看了莫名生出一股惧意来。

那松云术士落地的瞬间便瞧见了双手合十的国师，当即面露茫然，而后倏地一惊。

“你不是，你——”松云猛地一跳，下意识地就想从玄悯手中挣脱开来，却见玄悯面无表情地动了手，原本捏住他衣领的手指直接钳在了脖子上。

“你——”松云本就在百虫洞中受了磨难，要不然多少能抵抗个一时半刻，不至于落得如此狼狈的下场。他被玄悯钳住脖子，吐字便含糊又艰难：“你是另一……啊！”

他话未说完，玄悯的手又是一紧，却并非因为他所说的话，而是因为玄悯看清了黑石滩上的圆阵，以及诵经的国师脖颈上的血点。

先前在山谷之中，第四枚铜钱禁制解开，玄悯的一部分记忆也随之恢复。那些零碎的记忆太过纷杂，恍如隔世，并非能立刻完全消化。

在这些记忆恢复之前，玄悯其实就已经隐隐有所觉，觉得自己同薛闲的瓜葛并不简单，他甚至觉得自己一直在寻找的人似乎就是薛闲。

然而直觉终究只是直觉，总会让人依旧心存一丝侥幸。

可当他真的在记忆中看到自己在测算真龙劫期的瞬间，整个人仿若直坠于深渊之下，坚壁万丈，不见天光。

抽骨之仇横亘在那里，岂是言语能得以原谅的？是以薛闲头也不回地离开，他却追不得，只能抬眸看着那道长影倏然隐于层云之中，而后杳然无踪，再也不见。

兴许此生都再也难见了。

然而不管薛闲还愿不愿意再见他，他都是要还债的。所以他捉了那松云术士，直接画地为阵，来到了龙骨所埋之地。不论他当初是何用意，他都会完完全全地将亏欠偿还清楚。

一骨换一骨。

引起劫难，他来镇；牵连人命，他来还。

然而真落到黑石滩上时，他却发现眼前所见与他料想相差甚大。眼前这个双掌合十戴着银制面具的人，他在记忆中见过。

他幼年时候，曾经被这人罚着在漫天大雪之中抄经诵佛，也曾经被这人领进屋里，看着对方用铜质烘炉仔仔细细地将被褥暖上一遍，同他讲些芸芸道理，看着他钻进被褥，走时还会替他将屋门关严。

很久以前他称这人“师父”，只是这称呼已经数十年不曾再叫过了。

此间种种，他依然有所缺漏、记忆不清，只记得许多年前，久到他头一次叫这人师父时，对方曾经愣了许久，而后冷冷淡淡地摆手道：“故人相见，不敢当这一声师父。”

他有很多年都不明白这句话的意思，而后便也不曾再想过了。

现今，他想起的事情其实不少，却甚少有同眼前这人相关的。在看见他的瞬间，玄悯甚至心里先一步涌出了一股极为复杂的情绪，说不清来由何处，但绝不是一个徒弟见到师父应有的情绪。

有那么一瞬间他蹙起了眉心，然而转瞬他就忽然明白了一些——

因为这同他打扮如出一辙的“师父”，身边正布着一个明晃晃的大阵，并非什么救人救世，而是以换命之法谋取福禄功德。

玄悯手指间一个用力，松云术士两眼直翻，倏然晕了过去。

他反手将垂下头来的人丢在黑石滩上，抬袖便是一掀。狂浪滔天，风刃猛烈地撞击在那圆阵之上，发出一声惊天动地的巨响，那圆阵上头挡风遮雨的无形之罩当即金光迸溅。

玄悯所用力道之大，连旁边的坚硬峰石都乍然碎成齑粉，于是那无形之罩在这一道重击之下，缓缓出现了数道丝线般的金色裂纹。

裂纹飞速扩散开，整个罩盖几欲炸开，却又在那一瞬间被另一股力道给抑制住了。

就听端坐在黑石滩上的国师口中所念经文稍一停顿，合十的手掌翻转一番，朝圆阵方向推了一掌，又倏然收回。

在他经文停下的间隙里，那片正由脖颈朝下巴蔓延的血点也跟着停了下来，直到他重新开始诵经，才又继续朝面具之下爬去。这过程快极了，不过更快的是玄悯，那罩盖之上不断击打的罡风当即拐了一道，直冲国师而去。

当——

原本一身素衣无遮无挡的国师身周出现了一个金色的钟罩，把迎面而来的罡风硬是弹了回去。

巨大的力道被直推向江浪，原本兜头而来的巨大浪潮被撞得直接掉转了方向，带着万马奔腾之势，直冲向遥远的江对岸。

玄悯一盘铜钱，而后抬手一拽。狂浪奔涌的力道瞬间全部加诸他单手之上，巨大的拖拽力几乎要将他整条手臂撕扯下来，痛得惊心，而他的面色一无所变，只用力收紧了手指，背手一拽。

那奔涌向对岸的滔天大浪便硬生生被他以一己之力拉了回来，与此同时，他另一面的力道却只增不减，一道接着一道的罡风猛击着那个圆阵，带出的气流将四周数道石峰都轰撞得四分五裂，直碎在地。

随着攻击越来越重，圆阵的防御渐渐有些力不从心，国师的钟罩也随之淡化，贯于其上的风刃隐约要割出一道切口来。

然而当圆阵真正快被动到根基之时，后头的江松山连带着数百里一望无际的山群都跟着惴惴不安起来，似乎这小小圆阵还捆系着更大的阵局，牵一发而动全身。

玄悯眉心一皱，两厢对峙带来的狂风吹得他衣袍翻飞，外界的风浪和泼天大雨却始终落不到这一片黑石滩上来。

他盘着铜钱的手指正要再叩，钟罩之中的国师却突然停下经文，轻描淡写地开了口：“莫要再做无谓尝试，这血阵牵连着山河大阵，再妄为下去，这山河之下的枯骨可就白费了。”

前一刻群山俱动之时，玄悯看见了一条隐于山影的细丝，同当初在连江山看见的四条“蛛丝”一样，那是阵与阵之间的牵连。仅是扫了一眼那细丝走向，玄悯便明白了——

这，就是江山埋骨。

第十六章 埋灵骨

身后那个贯穿山河的巨大阵局当真是江山埋骨。

这个阵局的细节玄悯仍未记起，但走势和方位是有印象的。这样横跨南北东西、贯穿山河的大阵，同普通小阵一样，都需要一样压阵的灵物。这世间灵物诸多，但能压住这种大阵的灵物，则屈指可数，不超过两样。

国师选择了哪个，一目了然。

玄悯眸光掠过群山，山中一闪而过的最亮眼的细丝，便来自这巨大阵局的根本——龙骨。

国师话音未落，玄悯手指已然叩了下去。

就听一声锵然之音响起，圆阵和钟罩均是猛然一颤，国师面上覆着的面具应声裂成两半，当啷掉落在地，而他始终合着的双眸也终于睁了开来。

他和玄悯两人均是一身云雪衣袍，身形相似，气质相近。

对目相望的瞬间，这一站一坐的两人眸子里都掠过一丝愣怔，又快速敛了回去。

在玄悯有限的记忆里，只在很小很小的时候，见过一两次这位“师父”摘下面具后的模样。即便在外人不得擅入的天机院里，他也甚少会露出面容，以至于玄悯对这位“师父”的面容印象始终是模糊的。

现今真正仔细一看，对方同他印象中的模样仅仅是肖似而已，出入甚多。

最终，还是坐着的国师在愣怔之后忽然极轻地摇了摇头，似是嘲讽般地轻哂了一声。

玄悯对他印象模糊，他却不然，毕竟当初是他将玄悯寻回来的，又从孩童教养成人。

“同灯”之名，传至今日，已历四人，又或者算是三人。所谓的国师其实一直在换，这几人模样也并非完全相同，只是幼年受符阵以及灵药的刻意影响，长相略有相似而已。

大多时候，国师都是覆着面具的，是以得见真容的人屈指可数。且今日见了，下一回再见兴许已是多年之后，略有变化外人也只当是寻常，更何况甚少有人敢毫不遮掩地盯着国师的面容。更多时候，即便戴着面具，那些人也是微微垂着目光不敢直视的。加之历任国师的生活习性以及周身气质极为接近，以至于常人很难觉察出异样。

唯独需要他们费心注意的，是两任国师相替的过渡之期。因为那时候，前一任国师多已有了些年纪，而后一任年华正好。所以，当他人过中年，对外示人时，便开始借由胶蜡和人皮面具稍作修饰。而玄悯那时候模样间还带着一丝少年气，也同样需要借由此类种种方式，将两任国师之间的差别缩到最小。

起初，是少年时候的玄悯谨遵教诲，将自己的模样向他靠拢。到了后来，玄悯成为主导时，这种倾向便掉转了方向，变成他想尽一切办法让自己同玄悯相似。

再后来，他们之间发生了太多事情，以至于面具戴了便再摘不下来，到如今四目相对时恍然发现，自己连对方真正的容貌都有些陌生了，当真是可笑极了……

玄悯的目光最终还是默然而冷淡地下移一番，落在了国师下巴处可怖的血点上，这是将百人福禄功德纳入己身的征兆，只要这些血点最终在命宫之处汇成一点，这阵就成了。而这阵又是同江山埋骨阵紧紧相牵的，此阵既成，怕是江山埋骨也再做不得更改了。

先前国师停了诵经声时，这些血点已停止移动，此时上了面部，这些血点仿若已经活了一般，即便国师没再继续诵经，它们依然在缓缓朝上动着。

玄悯一撩衣袍当即出手，国师不再坐以待毙，带着罩顶金钟，一跃而起！

交手的一瞬，圆阵剧震，巨浪狂掀，奔涌着扑向江松山，将整个黑石滩罩在其下。

一时间，地动山摇，江河震荡。

玄悯一时间占不了上风，因为他的铜钱依然有一枚未解，且不知为何，过招之时，他和国师都有一种古怪的牵连感——并非像和薛闲那样心思相通的牵连，而是不论何种招式落在对方身上，成效似乎总会削减。

更何况交手之中，他还得时刻牵制着其他各处，以免江河倾覆、洪水滔天。

当然，国师同样也奈何不了他，以至于两方拼力对峙，却始终高低不分。

玄悯手中的铜钱越来越热，禁制未解的那一枚嗡鸣不断，热得近乎烫手，似乎再多出一招，就会彻底熔毁一般。

国师的血点已然过了人中，正朝眼下游移。再出众的容貌也抵不住这样妖邪的样子，他整张脸都显得诡异又可怖。

玄悯在交手中始终注意着那片血点，他发现那些血点的移动速度正在加快，一旦到了上半张脸，便仿若打通了某个关窍一般，很快便会漫过颧骨。

然后是双眼。

接着眉骨。

玄悯手中的铜钱乍然一震，最后一枚的禁制在千钧一发之际倏然解开。老旧的皮壳剥落在地，油黄的铜皮彻底显露……

铺天盖地的记忆潮水一般淹了过来。

他在记忆之中回归于孩童时候，依然是在堂前抄经。矮几是特地为他准备的，刚好适合他的个头儿。他站着，一手执笔，姿态娴熟，明明年纪不大，却好似已经做过千遍这样的事情一般。

那时候抄经并非为了让他熟悉经文，也并非为了静心平气，毕竟他自小就是个冷冰冰不爱言语的性子。他抄经只是遵规矩练习字迹，让自己的笔迹同那手抄经书的字迹相像。

不过古怪的是，他即便不练，字迹也同那手抄经书有八分相似。

他抄完一页，想起这些古怪，便抬眼朝一旁的国师看了一眼，开口问道：“师父，这经书是何人所抄？”

国师盘着铜钱的手指一顿，瞥了他一眼。那眼神在并不明亮的屋角显得模糊不清，让玄悯看不懂其中的意味。他等了一会儿，才听见国师淡淡道：“同灯。”

玄悯一愣：“同灯？”

国师“嗯”了一声，依旧兀自盘着铜钱。

油黄的光亮从他手中一闪而过，灵气充沛。

玄悯有些不解："师父抄的？"

"说过许多回了，莫要叫我师父。"国师头也不抬地应道，而后顿了顿答道，"此书乃上一位'同灯'所抄。"

"上一位？"

"国师之位实乃代代相传，对外却全当一人，法号自然不变，均为'同灯'，我是第三位。"国师说完，又过了好一会儿，道，"往后，你便也是'同灯'。"

他说这句话时，表情同样隐在屋角的阴影之中，显得有些晦暗不明。

玄悯微愣，虽然性子不热，但他毕竟年纪不大，是以仍有些好奇："那……您原本的法号是什么？"

他本想惯性地称国师为师父，但想起先前的话，又把这个称呼省去了。

国师淡淡道："祖弘，也兴许是旁的，忘了。"

…………

他还想起了第一次自称为同灯的时候，初满十九，面容还带着一丝残余的少年气。他将人皮面具仔细地贴上脸颊，又罩上一层兽纹面具，领着浩浩长队去往泰山。

自那以后，他以国师身份示人的次数便越来越多，因为祖弘开始有些力不从心了，年纪也到了。

他在纷杂涌来的记忆之中看到了自己彻底执掌太常寺的零碎之事，颇有些前尘旧梦之感，若是祖弘不曾变卦，他兴许会一直如此到此生终了。

尽管祖弘国师一直不愿他称其为师父，但那时的玄悯感念师恩，是以祖弘迟迟未归隐，又重新想要参与太常寺事务时，玄悯并未阻拦。

毕竟，他本就不执着于国师之位，比起周旋于庙堂之中，他更喜欢独居山间。

于是在他执掌太常寺十数年后，干脆将天机院重新让与祖弘，自己则搬至了山坳竹楼中。

因为他天生带灵骨，灵资又比祖弘强些，有些事情，祖弘依然需要他帮忙。所以即便是独居山间的那些日子，他同太常寺依然保有联系……直到祖弘托他卜算真龙劫期。

“为何要卜算劫期？”当时的玄悯受托重回天机院，站在望星楼顶，皱着眉问道。

站在圆桌边的祖弘换了一身打扮，以免同玄悯出现在一处让人心疑，闻言他只是平静道：“前些天算到三年后恐有大灾，兴许是真龙碰上大劫所致，算出劫期也好早做准备，以免百姓遭殃。”

玄悯有一瞬间觉得古怪。

他在竹楼独居的时日里隐约觉察到了一些事情，然而迟迟未有凭证。加之祖弘所说的话听起来并无破绽，所以他略一沉吟后，还是应下了。

而到后来，他得知真龙于劫期当日被人活抽筋骨时，在那数年里一直隐在暗处的巨大分歧彻底爆发，早年的师恩在那些零零碎碎却又无处不在的裂痕之中被消磨殆尽，所有令他生疑的蛛丝马迹终于连成了真相，而那真相比他所估量的还要难以想象，那些拿捏在祖弘手中的生魂枯骨仿佛凝成了一条长鞭，将一切和平之象彻底抽断。

他并非优柔寡断之人，所以盛怒之下冷脸直入天机院，将祖弘周身封禁、灵力散全。谁知同寿蛛牵连颇深，以至于他自己因为祖弘的伤而受了影响，这才记忆尽失。

彻底失去记忆前，他匆忙间给自己留了字条，又在惯用铜钱之上加了禁制，以免落入旁人之手。

…………

一切零碎而散乱的场景，从幼时到如今，一点儿不落，刚好将曾经所有的缺失一一补齐，仿若大梦一场终于清醒。

玄悯神志终于清明，然而眼前之景却让他眉心一紧。

就见祖弘指尖夹着招雷幡轻轻一抖，数十道天雷自九天直贯而下，却并非要将他置于死地，而是在他头顶结而成网，直罩下来。

玄悯面色凛然，垂眸一扫。

此时天雷他已躲不得，只会被其压制，不得不落于地面，而在他方才为记忆所扰的间隙中，祖弘已然伺机在他脚下圈了一方符阵。

这阵倒并不致命，而是傀儡阵。若是被天雷顺势压进阵中，他便会心智全失，任由祖弘摆布。

“我怎么可能杀你？”祖弘在狂风之中淡声说着，“只要听话便——”

就在乱雷压顶、符阵罩地的千钧一发之际，只听清啸一声，一道长影穿过惊涛巨浪，眨眼间将两面夹击之中的玄悯扫走，而后长尾一甩冲向祖弘。

祖弘咬断话音，堪堪一闪，这才勉强避过这一击。

然而下一瞬，数百道玄雷带着惊天动地的巨响一道道砸贯下来。

“招雷幡？”有人极为不屑地嗤笑一声，冷冷道，“算什么东西！”

话音掷地间，玄悯先一步落于江松山上，而另一道黑衣身影则在惊雷裹挟之中轰然落在了黑石滩上，一掌劈开江上狂浪，带着巨大力道，横扫向祖弘所在之处。

数百道玄雷在地上砸出深重的巨坑，无数条裂缝由中心朝外蔓延出去，有些一直裂入江下，有些则贯入山中。江松山山体之内隐隐发出脆裂的炸响，隆隆之音传出去百里有余，听得人心慌不已。

巨浪直拍过来时，甚至直接拍碎了一处山体，滚石碎落，在大雨之中漫起无边水雾。

待到这一波江潮退回去，那个被惊雷砸出的巨坑便清晰地显露出来——只见那被雷电燎得漆黑的深坑之中，祖弘盘腿而坐，双掌合十，沉声念着经文。

只是他周身所罩的金钟已然被毁，白麻衣上四处是焦黑的破口，混杂着流淌出来的血，显得骇人又狼狈。

他念经之中又沉沉咳了几声，细碎的血沫从他口角溢出来，看得出受伤极重。可他脸上的红点却依然在朝命宫移动，离阵成只差毫厘。

只是被薛闲这样一击，那红点略停了片刻才又重新游移起来，速度较之前慢得多，似乎又恢复到了最初最为艰难的样子。

他咳了几声，始终无法将一句经文念完，干脆睁开了眸子。不知为何，即便到了这一刻，他看起来也没有惊慌失措，似乎还有后招。若是旁人，兴许此时反倒会犹豫一番，不会贸然进击，以免让其钻了空子。

可他碰见的是薛闲。

祖弘抬眼，只见黑云罩顶之下，一位黑衣男子长身而立，他脚边还有残余的玄雷微微闪动，头顶是一道接一道的闷雷亮光，映得他皮肤素白，眉眼清晰好看。只是他周身却散发着一股阴沉又乖张的气息，以至于连他抿着的唇角都显出了一股邪气。

最重要的是，他漆黑的瞳仁深处，隐隐泛出了一丝红。

这是入魔的征兆。

不论是自修的凡人还是天生神物，都有可能走火入魔。兴许是修习过程中走了歧路，兴许是误入了阵局，兴许是错服了丹药，又兴许暴戾之气积压已久，只需火星一点儿，入魔不过是眨眼之间的事。

但不论是哪一种，只要入了魔，都会变得十分可怕，因为他们根本不受控。

是以祖弘刚看了他一眼，便又是万般雷光直劈下来。在割肉刮骨的剧痛之中，祖弘皱着眉硬是用内力和灵气在体内各大命脉又护了一遭。

而那个满身乖戾之气的黑衣人，则在雷电之中毫不在意地朝深坑走来，居高临下地垂着目光看下来，忽而一歪头，勾着一边唇角笑了一下，道：“听说，你便是那个抽我龙骨的人？”

他看了一会儿，干脆一撩衣摆半蹲下来，用一种冷漠至极的目光看着万道雷电砸落，漫不经心道：“我这人还算有些良心，你这周身骨头零零整整拼接起来，还没我那根龙骨一半长，我发发好心算这两者对等。你既然活抽了我的龙骨，那也让我活抽了你的吧……”

说着，他便轻描淡写地抬起一只手，修长白净的手指漂亮极了，一点儿不像是沾过血的。就见他五指一屈，隔空握住了什么，面无表情地朝后轻轻一拽。

祖弘当即闷哼一声，合十的手掌一抖，左手当即攥住了右手的手腕。

他觉得那黑衣人正隔空透过他的皮肉，将他的指骨活生生抽出去。那种骨肉分离的感觉，实在痛不欲生。

在那一瞬间，祖弘忽然想赌一把。这黑衣人在千钧一发之际救了玄悯，他们之间的关系必然匪浅。他的痛苦自然不会引起黑衣人的在意，但是玄悯却不然。

没人会枉顾自己同伴的痛苦，哪怕只要稍稍犹豫一丁点儿……

只要给他一个时机……

祖弘这样想着，当即用嘶哑的声音开口道：“我和他同寿相连。我死了，他也难活；他只要活着，我便不会死。所有皮肉苦痛，均会投于他身。如此这般，你还要继续下杀手吗？”

在他说这些话的时候，江松山山石之上，玄悯正紧紧捏着自己的右手。他面容未曾露出一丝表情，若不是祖弘自己知道，绝看不出玄悯正在忍受极大的痛苦。

如此忍受是为了什么呢？

旁人兴许不明白，祖弘却再明白不过了，玄悯的性子他向来是明白的——

他之所以面容如此冷静，丝毫没泄露出一分痛苦，只是为了不打扰这黑衣人报仇。毕竟仇怨这东西，一定得亲自清算，旁人没资格插手替代。

玄悯这反应更印证了祖弘的猜测，他和这黑衣人之间的关系必然非同寻常，于是祖弘觉得自己赌赢的可能性更大了一些。

谁知黑衣人却漠然地朝江松山瞥了一眼，双眸之中有一瞬间的混乱和疑惑，又倏然恢复面无表情的样子，冷静道："那是谁？我应当认得？"

说完，他便收回目光，再度嗤笑着看向祖弘。

山石上的玄悯闻言身形一僵，朝这处深深望了一眼，而后垂下目光合上了眸子。

之前薛闲离开山谷后，凭着那松云术士一句"江松山"便一路直奔此处。只是他从未体会过那样深重到难以挣脱的难过，这种难过连同抽骨之仇，以及这半年积压下的暴戾之气在体内同时翻搅，搅得他心脏一阵一阵地疼。

那种疼，甚至比劫期时乱雷劈身更难以忍受，侵皮入骨、钩肺穿心，到最后连神志都疼得模糊了，好似被一场大火由心口烧到了脑中，待到灼烧退去，便剩了满腔迷雾……

入魔也不过一念之间。

他忘了自己经历过什么事，遇见过什么人，只想宣泄掉满身戾气。

即便在后来的一瞬里，因为铜钱带来的牵连，他断断续续地看到了玄悯的记忆，也只是清明了片刻，便又陷入了满满的暴戾之气里。

在那片刻清明之中，他身体快过头脑，直贯入地，将玄悯救走。又在暴戾之气重新淹没过来之时，顺手将玄悯扔在了江松山间。

祖弘说的那些话他听见了，只是戾气当头，他不明白那些话跟自己有什么关系。他转而看向玄悯时有一瞬的恍惚，似乎有无数记忆纷至沓来，又似乎什么也没停驻，是以他才又漠然地转回了头。

只是不知为何，第二次抽祖弘的骨头时，他又忍不住朝江松山看了一眼。

他看见玄悯垂着眸子站在那处，心里忽然又泛上来一股没来由的难过，恍若这漫无边际又浪潮汹涌的江河。他有些奇怪，好似是受某种不知名的牵连而产生的情绪一般，毫不受控。

他有些烦躁于这种情绪，于是冷然转回头来，当即又引了无数玄雷落下。

祖弘满身狼藉，整件衣袍红黑交错，再也没了原本的模样。

薛闲盯着他看了片刻，又忍不住转向玄悯，这一转，他便看见玄悯身上倏然晕开了几片血迹，当真是受到了祖弘的牵连。

那大片的血迹刺目极了，刺得薛闲甚至连心里都跟着被扎了一下。他愣愣地看着那处，忽然开口迟疑道："……玄悯？"

玄悯倏然睁开了眼，面容和嘴唇一样苍白，他平静地应了一声"嗯"，抬手加了道净衣咒。

可即便是净衣咒也没能拦住那些血迹，刚清完，便又是一片洇开来。

薛闲手中的雷倏然便停了。

他脑中无比混乱，双眸瞳仁忽而深黑，忽而泛红……

祖弘在他无暇多顾的瞬间，低低地再次诵起了经文，只要一点点，只剩毫里……

大片的血点终于入了命宫，由外往里汇聚着。百人圆阵仿佛同他相呼应，石像微微颤动。

洞庭湖、万石山两处分阵也同样震颤不息，阵旁的人早已昏昏沉沉人事不省。而江松山顶的大泽寺内，分阵如同另外两处一样震颤不息，围成一圈的侲子早已七零八落地瘫倒在地上，太卜、太祝也没有例外。

眼看着换命之阵既成，大殿里忽然又响起了一阵极轻的叹息。

昏沉之中的太卜手指抽动一下，在混沌之中似乎听见了国师的声音，又似乎有些不同。只听那道沉缓的声音轻声叹了一口气："自作孽，不可活。"

兴许是回光返照，又兴许是旁的什么，太卜倏然间觉得自己甚至有力气睁眼了，她茫然地看着满目血红，在迷茫之中忽而明白了什么。

她艰难地动了动僵硬的拇指，借着最后一点儿血迹，缓缓在通往石雕的血线上画了一横道。

此举在符阵之中意味着横刀截断。护阵之人于关键时刻反悔，整个血阵倏然陷入了疯狂的混乱之中。一时间，洞庭、万石山、江松山同时震动。

祖弘额间命宫处的血点在汇聚为一的瞬间又倏然散开。

他神色一愣，慌忙抬手摸向命宫，然而还不曾来得及确认什么，圆阵中的石像便开始缓缓地褪去血色。

更准确地说，是那些先前被它吸尽的血，又被它一点点地还了回来。本末相调换，阵中之血在混乱之中反向流动，居然一点点地在往那些百姓的手指中渗入。

血阵的混乱瞬间牵连到了江山埋骨的大阵。

薛闲和玄悯只觉得脚下倏然一沉，江河深处开始蠢蠢欲动，仅仅是眨眼的工夫，便有了崩裂之势。

巨大的隆隆震颤声顺着地面一路延伸开去，江水陡然变得疯狂起来，再也拉扯不住，巨大的浪潮一下又一下朝岸边翻涌扑打。

原本口口声声要"安民龛世"的大阵，因为血阵的牵连，瞬间逆转成最令人惊骇惶恐的灾难。

八百里群山地动，两千里江河齐下。

洪流直冲长岸，屋舍摇摇欲坠，山体碎裂崩塌。大江沿岸各州府俱是陷入这突如其来的天灾恐慌之中，远处县城里百姓的惊呼和哭叫几乎能越过数十里地直传过来。

附近村落眼看着要被大浪淹没，惊叫声和哭喊声模糊成片，跟着掀高的浪头一起，倾天盖地地涌来。

巨阵动荡，山河难安，作为压阵的龙骨自然也受尽牵连。

那一瞬间，薛闲只觉得似有无数山石透过他的皮肉碾砸着筋骨，而事实上那筋骨根本不在他的脊背里。随着一声山体崩塌的巨响，薛闲只觉得脊背中有什么东西锵然一声崩断了。

断骨之间的丝线终于不堪重负，在许久未炼的境况之下彻底崩开。

薛闲只觉得双腿知觉倏然被抽空，甚至于不仅是双腿，连五感都受到了重创，他耳边的声响开始变得模糊，视野变得模糊不清，触感开始迟钝……

他仿佛因为那个埋骨的巨阵而成了山河的一部分，山河受创如同他自己受创，山河动荡如同他筋骨动荡。

这一切来得快极了，快到没人能反应得过来。他恍然觉得天地骤然暗了下来，似乎有无尽的黑云层层叠叠地笼罩下来，快要压到地面了。

很快他又明白过来，并非天地失色，而是他快要看不见了。

意识到这点的那一瞬，他忽然只想转头朝江松山上的白影再望一眼。

最后的一眼里，他看见那道模糊的白影抬起了手，接着金光乍现，无数道丝线从他手中笼罩出去，一道一道牵住了动荡的群山，拽住了狂奔的巨浪……

玄悯就那样一手持着铜钱，紧绷的手臂已经撕开了无数裂口，鲜血一层层地将雪白的衣袍染尽。而他却毫不在意，死死牵制住山河的同时，另一只手猛地一收。

轰——

有什么庞大的东西在群山之下猛地一震。

狂风更急，地动更烈，滔天的大浪如同野马发狂。玄悯执着铜钱的手倏然一紧，白袍上的血迹又洇开更大的一片来。

而他却恍若未觉，依然固执地收着另一只手。

轰隆隆——

在他数次施力之后，终于有什么东西从地下冒了头，那是一长截森白的脊骨。

压阵的灵物一旦取出，整个大阵倏然间如同疯了一般混乱不息。

这世间能压住这样大阵的灵物屈指可数，不超过两样。祖弘选了龙骨，玄悯选了灵骨。

就见他周身一震，两根血淋淋的骨头被他从腰间化出。即便并未剖皮割肉，但灵骨抽出之后，玄悯身上的活气也以快到惊人的速度瞬间流散开。

他面色惨白如纸，眼珠却一如既往地沉黑如墨。

手指间铜钱一盘，群山开道，脚下崩裂声四起，裂开了一道深渊巨口。两根灵骨就此被他沉入那深渊之中，而后群山隆动，重新被拉拽相合。

那一瞬间，玄悯颈侧的血痣忽然爬出数条血脉，像是一只垂死挣扎的蜘蛛，在张开八脚之后，又缓缓蜷缩回去。

血痣愈渐暗淡，盘坐于原处的祖弘终于失去了最后一点儿凭依。他的面容倏然变得苍老，同玄悯相像的双眸光华尽失，像是蒙上了一层灰蒙蒙的雾。

他挣扎了许多年，却终究还是逃不过一死。

人在弥留之际总是会想起许许多多事，久远到连自己都误以为忘了。

他愈渐灰暗的眸子茫然地朝天上望了一眼，忽然想起来，当年在江松山，被那位贵人带回去时，也是这样的天气。黑云罩顶，大雨泼天，风浪急得仿若要将山淹了去。

他第一次看见那样出尘的人，仿佛身上带着晨曦的光。

直到他进了天机院才知道，那位贵人是国师。国师之位乃代代相传，初代那位来自南疆，这位贵人刚好是第二任。而被带回天机院的他，日后将会成为第三任国师。

他称那贵人为师父，但对方看起来总是冷冰冰的，少言寡语。是以师父这个称谓，终其一生也没能喊出几声。

从孩童到成年的那段时光似乎格外漫长，又似乎转瞬即逝。

漫长在于他可以在看经书时偷上许久的懒、出上许久的神，时辰也似乎并没走过多少。而转瞬则在于十数年的时光在他师父身上没有留下一丝痕迹。

后来的后来他才知道，他那位师父身带灵骨，所以寿数比寻常人长许多，老得也慢许多。

那时候，他还只是单纯地艳羡。后来有许多年，甚至连艳羡也无。

因为他那应当能活得很久的师父，在他二十余岁时便不在了，只为救一方苍生。

身带灵骨又怎样呢？依然是早死的。

那时候的他说不上来是难过还是旁的什么，只是有时独自一人站在天机院的望星高楼上，会忽然想起前一任国师来。

再后来，依然是江松山下，他带回了自己的下一任——一个身带灵骨、小小年纪便同他那早死的师父有几分相像的孩子。

他给那孩子取了第二任国师原本的法号：玄悯。

于是，曾经那隐隐的艳羡再度冒了头，起初只是一点儿，后来随着玄悯长大，便积得越来越多。

在玄悯掌事的十多年里，他试着按下了这种情绪，说服自己远离庙堂。然而最终还是没能按压得住，在他忽然发现自己正不可抑制地老去，终有一天会变成一抔黄土时，艳羡变成了嫉妒。

贪心不足。

贪心不足啊……

黑云越来越沉，他的眼皮也越来越沉。他在意识残留的最后一瞬，恍然看见了兜头扑来的大浪，耳边隐约有不知何处传来的哭声。

这同他的初衷也并不一样，他只是想在平灾救人的同时，顺带求得一些于己有利的东西。

只是不知从何时，贪念之下，路越走越歪……

都说人之将死其言也善，这兴许是曾经的贵人有灵，让他在最后又找回了那么一丁点儿初心。至于所欠的债，大约要以旁的形式来还了……

祖弘在昏沉之间，摸索到了自己的那串铜钱，抹了满面血印。而后暗淡的金线由铜钱散出，牵住了朝一旁村落奔去的那个浪头……

灵骨压阵还未完全得见成效，狂风依然在耳边交错呼啸，群山也依然在身后隆隆震颤，无数惶恐的惊叫和凄声哭喊被狂风撕得支离破碎，滔天江浪犹如奔腾而来的千匹白马，几乎要掀到天上去……最终却并没有兜头淹没江岸。

因为八百里群山和两千里江浪正被无数道金线拉拽着，金线的另一端握在玄悯手里，而玄悯，则半跪在薛闲面前。

龙骨带来的影响还未从薛闲身上散去，他看不见亦听不见，只茫然地垂着双手，犹如石像般一动不动，深黑长袍似乎被浪潮打得湿透了，可实际上没有浪潮能打到他身上。那些湿透的痕迹，全是冷汗和看不出来的血……

玄悯闷闷地咳了几声，目光却始终没有从薛闲脸上移开。他一贯如云雪般的衣袍被血染得一片殷红，抬起的手指也泛着死灰。

他缓缓地将取回的那一长段真龙脊骨化散开，又一点点推进薛闲身体里。

薛闲无光的眸子终于动了一动，隐隐浮现出一抹微亮来。

玄悯咳得垂下了眸子，手掌却依然轻轻地盖在薛闲双眼之上，而后咳声越来越低，越来越低……

同他寿命相牵的祖弘眸光终于散开，无力地垂下了头。

而玄悯的手也杳无生气地滑落了一些，露出了薛闲通红的双眼……

他眼眸睁得极大，似乎只要稍微眯起来一点儿，漆黑眼珠上蒙着的一层水雾就要顺着眼角流下来。

鼻间是浓重的血腥味，顺着江边的风绕过玄悯的手，萦绕在薛闲鼻间，怎么也挥散不去。那些滔天的江浪和不断震动的群山倒映在薛闲的眼里，他脑中却一片空白。

明明五感已经开始缓缓恢复，他却觉得自己依然看不见、听不见。

不然向来冷冰冰、连颔首都甚少的玄悯怎么会将头垂得这样低，低得好像再也不会抬起来了；不然两人这样相对跪坐在地、满身是血，又怎么一句话也不说……

灵骨的效用终于蔓延开来，奔涌的江河慢慢消退，震颤的群山逐渐安稳。

那铺天盖地的金线也终于缓缓变淡，铜钱在狂风之中当啷晃动了两下，从玄悯手中掉落下来，所落之处是玄悯先前圈画好的一块地方。

那是顺势用手上的血画出来的一个小阵。他用毕生灵力所炼化的铜钱，辅以灵骨，倒是真的能保百年平安。

就见那铜钱落入阵中之后，圈内尘土塌陷，五枚油亮的铜钱一歪，骨碌滚进了土地深处。一层淡淡的金光在铜钱所埋之处漾开，犹如平静的水波一样，层层外扩，百里、千里、万里……

微微的风掀起玄悯带血衣袍的一角，微微露出一个精致的袖珍瓷瓶，只是瓷瓶的口早已被打开，里头空空一片。

而在金光温和地从薛闲身上拂过时，一只红色的、不足米粒大的圆蛛从薛闲锁骨一侧滚落下来，像是完成了该完成的事情，八爪蜷缩，一动不动。

原本蜘蛛所触碰的地方，多出了一枚小如针尖的红痣，安安静静地伏着，与同寿蛛所咬出的略有些区别，若是用手指摸，能摸到极微小的凸起。

只是此时的薛闲对此并无所觉，他正僵硬而茫然地看着玄悯，仿佛不相信自己的双眼所见。

可是玄悯的手还覆在他脸上，冷得惊心，极北之地的大雪也不过如此。手腕薄薄的皮肤下，连最为微小的搏动也没有，安静得让人心慌。

那样一大截龙骨被融进身体里，薛闲周身的血都在烧，热胀之意顺着他的脊背层层翻涌着。他应当是热得蒸出了汗，可却比冷汗还要冰。

脊骨重生的滋味并不好受，同刮骨剥皮也并无区别。可薛闲却丝毫也感受不到，他甚至感觉不到活气和知觉在恢复，因为他连手都好像抬不起来了。

…………

许久之后，他碰到玄悯的手，那手寒冷似冰。

“你……”薛闲哑着嗓子想开口喊玄悯一声，然而只说了一个字，便哑得没了声音，哽在了喉咙底。他的手劲有些大，捏住玄悯的手腕时，不小心拉动了玄悯。

玄悯身体一倾便要倒，被薛闲僵硬地接住。

被这分量重重一压，薛闲眼里蒙着的雾气微微一颤。他倏然闭了眼，面无表情地将那即将溢出的雾气掩了回去。

又过了片刻，他忽然想起什么般睁开眼，一只手在怀里摸了一圈，终于摸出了一只小小的白瓷瓶，同玄悯衣袍角落掩着的那只一模一样，正是百虫洞里的那一对。

薛闲近乎慌乱地把瓷瓶里的那对母子蛛倒了出来，手指捏了几次才准确地捏住母蛛。

他将母蛛放在玄悯颈侧，几乎是摁着母蛛的背壳，不让它挣动或是逃离。母蛛挣动了两下，最终还是被迫一口咬在了玄悯的脖颈上。

薛闲眼睛一眨不眨地看着母蛛下口之处，直到双眼都泛了酸，那处皮肤都没有出现任何变化。

他全身都僵得厉害，从没觉得这世间有何事能让他如此抵触去想，多想一丝都不行，近乎是有些害怕了。

这一黑一白的人影在一片狼藉的黑石滩上跪坐着，不知坐了多久，久到被逆反的圆阵中，石像周身的血色已经完全褪去，地上的血线也在默默往回缩，在地上躺着的那两百人也不再面如灰土，隐隐透出了一丝血色。

他们只有拇指上的一道伤口，本不至于流尽周身血，仅仅是因为血阵的影响而已。此时血阵逆反，一切退回到起点，他们除了那道伤口，以及手边的几滴鲜血，便再无所失了。

又过了很久很久，就连周身滚烫的薛闲都被玄悯的体温冻凉了下来，那片毫无反应的皮肤上，才终于缓慢地现出了一枚小小的血痣。

只是那枚血痣暗淡极了，淡得薛闲无法肯定这血痣是成功了还是失败了。

就在这时，天空之中忽然有什么东西扑着翅膀一个猛子扎了下来。

薛闲恍若未觉。那黑影重重地落了地，扑打着翅膀蹦到薛闲手边，将口中叼着的灰扑扑的东西丢在地上，又啄了两下薛闲的手指，企图引起他的注意。

薛闲愣了好一会儿才反应过来，那是玄悯所豢养的黑鸟。

那只几欲成精的黑鸟也不知费了多少劲才追到这里，却似乎并不为它毫无生气的主人难过。它蹦了几下，用脑袋蹭了蹭玄悯垂落的手，以示亲昵，又歪着头看向薛闲，好似这样的场景它并非第一次见似的。

薛闲盯着它看了片刻，目光又落在了它丢下的东西上。那是一个灰扑扑的布袋，袋子里似乎装了什么东西，在被它丢在地上时，发出过微微的磕碰响声。

黑鸟见他毫无动作，又微微叹了一口气，蹦到了布袋旁边，用尖喙啄来叼去，终于把布袋里的东西给弄了出来。

薛闲一愣——那是五枚铜钱。

花样纹路看着和玄悯原本用的一样，就连灵力都与玄悯所用的几乎相差无几，薛闲甚至不用触碰都能感觉得到。更奇怪的是，这灵力所带的气息，恍然就是玄悯自己的。

唯一不同的是，这五枚铜钱所系的细绳虽然因为灵力作用颜色鲜亮，像是崭新的，但薛闲却能感觉得到，这串铜钱年头不短，甚至已逾百年了。

那铜钱从布袋里露出来时，因为靠近了玄悯垂落在地的手，甚至发出了微微的嗡鸣，像是隔着极为漫长的时光，向自己的主人表示亲昵。

薛闲周身的知觉瞬间便回来了一些，这黑鸟的举动以及这铜钱的反应，均让他找回了一丝神志，就好像……玄悯真的还会再睁眼一样。

他转头又仔细看了眼玄悯脖颈上的小痣，也不知是不是心理作用，那血痣似乎也没那样暗淡无光了。

也许，真的起作用了呢……

薛闲终于松开了玄悯的手，活动五指的时候，他才发现刚才他究竟有多么用力，以至于陡然撤力之后，连手指关节都泛出了酸痛感。

他想将玄悯架起来，带着他离开这里。

然而刚一动，便感觉有个小小的东西从他堆叠的衣袖上滑落下来，滚过他的手背，落在了地上。

薛闲动作一顿，有些奇怪地低头看去，略微寻找了片刻，才在被血沾染过的滩地上找到了一只米粒大小的暗红色圆蛛。他当即便皱了眉……

有同寿蛛在前，他对蜘蛛格外敏感，以至于看到这种圆蛛的瞬间，便下意识地想到了百虫洞。

不过很快，他便发现自己的联想并非巧合。当这僵硬的圆蛛被他拾捡起来，在他掌心翻了个儿后，他看见这圆蛛黑色的腹部也有一条细细的血线。

但这应当不是同寿蛛。

因为同寿蛛的壳是会随着身处场景而变化的，若这是同寿蛛，落在他手上时，应当会慢慢褪成像皮肤一样的颜色，但这只圆蛛却始终没有变化。

而且……百虫洞的蛛，怎么会出现在这里？又怎么会从他衣袖上滚落下来，就好像曾经落在他身上过？

薛闲愣了一下，倏然想起曾经在百虫洞的一幕——

当时玄悯背对着人捉起了同寿蛛，而薛闲替他从怀里摸出了两只瓷瓶，在那过程当中，玄悯的手一直掩着，没有将他手里捉住的圆蛛露出来。

从那之后，薛闲拿了一只瓷瓶，玄悯也从掌心捏出了一只母蛛，并将母蛛递给了他，自己接过了另一只瓷瓶。

那时候薛闲只顾着将母蛛塞进瓷瓶里，并没有看见玄悯后来的动作。而当他重新抬起头时，玄悯正在给另一只瓷瓶塞上盖塞。

他当时有过一瞬的疑惑：他并没有动过那只瓷瓶，为何需要重新塞上瓶塞？

现如今再一回想，薛闲脑中忽然闪过一个猜测——当初玄悯捉住的，很可能不只是那只母蛛，还有旁的。那旁的东西不必说，一定是这只暗红色的小圆蛛——甚至不只这一只，而是一对。

当初玄悯说，百虫洞内所养的一共有两种蛛。这暗红色的小圆蛛既然并非同寿蛛，那自然是另一种无疑了。

可另一种究竟是什么蛛，又有什么作用，玄悯却并未多提。

薛闲带着一丝疑惑将那圆蛛收了，又看向被自己扶着的毫无生气的玄悯，忽然有些期望这对圆蛛是玄悯留的后手，是对他有利的……

会是这样吗……

薛闲看着玄悯，默默收紧了手。

江松山大泽寺是一间山间小寺，始建于三百多年前，因为位置偏僻，且未曾赶上好时候，是以寺中香火从未旺盛过。寺中僧人不过十来个，大都是平淡性子，日子过得倒也恬静。至两百来年前，山寺遭雷火被烧前，所剩僧人不过五六，均在这山中生活了一辈子，垂垂老矣，也不算短寿。当时寺内唯一一位年轻人，便是拜入大泽寺的南疆少年。

说句实在话，那时候大泽寺一干老僧慈祥又怜爱地看着那位上山来的南疆少年，心里直犯嘀咕：这孩子似乎是百年一遇的傻子，放着那么多有名的大庙不入，怎么就挑中大泽寺了？

那南疆少年长了副清俊模样，高眉秀骨，一双眸子漆黑净透，小小年纪就显出一股平静的沉稳感。

就这副模样，去哪里都是有人要的，他却偏偏中意于这江松山上的小小一隅。

那些老僧心里自然是欢喜的，然而面上还是为了这少年好，便劝问了他一句。

少年却答："与大泽寺有缘。"

结果他还没来得及受戒，这与他有缘的大泽寺就遭了雷劈，烧了个遍地狼藉。

满寺人都送了命，唯独那南疆少年活了下来。

后来的后来，这位少年机缘巧合之下认识了一位年龄相仿的知己。多年之后，少年摇身一变成了护国免灾的国师，直接执掌太常寺。

因为他那位知己身份有些特殊——相识时还是太子，后来成了皇帝。

再后来，皇帝寿数将尽，国师甚为不舍，想了一些续命延寿的法子，只是仍然晚了一步，法子成时，天子已崩。

国师心怀悲悯，又与知己有所约定，要保这山河百年不衰。

可是凡人寿命终究有限，况且国师在先前为天子谋求续命延寿之法的过程中损耗颇大，已经有了油尽灯枯之兆。

因此，他掐指算了一番机缘，从江松山大泽寺外捡回了自己的接任者。

他希望能承故人遗愿，不论朝代如何更迭，总有一星不灭灯火引路指途，安民龛世，是以国师从此改法号为同灯，代代相传。

不过当初那个接任者刚被抱回太常寺时，还是个无牙小儿，话都不会说。

小小年纪用那样重的法号，怕压不住命，况且国师还没到退位归隐之时呢。所以国师给他取了个少时用的法号：玄悯。

玄悯身世有些特殊，因为他出生便自带灵骨，是有大功德之相，即便转世灵骨也不会丢，是个极佳的接任者人选。

国师对外虽是个寡言性子，对着玄悯话却不少，颇有些亦师亦友的意味。

在教养期间，因为天机院不得擅入，也或许是国师有意为之，甚少有人得见其真容，也甚少有人知晓玄悯的存在。

又是多年之后，玄悯成人，顺利接任，早有油尽灯枯之相的国师即真正的同灯圆寂。

他一生所经之事带着些许传奇色彩，细细算来，不过有知己一位、弟子一名，这便算得上圆满了，只是他始终有些记挂江松山的大泽寺……

尽管当年的那一场天雷确实是巧合，与他并无干系，但被说了那么些年的扫把星，他对大泽寺始终怀有一份微妙的愧疚感。

即便圆寂之后，他也颇为挂怀，所以……他“留在了”大泽寺，年年腊月、清明、中元，均会给百年前冲他笑得慈祥的老僧人们点一盏灯。

他这状态似鬼非鬼、似魂非魂、似执非执，谁也看不见他，术士、高人和阴阳眼，都不例外。

所以在外人看来，这百年空置的大泽寺每年都会偶现灯影，惊得周围人都不敢靠近，鬼寺之名由此而来。

今日是腊月二十七，江松山下的那一场惊天大战似乎就在昨日，实际已经过去大半个月了。

山下的一片狼藉早已被人抚平，靠近年关的一场大雪将剩余的痕迹全都埋在其下，早已重归平静。

入夜之后，原本漆黑一片的废寺里倏然亮起几豆灯火，细细一数，刚好六盏。

“鬼火！鬼火又亮了师兄！”遥遥隔着几座山峰的小寺庙里，小沙弥一边趴在窗前伸头朝江松山的方向眺望，一边背着手招呼师兄，让他也来看一眼。

这鬼火出现的时机并不固定，难得亲眼见上一回。这小沙弥在这寺庙里住了十年出头，这才是第二回见。

不过传闻虽然诡异，但亲眼所见之时，却并无惧意。那几点灯火微黄而暖，非但不会让人忐忑心慌，反而会令人心神平宁。

而事实上，真正的大泽寺里也全无半点儿阴森鬼气。

那六盏“无人自亮”的平安灯前其实正站着一位白衣人，正仔细地挑着那六盏灯的灯芯，只是其他人都看不见而已，除了同他情况相同的一位。

这位挑灯的人不是旁人，正是当年独身入寺的南疆少年，也是后来的初代国师，真正的同灯。

而和他情况相同、能看见他的那个人此时也身处在这间荒寺里，同样是一袭白麻衣袍，看起来似鬼非鬼、似魂非魂，正面无血色地盘腿端坐于屋角的蒲团上，双目微合，似乎在静养。

即便是这副不鬼不人的模样，也依然挡不住他眉目间逼人的俊气和那股霜雪不化的冷意。

此人正是玄悯。

同灯面色平静地站在六盏平安灯前，双手合十行了礼，而后一扫袖摆，转身走到了玄悯身边，借着屋内的六盏油灯光亮，看了眼玄悯搁在膝上的左手。

就见那左手食指指缝中，落了一枚小如针尖的血痣，摸起来微微有些凸，同薛闲锁骨上的那枚倒是能成对。

“痣显出来了。”同灯收回目光，没好气地又瞥了玄悯一眼，不冷不热道，“也亏得你在那种境况下还能想起这么一手。倒出蜘蛛，咬你一口，再咬他一口，这就耗费了起码一句话的时间。有这工夫，不如再挣扎一番，兴许能同人家交代两句遗言呢。”

玄悯双眸依然合着，嘴唇一点儿要动的意思都没有。也不知是根本没听见他说的话，还是不愿意搭理他。

“这蜘蛛虽比不上同寿蛛那样毒，但也不好受，你这是被咬出乐趣了？”同灯见他不说话，又凉丝丝地开了口。

玄悯沉默片刻，终于还是维持着合眼的姿态，面无表情地开了口：“左右都是你养出来的蛛。”

言下之意：你有脸让别人注意着别被咬？

自从肉身没了活气后，玄悯再有意识，便是在这废弃的大泽寺中了。他约莫是两天前凝出的体，昨天夜里刚稳住的形。这两天里，他不好睁眼，也不能说话，只听见身边有人叙旧似的说了些事情。

断断续续地听了一些，他才知道，这人正是初代国师同灯，也是他上一世的师父。而那百虫洞中的两种蛛，均是出自他手。

玄悯曾经只尝过同寿蛛的滋味。早在多年以前，他还不曾彻底离开天机院去小竹楼独居时，便已经发现祖弘的寿数有了些变化。尽管祖弘在天机院内从不摘面具，但玄悯依然从他脖颈的细小纹路的变化上，察觉出他重新变得年轻了。

其实那时候他心里隐约猜测，这种变化兴许跟自己有关，因为那阵子祖弘说话总是带着些深意，像是对他表达某种亏欠，又似乎是饱含着一些谢意。

只是那时候他依然感念着师恩，即便有所觉察也根本不在意。

很久以后，当他真正探查到“同寿蛛”这件事上时，祖弘又贪心不足地抽了龙骨，再之后，他又失忆了。以至于祖弘给他种了同寿蛛这件事被几经耽搁，最终还是拖到了临死才算真正解决。

玄悯平日十分克谨，能让旁人钻空子的机会少之又少，现今回想起来，唯独一次……

那是他离开天机院，将国师一职重新交给祖弘的前一年秋天，他在静修之中不小心入了狂禅境，三天三夜昏迷不醒。那时他对祖弘防备不多，祖弘想要借机种下同寿蛛，倒是可行。

不过不论如何，肉身已死，那些便都是前尘旧事了。

现今他身上带着的已经不是同寿蛛了，而是百虫洞中的另一种。

同灯当初真正的目的在于同寿蛛，养出另一种来纯属心神所扰而至的意外，那种蛛所含情谊过于复杂，以至于同灯也不知该如何称呼它，便干脆管它叫作“无名”。

薛闲曾经随口问过玄悯这种无名蛛究竟有何用，是不是真如传说所言，能将人捆上三生三世。

玄悯否认了。

他并不曾哄骗薛闲，这无名蛛确实跟三生无关。

同寿蛛乃一对母子蛛，而这无名蛛则是一对福祸蛛，红蛛意味着福，黑蛛意味着祸。玄悯手上那枚小痣是黑蛛所留，而薛闲锁骨上的，则来自红蛛。

血痣一旦形成，便意味着黑蛛所咬之人肉身死后形不腐、神不散，非鬼非魂。他将另一方生生世世所受灾祸苦难俱揽于己身，而将自己生生世世所得福报俱归于对方……

代价是永不入轮回。

这不是三生，而是无涯。

“这痣一显，往后就是孤独百世、千世，遥遥无涯了。”同灯站在屋门前，眯着眼朝天边的月亮望了一眼，又回头问玄悯，“好处自然也是有的，你再也不会失忆了，该记得的都记得，还会越记越清楚，好比昨日才发生的一般。坏处嘛……就是不论你记得多深，人家也看不见你了，真龙也不行。怎么，后悔吗？”

玄悯良久未曾说话，似乎依旧不想理他，这模样倒是同百年前的师徒相处有些相像。

又过了很久，玄悯淡淡地反问了一句：“你也种了这蛛，你后悔吗？”

同灯不咸不淡地哼了一声，也不再开口了。

悔吗？

生死福祸从不是儿戏，既然许出去了，便是东海扬尘、白骨尽朽，也无怨无悔。

第四卷
歸岸

簸箕山山坳的竹楼二层，小屋里布置得十分简单，简单到几乎没有人气：拢共只有一张竹床，看那模样，几乎就没怎么睡过人。

准确说来，这间看似是卧房的里间整个儿都像是甚少有人进来，也不知曾经的主人在这里究竟过的是何种日子，不吃、不喝、不睡，活似要升仙。

不过不论这主人曾经在此处是如何生活的，现今他却如同寻常人一样静静地躺在竹床上——

玄悯身上盖着一件白色长衣，面上毫无血色，显出一种毫无生气的灰白，两手松松地交叠在身前，冷得像冰一样，一动不动。

最初那两天，薛闲给他好一番摆弄。因为他怎么也热不起来，总是像冰一样，薛闲便给他周身圈了一层热气，始终温着他。后来摸着觉得还是有些冷，便想找些东西给他盖一盖。

他在竹楼里翻找许久，竟然连被褥都不曾找到，便干脆去了趟外头的县里，花了些银钱，置了些被褥和厚一些的长袍。

薛闲本想把自己的外袍脱下来给玄悯盖上，然而平日看得十分顺眼的黑袍盖在玄悯身上，再衬着他泛着死气的脸色，怎么看怎么刺眼。

以至于从不管什么凶吉的薛闲，头一次有些忌讳黑衣。

有那么两天，薛闲几乎一直在折腾，一会儿给玄悯盖上被褥，一会儿又觉得那样厚重的东西盖在玄悯身上着实不搭。转而换成别的颜色的外袍，可怎么看都别扭得慌……

他翻来覆去忙了好久，最终还是找了件纤尘不染的白袍，给玄悯盖上了。

弄完了衣袍，他又觉得那样垂手而躺的玄悯看着有些不习惯。事实上，躺着的玄悯本身就是有些陌生的。在薛闲的记忆里，玄悯不是在闭目静心坐着，就是一脸沉稳安静地忙着什么正事。

薛闲坐了一会儿便闲不住了，又忙忙碌碌地给玄悯换了个姿势，摆弄着他的手臂，将他那两只手交叠在身前。

将玄悯安顿好后，薛闲又独自跑了一趟百虫洞。他直奔最后的石室，将那石壁上洋洋洒洒的古怪字符全部拓了下来。

只是他不认识那些字符，拓回来一时也解不开什么。

他甚至还抽空去找了一趟山外村里的瞿老头儿，让他帮忙看了一眼拓回来的内容。

只是可惜得很，瞿老头儿也不认得，只说这字符有些像他们族曾经的老字，曾经见老人写过一两个，但是早在百十来年前就再没人使用了，现今懂得那些老字的人也早就变成一抔黄土了。

所以那拓回来的字暂时也派不上用场，被薛闲颇为无奈地收了起来。

他给自己找了许多可有可无的小事，绕着玄悯不住地忙，因为他不敢让自己彻底闲下来，一旦安静下来，他就会清晰地感觉到玄悯身上连一点儿魂气都不剩了。

薛闲目力非常，能见人、能视亡灵。他看见过江世宁，看见过刘老太太，看见过军牌里的伤兵……他看见过许多许多的东西，活着的人或是亡灵，却唯独看不见玄悯肉身之外的一切。

不过，他能忙的事情终究有限，连续忙了三四天后，他终于静了下来。

一旦静下来，他可以坐在窗框边，一动不动地看玄悯看上一整天。他有时只是单纯在看玄悯，想从中发现一点儿细微的变化或动静；有时只是看着玄悯出神。

他颈窝里，同寿蛛留下来的小痣依然暗淡无光，像一星早已干枯的血迹，不知何时能重新鲜活起来，也或许再也鲜活不起来了……

薛闲明明一个人过了千百年，早该习惯无人叨扰的清静了。可现今，玄悯只是躺着不睁眼、不说话、不呼吸，他便体会到了一种旷久的孤独感……

好在他很快又给自己找到了另一件可做的事。

这回并非换一换披盖的衣服或是改一改姿势这样无甚意义的小事了——他在这间竹楼的藏书中找到了一本老旧书册。

那本书册应当是有人自己写、自己订上的，也不知是多少年前的东西，内里的纸已经变得娇脆，似乎稍一大意就会将其扯碎。书册在柜中放了太久，山间湿气又重，这竹楼又许久不曾住人，以至于纸页都不那么平整了，有些字迹也淡化了许多。

但这并不妨碍薛闲翻看书册的心情——这书册里头有一半都是薛闲看不懂的东西。

不是旁的，正是石壁上的那种字符，而另一半则是用寻常所用的字来解释那些古怪的字符含义。

这书册内容十分详尽，看得出当初写这些的人性子稳重沉静，极有耐心。

薛闲匆匆翻到末页，果不其然，落款依然是意料之中的两个字：同灯。

他在江松山上入魔之际，曾因为铜钱引起的牵连，看见过玄悯最终恢复的一部分记忆。后来清醒之后，他又顺着他自己看到的部分简单梳理了一番，差不多明白了国师“同灯”之名的内情和传承。

照那样看来，在百虫洞弄出同寿蛛的“同灯”，和写这本书的“同灯”，应当是同一个人，是最初的那位。

薛闲没见过那位“同灯”，但据此书看来，他应当不是什么恶人，至少算得上是良师。

翻找到这本书册后，薛闲半刻也没有耽搁，将那张拓了字符的纸翻了出来，对照着书里的内容，逐字逐句地批注了一遍。他不眠不休，花了四天时间，才将那满纸的内容彻底看明白了。

而后，他便无声地在桌案边坐了整整一夜……

有一个人，一声不吭地将他生生世世、无穷无尽的灾祸痛苦全都担了去，却连个回应都不求。

若不是他机缘巧合之下读懂了石壁上的内容，兴许一辈子也不会知道对方究竟做过什么……

这样的一个人，他怎么可能弃之不顾?

入了轮回都能找回来，何况还没入。天南海北，不论玄悯身在何处，他都要将其拽回来。

旷野苍穹间忽然又下起了雪，不是那种寒得惊心的，而是大片大片、洁净而无瑕的，甚至带了一种近乎温柔的味道。

“这就除夕了。”同灯背着手站在门边，仰头看着九天之下洋洋洒洒落下的大雪，忽然像是忘了什么般，问道，“我有些记不清了，这是何年了？”

玄悯依然在屋内调养着，他受的损耗实在太大，并非一时半刻能调养过来的，至少他现在还不能像同灯一样轻而易举地探手取物。

他看似是盘腿坐在蒲团上，实际是微微浮空的。

哪怕是一根分量极轻的细针，放在他掌间，他也是托不住的。细针会穿过他的手掌，落到地上去。

玄悯听了同灯的问话，闭着眼顺口答了一句：“天禧二十三年，过了今日，便是二十四了。”

同灯漆黑的眸子里映着飘扬的雪，犹如一汪深不见底的湖，好像百年岁月就在这样一合眼又一睁眼中匆匆而过了。许久之后，他才淡淡地说了句：“哦，天禧……”

他那语气有些话未尽的意思，然而这两个字说完，他便再没开口，也不知在想些什么，抑或纯粹感叹一句时光太快。

“这雪是要下一夜了，不错的兆头。”同灯最后又说了一句，便要转身回到屋里继续逗弄徒弟，然而他步子还未转，忽然听见九天之上隐隐有雷声传来。

这雷声来得毫无预兆，突兀极了，半点儿不像是自然而成。

一听见雷声，调养多日未曾睁眼的玄悯倏然睁开了眼。

薛闲化龙时，总是云雷伴身，以至于玄悯都快养成了习惯，但凡听见这样的雷声，总会下意识地觉得薛闲会随着那雷声落在眼前。

不过转眼，他又默然闭上了眼。现今他非鬼非执，照常理来说，没人能看得见他，也算不出他究竟在何处。薛闲又怎么可能过来呢？

同灯却忽然讶然出声：“这雷……”

他话未说完，原本隐在九天之上的雷已然现了形，煞白的亮光像一根拳曲蜿蜒的枯枝，直劈下来，落点清晰极了，正是大泽寺。

同灯看着那道诡异的玄雷直奔他们所在的屋顶而来，眼看着要劈上了，又因着某些事，堪堪刹住了。

这雷来得莫名，走得也莫名，就好像来惊他们一惊，又好像……

不知是不是他的错觉，这玄雷带着一股神鬼难挡的灵气，绝不是招雷幡或是旁的招数能引来的，更像是历劫会碰见的那种。但这好好的，哪来的人历劫？

是以同灯又觉得自己兴许是弄错了。

“别是你那真龙吧？”他转头看向玄悯。

玄悯：“……”

玄悯连眼睛都懒得睁，没抱任何不切实际的幻想。

不过用不着他搭理，同灯已经有了答案——

因为他这话刚问完，远处就传来一声隐约的龙吟，仅仅是眨眼的工夫，一个黑衣身影在数十道快雷的包裹下，轰然落在屋门前。

这动静着实太大，又太过熟悉。即便是玄悯也不能无动于衷，他猛地睁开眼，愕然地看向门外。

薛闲的模样同先前并无区别，皮肤依然那样素白，衬得五官好看极了。然而玄悯却好似很久没有见过他一样，明明只有两丈之隔，却莫名地生出一股生死相隔的怀念来。

玄悯的目光一动不动，像山一样压在薛闲身上便再也移不开。

薛闲的模样有些疑惑，他站在屋门前，却好似看不见屋里的两人。他蹙着眉，朝屋里四下探看了一番，表情中透着一股深重又复杂的情绪。

他看不见。

他果然还是看不见的。

玄悯眸子里的光暗了一些，又含着一股沉重的温和，让人看了不禁跟着难过起来。

然而下一刻，薛闲的目光从他端坐之地划过时，倏然顿了一下。他似乎看得不那么真切，蹙着眉眯着眼看了许久，才试探着叫了一声：“玄悯？”

同灯：“啧。”

薛闲却对同灯全然不觉，目光只在玄悯所在之处微微扫着。

玄悯沉沉地应了一声：“嗯。”

同灯：“啧。”

不过玄悯的应声薛闲却并未听见。他盯着这处，默然等了片刻，终于还是等不了了。他颇为干脆地从袖间摸出了一截细绳，在腕间缠了两圈，结成之时，那细绳微光一闪，倏然活了一般。

“既然不应声，就怪不得我了。”薛闲垂着眸子，一边盘弄着细绳，一边嘀咕着。说完之后，他将细绳另一端捏在指尖，照着玄悯的方向瞄了瞄，而后抬手一甩。

细绳另一端在空中如同活了一般，直窜向玄悯，在他身边晃了两下，而后准确地缠上了玄悯的手腕，连捆好几圈，打了个牢牢的结。

结成的一瞬，薛闲肃然许久的表情倏然一松，勾着嘴角无声地笑了一下，道：“抓到你了。”

这下同灯和玄悯两人均是愕然无声。

这是什么法子？！

同灯在这世间飘飘荡荡百余年，从没见过这种事，只用一根绳子就给套住了？

被绳子套住的时候，玄悯的身影便在薛闲眼中一点点地显了形。薛闲略有些虚的目光终于定了下来，落在玄悯脸上，又将他上下打量了一番。

有那么一瞬间，薛闲的眼睛里似乎是漫起了一层微红，又很快被压了回去。

他嘴角的笑倒是未变，只是郁结在眼底的一股沉重之气已经彻底消散，先前的张扬感又回来了。他晃了晃手中牵着的细绳，冲玄悯道："这绳子当年给江书呆子那姐夫系过一根，我倒是没想过有一天我也会用得上。"

他的手指玩笑般牵着那根绳子绕了几圈，原本松松的细绳被缓缓绷紧，牵着玄悯的手腕，像是要把他拉起来，活像一个漫不经心的垂钓者。他边收绳子，还边调侃般地说了一句："幸好我没扔了。"

玄悯原本碰不着任何东西，连细针落在他手掌上都能直穿过去。可是被薛闲用这细绳一牵，就像是在生死之间牵住了一条线。

他由浮空落在了蒲团上，一股沉厚的灵气顺着细绳源源不断地渡了过来，只是一瞬间，他就能触到实物了。

修了百年的同灯默默转过脸去："……"

找到了人，尘埃落定，先前受的所有悲苦便烟消云散了。薛闲也不进门，就这么站在门外，漫不经心地耍着赖，揪两下细绳，催促玄悯站起来，想借着绳子把玄悯拽到面前来："傻坐着作甚，过来啊，我又不是来拜佛上香的，我可是来抓你走的。"

玄悯就这么由着薛闲又揪又拽，他顺着手腕上细绳的拉扯站了起来，沉沉地应道："好。"

兴许是被这细绳牵着，又兴许是曾经铜钱带来的联系还未完全消除，薛闲拽了没两下，忽然转了眸子，颇为疑惑地朝同灯的方向瞥过去，又朝玄悯抬了抬下巴："你旁边怎的还有一道白影？"

玄悯一愣："白影？"

薛闲："先前看你也是一道白影，一晃而过，眨眼便散，我还道……是眼花呢。"

玄悯的眸子里盛了烛光，温和沉静地落在薛闲身上。

薛闲的笑意更深了一些，收着绳子的手一停，调侃道："先交代了，旁边还藏着个谁？"

同灯不咸不淡地瞥了玄悯一眼："这真龙怎么说话呢？"

玄悯："……"

好在不用他解释，薛闲已经借了玄悯的感觉，隐约听见了同灯的话，只是听得不大全，仅仅辨认出了前几个字音。他似乎觉得很有意思，掏了掏耳朵，一本正经地逗了玄悯一句："我没怎么听清，哪个胆大包天的敢编派真龙？"

玄悯："……"

他忽然有种两面不是人的感觉。

同灯倒是有些讶异，微微挑了眉，问道："你听得见？"

细绳在玄悯腕子上扣稳了，同灯的身影也在薛闲眼中略微清晰了一些，薛闲了然道："又一个……"

他向来不说人话，不过话还未出口，他就止了话音，想想还是换了个称呼："大师。"

同灯："……"咽回去我就不知道了？

论年纪论经历，这三人之中资格最老的就是薛闲了。堂堂真龙，在谁面前都不用放低姿态，即便真不说人话，旁人也奈何不了他，不过薛闲在人前还是顾及了一下玄悯。

他看见那人一身装扮同玄悯一模一样，气质也一脉相承，颇有些出尘之姿，便差不多能猜到其身份了。

是以他顿了顿，笃定道："你是同灯。"

"嗯。"同灯这样沉沉应声时，音色同玄悯像极了，当真是一脉相承。不过他转头又瞥了玄悯一眼，淡淡道，"他知道的事还真不少啊！"

明明语气同玄悯相似，总是一本正经又云淡风轻，却多了一丝促狭的意思。

薛闲觉得还挺有意思，毕竟这是他头一回见到同玄悯真正有关联的人，还是“师父”这样亲近的长辈，因此颇有些新奇。只是这对师徒……混得也是一脉相承地惨啊。

“你这师父也用了那无名蛛？”薛闲面色复杂地冲玄悯问道。

玄悯点头点了一半，倏然一愣，终于觉察到了问题：“你怎的知道无名蛛？”

“那百虫洞的石壁上不是写得清清楚楚吗？”薛闲答道。

玄悯疑惑：“那些字你不是不认得吗？”

“是啊，所以你在洞里就放心蒙我了？”薛闲斜睨他一眼，“口口声声说绝不会骗我的是谁啊？我记性不太好，啧……想不起来了，你记得是谁吗？”

“……我。”玄悯默默垂了眼，片刻后又抬眼解释道，“我并非——”

其实也不算蒙骗，无名蛛确实只同福祸有关，捆不了三生。只是当初他怕薛闲多想，所以一带而过，不曾细说。

不过薛闲有意逗他，没等他说完，便开口先发制人：“你在百虫洞里所说的每句话都是真的，一点儿没骗过人？”

玄悯：“……”

还真骗过一句，“寿终正寝”那句。

同灯不忍看地转过脸去：“嘴笨。”

不过薛闲也不是有意想让玄悯愧疚，毕竟他所做的一切并没有什么可愧疚的。他只是……很久没同玄悯说过话了，有些憋不住想逗一逗他。

其实这前后还不足一个月，但对薛闲来说却漫长极了。

他见玄悯站在原处，也不靠近，便干脆又揪了揪细绳，像玩似的，将玄悯垂在身侧的手揪得晃了两下。不过这回他没再等在屋门外了，而是干脆地抬脚迈进了屋，毫不客气地坐在玄悯身边的佛像脚边。

同灯又默默别开了眼。

薛闲拍了拍玄悯的肩膀，没好气道："劳驾你劝你那师父一句，下回再要留什么话，千万别用天书。亏得我在你那竹楼里翻了一本解释那字符的旧书来，否则你起码得在这里窝上一百年。"

同灯淡淡道："传什么话，我听得见。"

薛闲闻言，搭着玄悯的肩膀，转头冲同灯道："哦，你跟你徒弟仇很深啊！"

玄悯："……"

同灯："……"

得，师徒俩加在一块也说不过他，毕竟这是位真祖宗。

同灯深深地看了玄悯一眼："这真龙你从哪儿招来的？"

薛闲嗤道："铜皮铲来的。"

同灯毫不客气："孽缘。"

玄悯："……"

好了，新仇旧恨一起算。

同灯闷了百余年，难得碰上能听见他说话的人，也颇有兴味，同薛闲一唱一和间，把自家那冰山徒弟挤对得快要裂了。

好在玄悯临危不乱，准确地牵走了话头，他问了薛闲一句："你是如何寻到这处的？"

同灯对这事也同样好奇得很，不再把火星子往他那闷罐子徒弟身上引，等着听薛闲的回答。

薛闲道："你不是胆子大了，在我身上种无名蛛吗？我花了几天时间，啃了你竹楼里那册书，逐字弄明白了无名蛛的效用。若是我没理解错的话，只要种了那无名蛛，我碰上的灾祸，都会转到你身上。”

说这话时，他面色沉沉地瞥了玄悯一眼。

不过玄悯似乎能猜到他的眼神，所以已经垂下了眸子。

薛闲说到这处，心想着以后必得想法子把这劳什子玩意儿给解了。他话音顿了顿，又道：“我便想了个法子，以前也干过两回这种事，略有些经验——我把劫期引得提前了，这无名蛛若是真有用，天雷一劈，我便能知道你在何处。在天雷刚落时，我又强行把劫期推后了。”

玄悯：“……”

同灯：“……”

九天玄雷，尤其是渡劫时的玄雷，绝不是肉体凡胎之人敢随意藐视的。可这位祖宗却说提前就提前，说推后就推后，搞出那么大的阵仗，就只为寻个人……

这种引天雷跟玩儿似的能耐，着实有些吓人。

薛闲引劫的时候便想好了，虽说他曾经因为时机不恰当，难以避免人间灾祸的问题，强行改过劫期，也算是有经验，只是终究不能保证完全不出岔子。若是真出了岔子，他化为龙形，将玄悯所在之处罩得严严实实的，他就不信那雷还能九曲十八弯地绕过他，拐弯抹角地劈到玄悯身上去。

不过这些话他自己心里想想便罢，没必要同玄悯说，否则要被玄悯一本正经地训上两句。

薛闲在这大泽寺落地前曾想过，若是真找到玄悯，必定半刻不耽搁地把他抓回去！但是现今在这处飘飘荡荡的不只玄悯一人，还有同灯，而照他俩的相处来看，似乎这对师徒感情还不错。

这夜是除夕，于凡人来说是个举家相守的圆满日子。这时候将徒弟拽走，撇下师父一个人，怎么也有些说不过去。

于是薛闲从抬脚进屋起便打定了主意，陪玄悯尽一下徒弟的心意。

谁知他这想法刚冒头，那同灯便好像又想起什么般问了一句："先前你还不曾系绳时，似乎就瞧见他了？照理说，这不鬼不神的谁也瞧不见哪……"

薛闲心说没准儿是执念太深或是缘分太深的缘故，但他向来骄矜，这话又哪里说得出口，便颇不要脸面地拍了拍玄悯的肩，冲同灯抬了抬下巴，信口胡诌："兴许他太想见我了，抑或太想被我瞧见了呢？"

同灯："……"

最要命的是，这酸得倒牙的话，他那冰霜不化的闷罐子徒弟听了，居然一声不吭，全然没有要否认的意思。

大过年的，同灯觉得这俩人在面前莫名地碍眼，抬手指了指屋门，云淡风轻地背着手转过身去，冷冷淡淡道："慢走不送。"

说的是"走"，听在耳里，同"滚蛋"也差不了多少了。

薛闲和同灯你来我往地互戗，玄悯在一旁无可奈何，这其实是一幅极为奇怪又少见的场面。

他们三人曾经都是独来独往的作风，虽然脾性并不相同，骨子里却有一些相似——一个创立了"外人一概不得入内"的天机院，一个天寒地冻三天蹦不出两句话，还有一个活了千百年和人世都无甚瓜葛。

大约没有人能想得到，这样的三个人凑在一起，居然能和"热闹"牵扯上关系。而且这热闹在后来还更上了一层楼，因为玄悯豢养的那只黑鸟也来了。

随着两声幽幽的瘆人叹息，它张着双翅，挂着一只精巧的竹篮直冲进屋里，并且在半途紧急改了方向，准确地滚进了玄悯怀里。

薛闲挑了挑眉："怎么哪儿都有你？"

黑鸟挑衅地冲他张嘴嚷嚷了一声。

同灯淡淡插了一句："这鸟还活着呢？"

"你认得？"薛闲有些讶然地问了一句，转而想到黑鸟先前叼给他的那串铜钱，猜测到了大半。

"这鸟的岁数比他还长呢。"同灯朝玄悯瞥了一眼，不咸不淡道，"倒是会装嫩撒泼。"

黑鸟本不该听见他说话，也不该看见他。然而这鸟崽子从来就不能以寻常禽兽的标准来衡量，它似乎是个成精的，在同灯说完话后，它有意无意地朝同灯的方向张望了一番，脑袋歪着，似乎听见了一些响动，又似乎隐约觉察到了那里还有个故人。

玄悯闻言抬眼："数十年前，它蜷了半边翅膀落在天机院角落里，被我拾了回来。你见过？"

自打成了这不人不鬼的状态，又碰上了同灯，玄悯对前一世的印象便偶有浮现，然而模糊得很，就好似做了一场梦，醒来之后似乎记得一些，又似乎忘了。

是以他对这黑鸟初印象依旧停留在六七岁时候，他一度以为这黑鸟落在天机院只是机缘巧合，而他难得生出了一丝豢养宠禽的心，这才一养数十年。

现在听同灯的意思，似乎这黑鸟和他的渊源远没有这么浅。

同灯道："何止见过。"

这只黑鸟初入天机院时，同灯还是国师，上一世的玄悯也才刚满十岁。那时候的同灯略有些愁，因为他养大的徒弟什么都好，就是不爱搭理人，从小就是个"雪娃娃"，一直冻到大也没有要化的迹象。

尽管他自己也不爱搭理人，但他冷不丁从"冻人"变成了"被冻"的那个，就有些意见了。况且那时候的他担心玄悯太过冷心冷情，大了之后难以体味人间疾苦。

为了把玄悯焐热一些，他试过许多法子，最终觉得还是要给这小徒弟寻个伴。

那黑鸟初来天机院时，还是一枚蛋。它破壳的时机十分巧，不早不晚，就在同灯给玄悯看它的时候。

它睁眼看到的第一个人是玄悯，从此便认准了主人，撒泼打滚儿净冲着玄悯一个人来。

它小时候长得跟鸡崽子似的，一身软软的绒毛，也不会飞，只会抻着两条细细的短腿跟在玄悯脚后跟蹦跶。玄悯走到哪里，它便一跳一跳地跟到哪里；玄悯若是坐着看书，它便挑个阳光晒得到的地方团起来，蹭着玄悯的衣角眯眼打盹儿，或是滚来滚去。

这鸡……鸟崽子比寻常鸟儿长得慢，蹦跶了很久才学会飞。从此，便由“跟在玄悯后头踮着爪子乱蹦”变成了“绕着玄悯扑棱着翅膀乱飞”。

玄悯性子冷淡归冷淡，时间一久，还是默认了这只黑鸟为自家宠物，会定时给它备些吃食和泉水，其他时候则多为放养。这崽子浪荡得没影也好，绕着他掉毛也好，他都是放任的。

这鸟崽子甚至还养成了一个怪癖——时不时会偷啄那么一两枚大补的丹药，屡教不改。但只要它没把自己啄出毛病来，玄悯也都是不管的。

在同灯看来，玄悯的“不管”里掺着“不嫌弃”的意味，勉强算得上一种“纵容”了。毕竟就他和玄悯相处的十来年里，他也没见过玄悯更“纵容”过哪个活物。

不过他没想到的是，在自己过世百年之久的今日，他居然能看见自家结了冰的闷罐子徒弟以更为放任的态度对待一个活生生的“人”。

见到薛闲，同灯才发现，自家徒弟大约天生就招架不住这种“生命不止折腾不息”的玩意儿。

他甚至一度怀疑，对薛闲，玄悯除了“好”就没有旁的态度了。

当然，他若是看见玄悯还会治住薛闲，半是惯着半是正经地问上一句“还闹吗？”，大约会觉得自家徒弟吃了脏东西中了邪。旁人兴许看不出来，但玄悯是他养大的，这种语气对于玄悯来说，绝对是极为罕见的“逗弄”了……

这黑鸟几乎是个要成精的。

玄悯从它挂着的那只精巧竹篮里拎出一壶温酒和一只瓷盏，约莫料到薛闲今夜能顺利找到玄悯，不知摸去哪里搞来了这些酒，以供他庆祝之用。

玄悯是从不沾酒的，他拎出精致的豆青瓷酒壶愣了一下，又十分自然地递给薛闲。

薛闲接过酒壶，哭笑不得：“你这黑鸟喂什么长大的？”

“仙丹。”同灯言简意赅。

薛闲：“……”

他拎着酒壶微微摇了摇，一股清冽的酒香便幽幽散了开来。

“秋露白？”同灯淡淡问了一句。

薛闲点头：“闻着味道应当没错，你对酒香倒是熟悉。”

“只熟悉这一种罢了。”同灯似乎是想起了过往，顺口道，“有位故人独爱秋露白，年年除夕都要让我陪他浅酌一盏。”

现今提起，只说简简单单一个“陪”字，仿佛轻轻巧巧，可实际当年那位故人为了给他斟满一小盏，总是半哄半骗，找尽借口……

“不是，等等……”薛闲挑眉看向同灯，重复道，“浅酌一盏？秋露白？你？”

同灯“嗯”了一声算是应答。

一旁的玄悯倒是一副并不意外的模样，尽管他并不曾真的记起上一世的师徒相处，但听见秋露白这酒名从同灯口中说出时，依然有一种莫名的熟悉感，似乎这一切他早已习惯。

薛闲疑惑道：“你能喝酒？”

同灯面色坦然地单手打了个礼，道：“我当年还未曾受戒，大泽寺便不在了。”

还未受戒，便没有戒体，自然也不用持戒。薛闲虽然对寺庙的细致规矩不大清楚，但基本的还是有些认知的。

他闻言便板了脸，表情麻木地盯着同灯和玄悯看了许久，终于忍不住道：“我算是看出来了，不仅你跟你徒弟仇挺深，你徒弟跟他自己仇也不浅。”

敢情你们师徒满门破不破戒压根儿没有约束，全凭自虐？

薛闲简直要叹一声佩服，国师就是国师，不可与常人同论。

他转头一指玄悯：“骗子。”

玄悯：“……”

他颇为无语地看了薛闲一眼，而后偏头扫向同灯。

“反了，你这模样似乎对为师很不满啊！”同灯清清冷冷地冲屋门抬了抬下巴，“门在那里，自便。”

说到底，还是想让玄悯和薛闲快滚。

“不要碍长辈的眼，走吧。”同灯一点儿也不想跟这不孝徒弟以及他那真龙一起过除夕，“秋露白留下。”

薛闲嗤了一声：“说来惭愧，我大概比你长了八百辈。”

同灯：“……”

眼看着自家师父真的要被某人噎裂了，玄悯总算有了点儿正经徒弟的模样。他冲同灯一点头，而后顺手拍了拍薛闲正对着他的后脑勺，道：“走吧。”

那模样虽然一本正经的，却莫名地让人觉得他似乎在说“我先把这嘴不饶人的带走了，见笑”。

薛闲却毫不计较，转头冲他确认："跟我一起回去，不在这里赖着了？"

什么叫赖着……

玄悯"嗯"了一声，沉沉静静地看着他。

同灯默默揉了揉眉心，连人带鸟一并轰了出去。

薛闲和玄悯回到竹楼时，夜色刚深。兴许是手上系着的绳子渡过去的灵气越发多了，又兴许是此时的玄悯离自己的肉身近了，几乎刚挑亮灯芯，薛闲就发现这"非人非鬼"的玄悯颈窝里终于后知后觉地显出了一枚淡淡的血痣印记。

就好似那同寿蛛的效用在经历了这么些天后，终于缓缓地在灵体上也生了效。

就在他灵体颈窝的血痣彻底形成时，无声地躺在床上的肉身也发生了变化——颈窝那枚暗淡无光的血痣，此时像是终于走完了最后一程到了终点一般，以双眼可见的速度鲜亮起来，活似刚沾上的血点。

玄悯还未来得及说话，便觉得自己仿佛被卷入了一阵狂风之中，天旋地转间，有一股极大的吸力在拉拽他。

他一阵晕眩，眼前骤然一黑。待到他重新再睁眼时，发现自己不知何时变成了平躺的姿势。

"总算成了……"薛闲叹息般的话音在他耳边响起，好像至此才真正安了心。

玄悯愣了片刻，倏然坐起身来，却发现自己手脚沉重，同先前那飘然的状态全然不同。他坐在竹床上，低头看了眼自己的双手，又抬眼看向薛闲："我——"

"你从此以后，可就和真龙同寿了。"薛闲对玄悯一字一顿道，"反悔也来不及，你大约是要跟我一起在这世间活上百年千年甚至更久了，即便某一天厌烦了，也无可更改。”

玄悯漆黑的眸子深不见底，许久之后，静静道：“求之不得。”

这是薛闲头一回从玄悯口中听见这样直白的意愿，当即愣了一会儿，又忽然勾起嘴角笑了。他的笑容显得有些任性又有些坏：“怎么说这也算是救命之恩了，你打算怎么报？嗯？”

薛闲原意是想借机占个口头便宜。玄悯从来都说不过他，这句话问出来，十有八九玄悯是要愣上一会儿不知如何作答的。薛闲都想好了，只要玄悯慢上片刻，他就能胡搅蛮缠地再耍个无赖。

他就是喜欢看玄悯被他逗得无语又无奈的样子。

然而老天爷注定跟他过不去，这逗弄人的话刚说完，他还没来得及多装一会儿纨绔，就听见某处十分不配合地发出“咕噜”一声轻响。

薛闲：“……”

他默然无语地僵了一会儿，装作什么也没发生一样，正要继续维持邪里邪气的模样逗弄玄悯，就听得又是“咕噜”一声轻响。

薛闲嘴角的坏笑都要裂了，他倏然收回了笑意，面无表情地冲玄悯道：“来，告诉我，你什么也没听见。”

玄悯平静地揭穿他：“你饿了。”

薛闲阴森森笑道：“玄悯，我正经跟你讲一句，你这样说话很容易孤独终老。”

玄悯拍了拍他的肩膀：“让我下地，想吃什么？”

这竹楼毕竟是他的，这山间有哪些能填饱肚子的东西，他比薛闲要清楚多了。

“想吃人。”薛闲一脸麻木地开了口，说话间，他的肚子又煞风景地叫了一声。

“这山里什么都不少，独独缺人。”玄悯刚在床边站起来就踉跄了一下，又重新坐回了竹床上。

方才那会儿他始终一副镇定模样，好像从肉身里睁了眼就一切恢复如常了。薛闲也习惯了他那铜皮铁骨的模样，还以为他真的恢复得这样快。结果直到这时，他才发现玄悯离彻底恢复气血还差得远。

毕竟玄悯不是在这床上小憩了一会儿，而是死了一回。

不过玄悯自己倒并不那么在意，他坐在床边简单粗暴地在心脉上压了一张符，脸色便略微好了一些。他甚至没有要多缓一会儿的打算，便重新站起身来，垂下眸子温声问薛闲："真想吃人？"

薛闲："……"这一本正经的语气，当真听不出来这位在说瞎话。

"吃什么吃，你给我在床上老实待着。"薛闲仗着自己坐着比玄悯矮一截，直接抓住了玄悯垂在身侧的手，一把将他拉扯得坐回了床边。

至此，薛闲才真实地感受到玄悯究竟有多虚弱，因为他拉玄悯的时候，手上根本没有用力。

"先给你找些吃的，调养何时都不晚。"玄悯沉声道。

"别说话。"薛闲打断他，从袖袋里摸出了一串铜钱，手指划过之处，隐约有金光流动，"你养的那鸟崽子给了我这东西。"

他钩着细绳吊着的铜钱在玄悯眼前晃了晃，道："我猜着兴许是你曾经用过的，前几天消化龙骨时借了点儿力，又顺带给它注了份灵力，你拿着调养一下，恢复了咱们再去找些吃的。"

玄悯这一世所用的铜钱最初是由祖弘盘给他的，这算是历代国师之间的默认规矩，自他六岁起用的就是那一串，从未换过。而那串铜钱已经被他留在了黄土之下，用来镇江河山川了。

所以这串铜钱自然不是他这一世所有的，他接过铜钱，仔细感受了一番。这里头最浓重的灵力是他自己的，最醇厚的是薛闲的，隐约还有一丝其他的灵力，像是许多年前残留下来的。

这灵力的气息他原本应当是陌生的，可这些天下来却是熟悉得能立刻认出来了——是同灯的。

“这应当是上一世同灯盘给我的。”玄悯说道。

薛闲挑了挑眉：“上上世。”

“你这一世从刚才睁眼开始算。”薛闲抬着下巴眯起了眼，神情像是在逗弄，又透着一股有些放肆的意味，“这一世你的命，可是我给的。”

玄悯转头看着他，漆黑的眸子被灯火映得很亮，温沉如水地“嗯”了声。

所以救命之恩才无可回报。

“所以我说什么你是不是都得听着？”薛闲继续说道。

玄悯顺着他的话应着：“嗯。”

“那你现在捏着那几个小铜板，先把身体调养过来。”薛闲用手指敲了敲床板，一本正经地提着要求。

就在两人说着话的时候，玄悯那近乎成精的黑鸟又扑腾着翅膀咋咋呼呼地冲进了屋，嘴里依然叼着个布兜。

它落在薛闲面前，尖喙一张，布兜便落在薛闲腿上，散了开来，露出了里头的东西。

不得不说，这鸟当真是只好鸟，十分懂得为主人排忧解难，因为这布兜里装着的净是些可以吃的东西。

只是……

薛闲简略翻看了一下：得，全是果子。

一看就是这鸟崽子按照自己的口味找来的，但不管怎么样，也是能填肚子的。薛闲为了说服玄悯别管他饿不饿，先把身体调养好，也不嫌弃那么多了。

他嗤笑了一声，屈指在那鸟崽子脑门儿上弹了一下：“这些天算是没白养你。”

言罢，他伸出瘦长的食指在果子堆里挑挑拣拣，挑了一枚颜色鲜亮的脆柿子，在手中抛上抛下地颠了颠，冲玄悯挑了挑下巴：“我先吃着，你先养着，这山里的东西还得自己动手，我懒得很，还是等天亮了去城中食馆好好吃一顿。”

最终，玄悯还是依言在床边打起坐来。

这铜钱被他用了整整一世，又被薛闲注入了灵气，调养起来倒是事半功倍。这种根基全毁乃至送命的损伤，也不过只用了一晚就恢复得差不多了。

一整晚，伴在玄悯耳边的是各种细小的动静。

有时是薛闲吃那些脆果时清脆的“咔嚓”声，有时能听见他起身的动静，袍子从椅子边沙沙擦过，极轻的脚步从这间屋里延伸出去，似乎是进了另一间屋，在木书柜里抽了些书册，又轻轻走回来。

他原本是往靠窗的桌案走的，半途却又改了方向，径直转过来坐到了竹床上。

玄悯睁开眼时，所见的便是这番场景——

薛闲坐在他身边，背倚着墙，两条长腿舒适地交叠着，身子并不那样正，微微歪斜，透出一股闲散之感。

外头的天色已经蒙蒙亮，清浅的天光从窗外透进来，照在薛闲身上。而他懒懒地抬了眼，语调拖得有些长，声音低得像是懒得费力气：“这就好了？我这一册书还没翻完呢。”

“嗯。”玄悯应了一声。

“费了一夜精神，饿吗？”薛闲一边嘀咕着“你一介凡人，怎么比我还抗饿”，一边伸手在旁边摊开的布兜里翻了翻。

“这脆柿子味道还不错，挺甜的，你要不要尝尝？”他这一夜嘴巴几乎没闲过，满满一兜果子被他吃得只剩了两枚，其中一枚黑鸟没挑好，上头还有个虫眼，所以能吃的也就只剩下一枚脆柿子了。

薛闲说着这话时颇为不要脸，好似这柿子不是他没吃完，而是特地留给玄悯似的。

他一指撇开带虫眼的果子，将那枚品相还不错的柿子拿了起来，一抬眼发现玄悯始终在看着他。

“看我作甚？我脸上沾了果子汁水了？”薛闲将柿子塞进玄悯手里，有些茫然地摸了摸脸边。

玄悯忽然觉得，他之所以喜欢住在这远离尘嚣的竹楼里，似乎为的就是这么平静而闲适的一幕。

十年、百年，甚至千年、万年，怕是也不会厌倦。

过了几日，两人沿着浓白雾瘴朝山坳外头走时，玄悯豢养的黑鸟崽子正裹着翅膀缩在野林尽头，蔫头耷脑，似乎受了不少惊吓。

薛闲抱着胳膊，一身黑衣被山坳间的风吹得翻飞了两下，仰头看着枝丫间的黑鸟，头也不回地冲玄悯说：“这鸟崽子活了得有百来年了吧？是不是快寿终正寝了，怎么掉了这么些毛？”

他边说还边用脚尖扫了扫树底下的黑羽，啧啧两声：“要不过会儿顺道给它买些吃的，让它好好过完最后这些日子？”

黑鸟气了个倒仰，爪子没钩紧，当即从树上栽落下来，快掉进薛闲怀里了，才反应过来自己还会飞，连忙扑棱着翅膀扭头跑了，隔了老远荡了一圈，才又别别扭扭地绕回来。

鉴于它几近成精，薛闲觉得它应当是被刺激得掉了毛，至于这刺激究竟是惊吓还是担忧，那就连鬼都不知道了。

这一人一鸟不知为何，总是有些针锋相对的意思，可要真说关系不好吧，薛闲饿了的时候，这鸟崽子还会主动给他叼吃的。大约就是在那大半个月里，产生了一些相依为命又相互嫌弃的别扭情感来。

反正玄悯是不大懂，他冲黑鸟瞥了一眼，也不强迫，只说了句：“跟或不跟自便。”便拍了拍薛闲，示意他继续朝林外走。

黑鸟崽子犹犹豫豫地在后头盘旋两圈，最终还是扑腾着翅膀赶了上来，落在了玄悯肩头，细细的爪子蹦跶了两下，小心翼翼地蹭了蹭玄悯的脸。

“你倒是会占便宜。”薛闲斜睨了那黑鸟一眼。

黑鸟冲他嘤嘤叫了两声，又蹦跶到他的肩膀上，也蹭了蹭他的脸。

“还挺讲究公平，一个也不放过。”薛闲嗤了一声，倒也没在意，却见玄悯忽然抬起手，姿态熟练地钩着黑鸟的爪尖，将它从薛闲肩头弄了下来。

黑鸟：“……”

这下好了，蹭谁都遭嫌，两面不是人……哦，鸟。

黑鸟觉得自己好好一只灵禽，活得越发没有地位，当即壮着胆子，颤颤巍巍地用翅膀扇了他们一人一巴掌，然后愤怒地在天上盘旋起来。

它刚叫嚷没两声，就忽然变了音调，冲某个方向直哼哼。

薛闲和玄悯闻声望去，就见对面有一只灰色信鸽朝这里直扑过来。

玄悯抬手一扫，那只灰鸽便落在了他手上，两只细爪紧紧扒着他的手指，也不怕人，一副早已习惯的模样。

他将灰鸽腿上绑着的信筒解下，抽出里头卷着的信纸，粗粗扫了一番。

薛闲勾头看了眼信末的印章，道：“太常寺？”

玄悯“嗯”了一声：“你帮我交代过他们？”

信是太卜所写，上头没有多问一句关于两个国师究竟是何情况的话，反倒是认认真真地禀报了一番太常寺这些天的状况，以及临江百姓的安抚情况。所言井井有条，可见显然是有人同他们细致地做过交代。

那日江潮退去，雨过天晴后，大泽寺内、洞庭湖边、万石山旁以及黑石滩上所有被牵连进血阵的人，都陷入了精力耗尽后的沉睡中，虽然无性命之忧，但也人事不省。

薛闲趁他们昏睡之时，动了大部分人的记忆。这种事他研究得不多，毕竟他向来恣意得很，无所谓会不会被凡人看见，也甚少会用到这种手段，是以他没有精细地去给那些人编织假的记忆，只是简单地模糊了，让他们觉得自己只是做了一个有些惊险的梦。

唯独一个人，他并没有动手脚——正是在大泽寺内的太卜。

当日他抬脚进了大泽寺时，一眼便看见了地上血阵里那道突兀的截线，以及太卜落在截线末端的手指。

略微一想，薛闲便明白了这截线的来龙去脉，加之太卜一行人曾经在簸箕山下遇见过薛闲和玄悯，他们当日对玄悯的态度，包括一些眼神和细节，薛闲也多少看见了一些。

在玄悯的记忆中，这位太卜姑娘出现的次数不算多，但举手投足间都透出一股稳重之风，看得出是一位办事牢靠、顾全大局又未失本心之人。

所以薛闲对她的印象还不错，便干脆将她的记忆保留了下来。

不过，保留了记忆不代表薛闲没有在她昏睡之际动手脚，他借由梦境的形式，将需要处理的一些事情填进了太卜脑中，顺带解释了一番国师身份的问题。

有一个明白人善后，一切影响几乎都得到了妥善解决。

太常寺虽然直属国师，但并非大小事务一点儿不落地向国师请示，是以玄悯虽然大半个月才重活过来，太常寺还是回归了常态，几乎一切照旧，甚至还安抚了朝中众人以及各府百姓，及时刹住了各种传言。

玄悯对薛闲倒是毫不避忌，听了他的回答后，干脆将太卜传来的信直接递给薛闲。

这一切既然是薛闲所交代的，那么有始有终，信自然也该由薛闲来回，玄悯起初是这么想的。

于是他顺手折了一枝枯枝，捻抹了一下，枝头便渗出了一抹黑汁，如同蘸了墨的笔一般，接着从怀间摸出一张薄薄的符纸，递给薛闲，示意他回信。

薛闲叼着枯枝想了片刻，大笔一挥，毫不吝啬地在信上写了五个字：**好姑娘，有劳**。

玄悯接过纸来一扫，一脸平静地将信颇为讲究地揉了，重新摸出一张符纸，又从薛闲手中将枯枝抽了回来，言简意赅地回了几个字，除了保留了“有劳”二字，其他全然不同。

薛闲眨了眨眼，看着他面色平淡地做完这一切，忽然牵着嘴角笑了。

刚飞回来的黑鸟崽子“唉”地叫了一声，翅膀一抖，撞上了树，“噗”的一声落在了地上，翻着鸟眼，一副死不瞑目的模样。身后那只灰鸽吓得连声鸣叫，在枝丫间徘徊了许久。

薛闲见玄悯瞬间冷了脸，沉沉地笑了。

“对了，今儿个的饭钱你出。”薛闲大步流星朝前走，走出去一段后，又把双手背在身后，头也不回地冲玄悯勾了勾手指。

“……”玄悯颇为无语地看着他的背影，最终摇了摇头，跟了上去。

青天高远，山雾如云，林间飞鸟一点，老村炊烟数行。

他们走得不紧不慢，袍摆轻扫却了无尘埃。山道弯延，岁月漫长，停停走走便是遥遥一生了。

第十九章 人间事

又是一年兰秋时，七月流火，傍晚的风带了一丝丝微末的江潮凉意，驱散了前两个月余留下的燥热之气，倒是令人神清气爽。

卧龙县东边的胡瓜巷里，有一户人家张灯结彩，笑语不息，显得热闹极了。

这间宅子同其他人家都不一样，窄门两边堆着积年的石料，那些石料有些雕出了一点儿形，有些保留着原本棱角分明的模样，凑作一堆，瞧起来倒是不乱，甚至还有些别致。

窄门上头悬着两个新挂的红灯笼，灯笼上墨色淋漓，各写着一个大字：张。

住在这宅子里头的，正是卧龙县远近有名的手艺人石头张，今儿个是他六十寿辰。他这一辈子东南西北没少奔波，达官显贵也见过许多，日子过得绝不算差。

街头坊间有时候办个喜事，十分讲究排场。但石头张过寿却并没有大办，他一双儿女年纪不大，做事倒是稳稳重重，一大早便给街坊近邻送了白面寿桃，但一概不收寿礼。

真正的宴席只聚了自家亲眷，人不多，场面也不大，但都是亲近人，自然热热闹闹的。

不过场面不大，不代表宴席准备得随意。石头张特地砸了重金，请卧龙县天香居的厨子来掌勺，仔仔细细地准备了一整个下午，挑的菜品全是天香居的招牌。

石头张在厅堂里一共备齐了三桌，家里的亲眷连同跟他学了十来年手艺的两位徒弟刚好能坐满两桌，还有一桌则稀奇些，大小同另两桌一样，却只放了四张椅子。

临到傍晚时，石头张还让人搭了把手，在另外两张桌子与这一张之间架了一道屏风，显得颇为神秘。

更引人好奇的是，在着人摆放凉菜碟和消暑点心时，石头张特地叮嘱，素的放一边，荤的放一边，别搅混了。

毕竟都是自家人，对此举动并不介意，只是十分好奇地问了石头张两句。

石头张摆了摆手，简单解释道：“贵客。”

几近完满的圆月映上天边时，屋门被笃笃敲响了。石头张连忙迎出去，一看见屋外站着的人，便笑开了，颇为熟稔道：“廿七来了，嗞——我怎么觉着你又长高了一些？”

站在屋门外的人正是陆廿七，十来年过去，他早已不是当初那极其瘦小的模样，眉眼间依稀还留有曾经的影子，除了额心命宫处的血痣还在，其他都和当初区别甚远，高高瘦瘦的模样，倒是有些像曾经的江世宁，带着一丝书生气。

“是你又缩了一些吧。”陆廿七答道，“上回在李家铺子门口碰见你，你还没弓背呢。”

他说起话来依然凉丝丝的，乍一听有些戗人，但石头张这种听惯了的，则毫不介意。

“年纪到啦，做这种手艺活儿的，哪天不是弯腰低头的，我这背弓得还算晚呢，哪能跟你们比。”石头张摆了摆手，满不在意地拽着陆廿七往屋里走，“你拾的那一溜儿娃娃呢？”

“下午玩累了，歇得早，他们在这里也待不住，再过几年吧。”陆廿七回道。

兴许是因为陆十九就是被陆家老爹从山上捡回来的，陆廿七大一些后，在道边桥下偶尔碰见被丢弃的孩子，便会将他们领回来，教书认字。他这些年因为扶乩远近闻名，多几个孩子也不愁养不活。

原本石头张给陆廿七去请柬时，让他把那三个萝卜头带上，不过廿七婉拒了，那些孩子早年的性子还没磨转过来，防备心重，也格外怕生。

于是石头张也没有勉强，他是个碎碎叨叨的性子，喜欢管些闲事。起初看到廿七的回书，还有些担心这些孩子养不熟，不过他转而一想，便又放心了……

因为有陆廿七。

石头张这些年偶尔碰见陆廿七，都是诸多感慨。他几乎是亲眼看着一个略有些阴郁、防备心还颇重的少年，一点点长成现今的模样。

可见善意和温柔有时候是能代代相传的。

“他们还没来？”陆廿七一边跟着他往屋里走，一边抬头望了望。

他的双眸这些年也始终是这样，既不算全瞎，也没有好转。不过随着他扶乩之术日渐精通，这双眸子倒也妨碍不了他平日生活做事。

石头张也跟着他抬头看了看，摇头道：“可能还得等一会儿。”

庭院里其他张家人也跟着抬头，一脸莫名。石头张那一双儿女都来得晚，儿子大一些，已过了弱冠之年，只比陆廿七小那么两三岁，女儿却还是二八年华，正是鲜俏，万幸，生得更像她娘。

她抬头看了好几眼，终于还是忍不住拱了拱石头张，问道："爹，你总往天上瞧什么？"

石头张宠这女儿宠得没边，若是其他人问，他也就含糊过去了，小姑娘一问，他便没憋住，悄悄道："等那两位贵客呢。"

小姑娘问："……爹你又吃馊饭了？"

石头张哭笑不得："胡闹。"

陆廿七在旁适时地放冷箭："你这小女儿是个有福相的。"

石头张："……"这话我是谢还是不谢?

正说着话呢，天际突然有闷雷隐隐滚来。

庭院内的众人均是一愣，有人嘀咕道："这雷来得着实没有道理啊！怎的这么突然？"

"不管突然不突然，都是要下雨的征兆，先进屋吧。"有人招呼着。

石头张和陆廿七倒是同时仰了头。

"来了……"石头张颇为欣喜地低声说了一句。

当年石头张在黑石滩边保下一条命，醒来之后，他带着陆廿七同薛闲告辞回卧龙县，临行前，薛闲给了他们一人三张纸符，让他们若是碰见什么危急之事，可以写在纸符上烧了，他看见了可以帮一把手。

陆廿七回去之后，便将那三张纸符妥帖地收了起来，没有要用的打算。

而石头张这么些年也从未动用过那些纸符，头一回用，便是这次了。不过并非找薛闲和玄悯帮忙，只是十二年未见，请他们吃一顿寿宴而已。

市井坊间有个说法，说是六十岁寿辰是一定要好好操办的，毕竟有没有七十岁、八十岁的寿宴，那就不好说了。活一年少一年，有些故人再不相见，就该永别了。

不过石头张没这么丧气，他之所以挑这一年邀请，只是因为从这一年起，他那两个徒弟便出师了。从此以后他便不干雕镂的手艺活儿了，若是放在绿林间，这叫“金盆洗手”。

他耗费精力雕的最后两个物件是一组吉祥玉，前些日子刚完工，想借着这个机会以赠故人。

闷雷从天边一路滚来，最终隐在胡瓜巷末。庭中众人均有些心颤，匆匆回屋去了，石头张转头一声招呼，热腾腾的菜品便开始一道一道往桌上端。

时刻掐得刚刚好。

笃笃笃，敲门声旋即响起，石头张一如既往地搓着手抬眼，就见一黑一白两道身影正站在敞开的门边，穿着墨黑衣袍的那位敲门的手还没放下，表情很是闲散：“多年未见，你怎么越生越矮了。”

石头张：“……”得，多年未见，这祖宗还是这么会说话。

来人正是薛闲和玄悯。

他们一进门，石头张那小女儿就看直了眼。

屋门不算宽，薛闲和玄悯一前一后地走着。小姑娘呆痴痴地看着薛闲的脸，好半天后才揪着自家亲爹的衣服，转头说起了悄悄话：“爹，你不是说我出嫁得仔仔细细挑吗？你能帮我挑个这么好看的吗？”

石头张当即脚一软：“丫头，给你爹留条命行吗？”

薛闲那是什么耳力，虽是悄悄话，却听得一清二楚。被人夸了自然是舒坦的，他冲小姑娘一哂：“这小丫头是你家姑娘？生得跟山海棠似的。”

小姑娘被他嘴角的笑意晃得一晕。

薛闲刚走近，她又看见了后头玄悯的脸，还没缓过神来就又呆了。

片刻之后，她忍不住又揪了揪石头张的衣袖：“爹，这样的——”

石头张生怕她又来一句“这样的一样能嫁”这类的话，连忙截住她的话头，没好气道：“胡闹，莫要冒犯贵客。去去去，进去找你娘去。”

小姑娘又偷偷瞄了眼两位贵客，然后一步三回头地进屋去了。

屏风隔出来的这一桌，薛闲、玄悯、陆廿七、石头张，四把椅子将将好。

薛闲一坐下来，看见满桌的菜便是一愣，难得地冲石头张说了句人话：“有心了。”

这些菜不仅是按荤素摆放的，而且里头的每一道素菜、每一样肉菜都合在座几人的口味，当初同行途中，薛闲提过的每一道想吃的地道大菜都在这里，一样不落。

“还有这酒……我有个朋友，最擅长酿酒，这一壶是我从他那儿特地要来的，晚一点儿可就不剩了，都被抢完了。”石头张晃了晃自己手中的壶，又拍了拍旁边的酒坛，道，“多着呢，管够。”

如此这般，他也没忘记不喝酒的玄悯，着人上了一壶好茶来。

薛闲斟了一杯，闻了闻，果真酒香醇厚，仅是闻着便让人有些微醺之意了：“这酒叫什么？若是好喝，回头我可得讨要一些回去。”

石头张下意识地答道：“这酒啊，叫龙王醉。”

薛闲：“……”

石头张：“……”呸，让你嘴快！

他讪笑一声，连忙解释：“我那朋友随口叫的名，当不得真，当不得真。”

薛闲至今还真没醉过，听了这酒名当即嗤笑一声：“它倒是试试啊！”

这一试，就一发不可收拾了……

人家叫这名字，还真没开玩笑。

从石头张家出来时，薛闲看起来依旧丰神俊朗，肩背挺直，面色素白，上面一点儿红晕也没起，显得冷静极了。

他甚至还口齿清晰地跟石头张和陆廿七道了别，以至于连玄悯都没有发现问题。直到他沿着胡瓜巷长长的巷道走到头，趁着夜色浓黑，要变回黑龙带着玄悯乘风而去时，才终于露出了不同寻常的反应。

白雾一笼，他就地化作长影直飞冲天，气势汹汹地在云间翻了个跟头，还没直行呢，就又灰溜溜地原路冲回地面——浪荡过头，不小心把玄悯落在原地了。

“……你真的没醉？”玄悯看着薛闲晶亮的黑眸，略有些怀疑。

“哪能呢。”薛闲认认真真地摇了三下头，冲玄悯道，“你看我哪里有醉鬼的样子了？”

说完，他突然眯着眼睛笑了起来，奇怪道：“我怎么忽然有点儿热？”

玄悯：“……”没醉就有鬼了。

薛闲把自己硬生生喝成了一条醉龙，偏偏他还自觉清醒极了，非要拽着玄悯往云上蹿。

玄悯惯来由着他闹，也就真的乘龙而归了。路途之中某人就走岔了好几回，差点儿把玄悯带着奔去边塞，幸好玄悯方向感极强，及时制止，将他拉回了正途。

总之，原本十分平顺的路途被他走出了九九八十一难的错觉来，终于在天蒙蒙亮的时候看见了簸箕山的影子。

两人到家时，卧龙县的胡瓜巷里，酒醒了一半的石头张正歪歪斜斜地靠在门上，一把鼻涕一把泪地送陆廿七。

凡人之间的缘分总是这样奇怪，原本毫不相干，甚至走在街市上连招呼都不一定会打的两个人，忽然就因为意外牵扯到了一起。哪怕一路上相互之间连句正经话都没说，尽是挤对，但经历过生死，好像忽然间就成了特别的人，再过上几年，就顺理成章地成了特别的故人。

石头张也不知道自己在哭什么。那段经历鸡飞狗跳不说，还总有性命之忧，但兴许就是太过惊险了，以至于人生之中也就仅此一次，所以格外令人感慨和怀念。而见证了这些的故人，也是见一回少一回了，兴许哪天就再也见不着了。

陆廿七从没说过他一句好，临走前却忽然拍了拍他的肩，极为难得地说了句中听的话："哭什么，此生还有那么多年，此生过完了，还有来生。故人总是在的，至少那两位始终都在，兴许下辈子的某一天，你又碰上他们了呢。"

石头张流着眼泪号完，酒终于彻底醒了，他一边尴尬地抹眼泪，一边叨叨地冲陆廿七告了别。

清早的卧龙县并不算清静，江边总是有人声的，渔船或是客舟从不歇止，夹杂着街市里叫卖的摊点，显出浓重的人间烟火气来。

陆廿七一双半瞎的眼，虽然不至于让他磕磕碰碰，但是多少跟寻常人有些区别。他走路从不急躁，总是很慢，但又不是摸摸索索的那种慢，而是给人一种在认真走着每一步的感觉。

他慢慢走出胡瓜巷，依照寻常人的习惯，总是会在巷子头右转出去，沿着一条十分热闹的长街，走到对面坊区去。

长街上有远近闻名的酒楼天香居，天香居堂倌早上出摊卖的包子出了名地好吃。陆廿七听着那堂倌的叫卖，慢慢右拐出巷子，走上长街，走到了天香居楼下，给家里那三个捡回来的娃娃买了些包子和甜糕。

他本该继续沿着这条路走下去，毕竟这是离他住处最近的路。然而堂倌将包子和甜糕包好给他时，他却莫名地冒出了想换一条路走的念头。

这念头来得莫名其妙，也毫无预兆。一般而言，他管这叫直觉。

陆廿七是个体质带灵的人，所以极为顺应自己的直觉。他几乎没有犹豫，便干脆地转了脚尖，从天香居后头的一条斜巷抄过去，走了靠近江边的一条道。

这条道很荒，有些富贵人家，会将不要的草席或是发霉的被褥丢在这处一个江岸旁的荒土坡上。于是乞丐和流民便喜欢来这处转悠，拾走一些能用的东西。

一来二去，这里就真成了一个乞丐窝，不过这些年，乞丐已经少了许多了，流民更是没有了。这大清早的，仅有的那几个乞丐也不会攒聚在这儿，毕竟江风太大，他们会摸进街市乞些残羹或是善粥。

陆廿七倒是不在意这里窝过何人、丢弃过何物，他只是顺着直觉，走了这么一条路而已。

当他走到一处矮坡边时，忽然止住了步子，因为他听见矮坡边有细微而颤抖的呼吸声。

“谁在那边？”陆廿七问着，转脸看了过去。

兴许是他眼珠转动的感觉和常人不同，又兴许是他看起来文文弱弱的不像个凶煞人，这话问完又过了片刻，一个瘦小的身影才小心翼翼地从矮坡后头探出头来。

那是个三四岁的孩子，灰头土脸，身上的褂子沾着不少泥灰，又蹭破了些许，看起来像是被人丢弃的。

“你爹娘呢？”陆廿七问了一句。

那孩子乌溜溜的眸子盯着他的眼睛看了许久，又盯着他额上的血痣看了一会儿，软声道：“我没有爹娘。”

“那你怎么会在这处？”陆廿七又问道。

那孩子想了想还是摇头。

…………

陆廿七耐着性子问了好一会儿，却一无所获，就好像这个孩子是天生地养的，忽然出现在了这里似的。他这些年没少往家捡孩子，看见年纪这样小的，自然也没法儿不管不顾。于是他领着这孩子到浅滩边，帮他洗了洗脸上的泥污。

他正想说什么，却见洗完脸的孩子抬起头，怯生生地看着他。

这孩子皮肤其实非常白，只是被泥污遮了，洗干净才显露出来。那眉眼，恍然间同许多年前的另一个孩子有些相像。而真正让陆廿七说不出话的，是那孩子额头间的一枚红痣。

小小的、带着江水的湿气，正好落在命宫处，和陆廿七额上的一模一样。

陆廿七茫然地蹲在那孩子面前，看着他的额头，迟迟不知道眨眼。

“你怎么……哭了？”那孩子说话带着浓重的稚气，显得有些口齿不清，怯怯的，听得人心里又酸又软。

陆廿七眼睛恍然一眨，大颗的眼泪直接砸落在地。他吸了一口气，低声道：“没，我只是……高兴得有些忘形了。”

那孩子睁着乌溜溜的眼睛看着他，试着伸手用手指笨拙地抹了一下他的眼角，却差点儿戳到他的眼睛。

陆廿七却毫不介意，他用力眨了好几下眼，将不断泛上的水汽眨下去，用此生少有的温和语气问道：“我带你回家，好吗？”

那孩子问道：“会饿肚子吗？”

“不会，这辈子都不会。”

那孩子一本正经地“审视”了他片刻，像是在琢磨陆廿七这话可不可信。不过他实在太小了，着实琢磨不出什么复杂的，只看见了陆廿七手里的包裹，闻见了包子的香气。

于是他小鸡啄米似的点了点头：“好。”

我有所念人，隔在远远乡。[1]

十二年黄泉相隔，远远乡的故人终于还是回家了。

1 我有所念人，隔在远远乡。——白居易《夜雨》

人世间数十年的光阴说慢是极慢，诸如孤身一人站在山寺中时，每一弹指都像是一生，总也瞧不到尽头。但是说快又是极快的，转眼便是白云苍狗、东海扬尘。

大泽寺里的岁月总是这样时快时慢，以至于久了之后，同灯也记不得自己究竟在这里点了多少年的灯，只能通过身上偶尔出现的灾祸和痛楚来判断时日——

那人病了又很快好了；

那人躲过了一场灾；

那人这一世结束了。

人生在世，寿数总是难以说清的，有长有短，同灯替的是灾祸痛楚，而不是寿数。所以那人并非世世长寿，只是即便亡故也是无灾无痛，安安静静地闭上眼。

一世帝王，一世蜉蝣，一世乞丐，一世沙弥……

盛衰否泰总是交替的，所以那人自帝王之后，每一世的寿数都不长，不过短短百来年，已经几入轮回了。上一世的沙弥终究还是只活了三十余年，死时的病痛虽然全由同灯担了，但也仍是短寿得可惜。

不过这一世，落在那人身上的灾祸病痛似乎少得多了，以至于整整十六年，同灯只替他担过一回大一些的病痛，剩余的净是些小事，不足挂齿。

虽说灾祸少了是好事，但另一方面，牵连也跟着少了。

这十六年里，同灯在这大泽寺里待得快要入了定。若不是玄悯和薛闲时不时会来一趟，他怕是连仙都修了几轮了。

不过这些年，江松山倒是比以前多了点儿人影。因为自三十多年前黑石滩一战后，太常寺的太卜便知晓了大泽寺之于国师的意义，没过几年，江松山山腰处便多了一间独屋，门匾上盖了朝廷的印，专供守山人落脚。

守山人挑的是有经验的山夫，吃着一点儿薄俸，简简单单守一山太平。

他要做的事倒是不难，就是定时巡山，看着点儿路过之人，不让寻常人随意登上江松山。毕竟大泽寺内同灯偶尔会替人受灾，若是有人莽莽撞撞地上来，总有被牵连的危险；若是山中忽起雷火，便及时报给衙门，免得再烧一回山。

虽说是多了一个人，但实际上，守山人巡山也只是顺着山腰走，不会冒冒失失地顺着老石阶，去荒废的大泽寺转一圈。所以这守山人和同灯几乎是井水不犯河水，三十年下来，同灯也没见过他一回，只是知道有这么一个人。

某年早春，清晨的山间薄雾还未散，一个少年便背着一个灰布包袱上了山。暮冬遗留的寒气还未全消，山间更是阴湿，这少年却将袖子挽到了小臂，露出薄而精健的肌肉来。

他皮肤算不上白，一看就是从小干活儿在日头下长大的。他头发束得高高的，一丝不苟，筋骨间处处透着力道，浑身上下散发着少年特有的意气。

他是上一任守山人的儿子，现今上山，来接这守山的职位。

少年在山腰的守山房边停下步子，解下包袱进了门。他将包袱放在里间的床铺上，又扫了一眼屋内的布置，便熟练地收拾了一番，拎起屋里的木桶，背手关上屋门，朝山间深处走去了。

他本意是要去山溪那边打些水来，却在路过一条石阶时停住了脚。

这条石阶他是知道的，沿着它一路往上走，要不了多久就能登上山顶，传说中的鬼寺就在上头。不知为何，少年每回听人说起鬼寺，心里都会泛起一股说不清道不明的情绪。

他总觉得，很久很久以前，自己似乎越过数道山影，遥遥望过那座鬼寺，甚至看见过鬼寺里无声亮起的灯火。

但这是不可能的，毕竟他所住的地方在县城边郊，并不在山头上，怎么也不可能看见那样的场景。况且不知为何，每每想起鬼寺，他总有一种不知来由的感慨。

现今他就站在这石阶前，那种莫名的感触更是来得突然。

少年只略微犹豫了一下，便干干脆脆地抬脚上了石阶。传闻这鬼寺已经荒了数百年了，从未有过人，沉静而孤寂。他越往山顶去，周围便越发安静。

若是寻常人，怕是要觉得有些瘆得慌了，可他却连半点儿怯意也没生，一步三阶地登上了顶。

大泽寺比他想象中的要完好得多，但也荒得多。

完好是因为前殿和宝塔几乎看不出有被烧过的痕迹，就连寺门也是好好地伫立着，只是满含风霜；荒则是因为前些天冬意还未散尽时，下过一场雪，县城里人来人往，积雪倒是早被踩没了，可这山寺里却依然存留着一片茫茫然的白，那种孤寂感便更为深重起来。

寺门半开着，少年在门外略微张望了一下，却并没有看齐全。他也不知自己是出于何种想法，鬼使神差地伸手推开了寺门。

吱呀——

寺门发出一声老旧得令人牙酸的声响，门内的一切便毫无遮挡地落进了少年眼里。

少年当即便愣住了，面色微愕地看着某一处，半天没能说出话来——

他看见古寺宝殿长而空荡的台阶上，正静静地站着一道人影，高而瘦，一身白袍纤尘不染，在旷远寂寥的茫茫雪色中，显出一种百年孤寂来。

“你是……”少年回过神来时，发现自己居然已经在不知不觉中走进了寺内，站在了台阶下。他抬头看着那道白影，双眉微蹙，疑惑道：“你是谁？怎会在这鬼寺之中？”

那一身白袍的人恍然一愣，盯着少年的眉眼，似是明白了什么又似是犹疑：“你能看见我？”

少年犹豫了一下，点了点头。

这一年是癸卯年，距离那沙弥过世整整十七年，距离黑石滩一战整整三十七年，距离同灯圆寂已是百余年之久。

枯坐总有尽时，知己终能重逢。

远处天边几道白光闪过，隆隆闷响顺着天际滚滚而来。这年的第一声雨雷来了，山花烂漫的盛春自然也不远了……

千里之外，徽州府宁阳县内最有名的食肆里一如既往地客满为患。

刚布完雨的薛闲和玄悯站在门口，扫量了一眼便进了店。

半个时辰前，薛闲还在江对岸布雨。只是他布完雨之后略有些犯馋，心血来潮之下想吃“桃脂烧肉”，玄悯对他的要求向来没有异议，于是两人便乘云千里来到了这家九味居。

薛闲进店时冲玄悯道：“当初我落脚在宁阳县时，见天吃的都是这家的招牌。不过那时候不方便动，都是江世宁那书呆子帮我来买，不知道三十多年过去，那几道菜的味道变了不曾？”

玄悯瞥了眼屋外支出的早点摊，“嗯”了一声：“我记得这里。”

“欸？你也来吃过？”薛闲一愣。

“当日我去江家医堂捉你，正是应了这家食肆的堂倌所求。”玄悯淡声解释道。

活了千百年，若是事无巨细都记得清清楚楚，那脑子早就不够用了。薛闲向来只记得有些特别的人或事，就好似他记得当初玄悯是怎样将他从江家医堂偏屋的地上铲起来的，也隐隐记得出门时碰上了衙门的人，却想不起来当初在场的还有哪些杂人了。

被玄悯这么一提，他才有了些依稀的印象，顺口道：“好像是有那么个人，记不大清了。”

这家九味居的小二倒是十分热情，一见两人进店，也不说客满了，只笑脸盈盈地冲他们说九味居一切吃食都能装好了带回去，若是不介意，倒还有两桌客人少，可以合坐。

薛闲和玄悯所住的竹楼同这里怎么着也隔着大江，少说也有近千里，带着食盒上天翻腾一圈那也太不像话了。是以薛闲用眼神向玄悯这讲究人征询了一番，而后大手一挥，冲小二道：“无妨，合坐吧。”

“好嘞！怠慢了二位，咱们老板和老板娘说了，合坐的银钱减半。”小二笑眯眯地领着两人走到一张桌边。

这桌客人确实少，只有一人，生得白白净净，一副书生模样，但看衣着，至少是个小富人家。

约莫是薛闲记忆中留有印象的书生不算多，熟的更是少之又少，所以他看全天下的书生，都觉得有江世宁的影子。

这不，他转头冲玄悯道："这人长得倒是有几分像那书呆子。"

又来了……

玄悯颇为无语，示意他赶紧坐下别傻站着。

那书生的菜刚上了一样，见他们坐下，颇为友善地冲他们笑了笑，又抬手指了指自己那份陶罐烧鸡，冲二人道："坐一桌也是缘分，不妨一起吃。"

他笑起来更有江世宁的影子，薛闲便不认生地同他聊了起来。

这两人旁的不说，在吃上着实所见略同。小二陆陆续续上齐了菜后，两人均是失笑，因为两人点的菜式一模一样。

"当真是有缘了，实不相瞒，在下刚看见二位，就觉得有些面善。"那书生温和地笑了笑，道，"好像见了故人似的。"

薛闲一愣，转而和玄悯对视一眼，又看向那书生，勾着嘴角道："巧了，我们也觉得你像一位故人，兴许上辈子是旧交呢。"

…………

这顿饭吃得薛闲身心愉悦，临走时还给书生留了三张纸符，说是以后若有需要帮忙之处，即招即到。

直到回到竹楼，薛闲嘴角还带着一抹浅笑。

"你看见他的面相了吗？"他冲玄悯说道，"这一世是个有福之人，长命百岁。"

玄悯在这种时候耐心极好，听着他絮絮叨叨地说了半天，又看着他恣意的笑，点头"嗯"了一声。

这天玄悯莫名地了无睡意，翻着书卷直到半夜才有一番浅眠。

都说浅眠之中最易陷入纷乱的梦境，玄悯恍然间觉得自己又回到了竹楼地下的石室里，薛闲站在他身边，离他近极了，眯着眼说道：“你亏欠我良多，如今我只需要你一点儿心头血，你给还是不给？”面色冷然之中透着一股邪气，还有一股深沉的恨意。

他闭了闭眼，没有让开，任薛闲咬透了他的皮肤，吸进去一口血。

薛闲重新站直身体时，带着恨意的嘴角还沾着一丝血迹，在他素白的脸上显得突兀又刺眼。

玄悯倏然睁开眼，就见梦中之人正支着头看他，梦中的邪气和恨意全然不再，甚至嘴角还抿着一抹笑。

“做梦了？”有人低声问了他一句。

他愣了一会儿，终于还是反应过来，自己又梦见曾经的心魔了。

这心魔自从黑石滩一战后，始终跟着他，时不时便会在他毫无防备时冒出头来，静坐时有之，调养时有之，小憩时亦有之，约莫是一种深重的后怕。

不过三十多年过去，这心魔终究是出现得越来越少了，近几年更是只有寥寥数次，兴许再过上一两年，就真的再也不会梦见了。他像是一个后知后觉之人，花了如此久的时间，终于要从那些放不下的愧疚和惦念中走出来了。

玄悯看了薛闲片刻，道：“无事，已经醒了。”

以后应该也不会再梦到了。

落在窗边的黑鸟突然叫了一声，薛闲循声看了过去，那胆肥的黑鸟居然像人一样，冲屋里的人活灵活现地啐了一口。

原本还懒懒散散的薛闲当即来了精神，抬手一指那黑鸟崽子，没好气道：“胆子肥了，敢啐人了，你再来一声试试，保管今晚吃上烤鸟肉。”

黑鸟：“啐！”

而后忙不迭地吱哇叫着滚远了，仿佛慢一步就要没命似的。

薛闲：“……”

玄悯倚墙而坐，安安静静地看着某人一本正经地同鸟吵了一回架。

于是薛闲一回头，就看见了玄悯一弯便收的嘴角。

他当即一愣："你方才是不是憋不住笑了？"

玄悯面色淡然，八风不动："不曾。"

薛闲瞪了他一会儿："我看见了！"

玄悯依然八风不动："看错了。"

薛闲："……再笑一个？"

玄悯一声不吭地帮薛闲把衣服拉好，面色平静地下了床，收拾了一番，又转头问薛闲："去大泽寺吗？"

"去个鬼！你先笑一个。"薛闲一边说着一边忍不住下床与他逗嘴，正闹着，那逃命去的黑鸟崽子又回来了。

这次黑鸟带回来了一只信鸽，鸽子腿上一如既往地绑着太常寺的来信。

玄悯展开薄纸，细细看了一遍。

薛闲凑过去，问道："又出事了？"

这些年玄悯有意将国师这个职位从朝堂中淡化出来，毕竟过于依赖一人之力，总是不妥当的。更何况真想救世，不一定非要有如此虚位。

太常寺的来信已经不像从前那样频繁了，这一次只是太卜算了今年凶吉，例行公事报给他而已。

玄悯合上薄纸，淡声冲薛闲道："无事，又是个丰年。"

在这熙熙尘世间，所求不过如此，债必偿，恩必报，诺必践，情必守。

风调雨顺，山河长安。

此生便算是了无遗憾了。

这一年的孟夏热得格外早，雨水也比往年丰沛，见天地往下落，一天能下三回，也没个消停。

县城里石板官道潮得快，干得也快，倒没什么影响，但山里就不行了，落脚之处皆是湿泥，有些凹处干脆“烩”了泥汤，踩一脚能滋一脸泥浆子。这种日子还没事往山上跑的人，脑子大抵有点儿病。

比如江松山上的几位。

“最后一回。”同灯背手站在大泽寺主殿门边，盯着玄悯往薛闲身上拍净衣符，“明儿个可别来了，好歹给我留一日清静。”

薛闲扭头看了看自己薄衫后头，一边伸出一条腿让玄悯扔符，一边冲同灯道：“我来也不是看你的，我来守我的枇杷，就这几天差不多该熟了，我怕你馋了偷摘。”

同灯这辈子行事克谨端方，飘荡世间这么多年也没有过“馋”的时候。

冷不丁被这祖宗泼了一桶污水，简直要气笑了，他转头就冲玄悯道：“你管不管？”

玄悯：“……”

能管还有今天？

玄悯对这种情景早就见怪不怪了，他面色不变，夹在两人中间也依然是一副八风不动的样子，给薛闲去着身上的泥点子。

这祖宗来时风风火火的，也不看着点儿路，等进了大泽寺院门的时候，袍摆上溅的泥斑能凑一幅孔雀开屏了，被玄悯拎着袖子在门口一顿清理。

“欸，差不多行了。”薛闲抬着胳膊自己转着看了一圈，“我这袍子薄，再这么揪来拉去的就该烂了，你们师徒俩怎的这般穷讲究……”

“别乱动。”玄悯淡声道。

同灯一扫袖摆，扭头就进屋去了。

薛闲感觉自己被净了个纤尘不染，啧了一声。他怕白瞎了玄悯一番力气，迈门槛的时候还纡尊降贵地提了一下袍摆，抬着脚比画了一下高度，免得刚弄干净就又扫上尘泥。

玄悯落后一步，无语地看着他霸着门槛不落脚，顺手拍了他一下，示意他别比画了赶紧进屋。

薛闲斜眼看他：“你拍哪儿呢？”

“你俩是打算站那儿唱上一出戏吗？”同灯在蒲团边盘腿坐下，面前搁着一张桌案，上头铺着软白的纸，字刚写了两行。

薛闲懒懒散散地走过来，站在桌案边歪头看了一会儿：“又给那小黑皮默书哪？”

同灯“啧”了一声，提着笔看他：“小黑皮？这会儿又管云洲叫小黑皮了，能正经叫一回人吗？”

薛闲：“不。”

同灯："……"

这祖宗口中的小黑皮，就是江松山现今的守山人。他刚上山的时候，还是个十六七岁的少年，连个大名都没有，而今也至弱冠了。云洲这个名字，还是同灯给他取的。

自打跟同灯熟悉起来，他每日巡完山便会在大泽寺里待着，有时候跟着同灯学写字，有时候会给同灯煮上一小壶茶，跟他聊一会儿天。同灯喝不了茶，但是爱闻茶香。

一来二去，连带着跟薛闲和玄悯也相熟了。

薛闲在袖子里摸了一会儿，摸出一块上好的墨锭，搁在了桌台上："我看你那墨条也用得差不多了，给你又捎了一块来。"

同灯捏着墨锭翻看了一番，点头："好墨，去守你的枇杷吧。"

薛闲拽着玄悯绕过佛台到了主殿后门。

门外的院子里原本种着不少树，到了这季节浓荫如盖，能避些暑气，可惜都在当年的大火里变成了枯木桩子，支棱在泥里，看着格外凄荒。

年前，薛闲也不知是喝酒上了头还是嗑错了药方子，心血来潮馋起了枇杷。他们住着的竹屋边雾瘴太浓，试了两回没能种成，他便撺掇着玄悯在大泽寺种，反正大泽寺快成他俩的避暑山庄了。

玄悯对薛闲向来是纵着的，转头就去弄了一株枇杷树种来，栽进了院里。

同灯当时瞥了一眼，只说了句"挺好"便没再多言，毕竟那树种苗子太小，等长大结出枇杷不知得费多久的工夫，那俩爱折腾就折腾去吧。

结果这事儿也不知触到了云洲哪根筋，没隔几天，他就一声不吭地从山窝里弄回来三株野枇杷，绿荫成盖的那种，也默默地种在了后院。

野枇杷本就命硬，尽管他们几人没怎么管，也兀自繁盛起来，刚一到季就结满了果，由青转黄，一日比一日丰硕。

薛闲自打枇杷冒头起，就拽着玄悯天天来守，一直守到了枇杷将熟。

同灯活这么多年没见过这样的馋鬼，偏偏是条惹不起的真龙，还偏偏叫他徒弟给招回来了，着实是孽缘。

同灯重新提起笔，正想把这段书默完，大泽寺的院门又是“吱呀”一声响。

他叹了口气：今日这书是别想默全了。

不用抬眼，他也知道进院门的人是谁，但他还是抬眼看了过去。

就见云洲把院门从里头锁好，转身朝主殿走来。这些年他的个头儿蹿得很快，抽条拔节似的长着，身形越发挺拔，薄衫的袖子挽了起来，露出来的手臂覆着一层紧实的肌肉。

他其实并不黑，顶多算是麦色，却生生被薛闲那祖宗叫暗了好几层。

“天阴了，过会儿又得下雨。”云洲进门的时候，随口抱怨了一句，就像进自家大门一般自然。

同灯应了一声，再度试图提起笔，然而这次他自己顿住了动作，他转头看向云洲：“你拎了个什么东西上来？”

“茶。”云洲抬高了手里的东西给他看，笑了笑，“还有酒。”

他这不经意的动作和许多年前的某个故人一样，看得同灯有些恍惚，下意识地回了一句：“又要骗我喝两口？”

云洲弯腰把茶搁在桌案上，顺口接了一句：“骗什么，这也不是秋露白。”

这话说完，他自己先是一愣，然后抬眼看向同灯，发现他也有些愣怔。

同灯张了张口：“你……”

云洲有一瞬间的茫然，然后迟疑道：“我也……不知道为什么会说这个。”

同灯“哦”了一声，笑了笑：“罢了，茶摆着，酒拿远些，别碍着我给你默书。”

云洲点头，他撑在桌案边，看着同灯落笔写了几个字，又忍不住摸了摸脸问道：“我的字……长进了吗？”

同灯瞥了他一眼，又继续落笔，道：“长进了，好歹从趴着爬变成跪着爬了。”

云洲：“……”

同灯没看他，嘴角却带上了笑。

云洲叹了口气，拎起那小壶的酒直起了身，绕到后门看了眼。

薛闲正抱着胳膊倚着门，一边盯着枇杷一边和玄悯低声聊着什么，看见他来了，抬了抬下巴：“刚才还说你呢，你拎的是什么？酒？”

云洲冲他们举了举手里的壶：“我早上摸了一下枇杷，熟了，你们摘了刚好下酒。”

薛闲眨了眨眼：“我倒是头一回听说用枇杷下酒的。”

云洲拎着酒壶又隐到了佛台后头，约莫是放下酒去跟同灯学写字了。

薛闲鼻子很灵，酒没了香气还在，伸着脖子嗅了两下，被玄悯制止：“枇杷随意，酒不行。”

薛闲眯起眼看了他一会儿，歪歪斜斜地倚着门扭脸就朝里头喊：“你徒弟反了天了，不准我喝酒。”

同灯正跟云洲讲着字呢，头也不抬地回了一句：“与我何干？”

薛闲也就过过嘴瘾，没指望他能说出什么人话来。他转回头来，问道：“酒为何就不行？”

玄悯把他蹬鼻子上脸的爪子抓下来，平静地数着：“上回，你喝了一坛罗浮春，把我拽上了太行雪峰；再上一回，你喝了一坛半竹叶青，落进了东海；再——”

“别再再再了——”薛闲没好气地拽了他一把，而后迅速板着脸一本正经地倚回门边。

玄悯：“……”

薛闲把他的脸转了个方向，抬手一指院里：“别看我，看那里，落雨了。”

玄悯叹了口气。

外面当真落起了雨。

孟夏的雨不带云雷，细而稠密，落下来的时候带着沙沙的轻响，显得整个人间都慢了下来，沉静安稳。

县城里叫卖的堂倌忙着把摊上的东西往酒楼里搬，往来的行人抬手掩住了头脸，宅院里妇人收起竹架上晾的衣裳。

村落里的鸡鸣狗叫声都在雨里变得悠远起来，还有嗒嗒的马蹄声响在官道。

佛台后头，同灯和云洲的浅谈偶尔会传过来，隐隐约约的，听不清内容，但无非是些人间杂事。

玄悯看了眼院里的果子，薛闲守着它们小半个月，这会儿被雨一洗，个个都变得油亮澄黄，鲜活地挂了满枝。

他眸光一动，再落到薛闲脸上时，薛闲正翘着一边嘴角在笑。

人间最好的日子大抵如此了。

枇杷细雨，盛世太平。

对凡人而言，最好莫过于无病无痛寿终正寝。若是活够了年岁，还能称一句“喜丧”。

市井间常流传一种说法，说是人到了将尽之时，自己心里都是有数的。除此以外，还有一种人对此类事情也格外敏感。那种人天生带灵，隐于坊巷之间，常做卜算与扶乩。

比如陆廿七。

石头张过完八十八岁寿辰没多久，陆廿七便有了些许预感，去了一趟张家。

他说话直接惯了，学不会委婉，但看着窝靠在软榻里老态尽显的旧友，还是努力说了句好话：“你……这些天精神倒是不错。”

石头张咧嘴笑起来：“老啦，这回是真老啦，黄土埋到这儿了。”

他嗓音没了当年的中气，十分轻虚，动作也慢。话说完了，手指才抬到眼睛，打横比画了一下：“快到顶了。”

陆廿七说："也不至于。"

石头张还是乐呵呵的："怎么不至于？不至于，你会突然跑来看我？明明前些天刚在寿席上见过。"

陆廿七说："顺路经过，便进来了。"

石头张回嘴："骗人。"

陆廿七："……"

石头张说："你可蒙不着我，我有数着呢。"

他面上不见难过，还屈着指头数："都说七十古来稀，八十就是……上回寿席上那书生说什么来着？他们念书人的说法——"

"耄耋。"陆廿七道。

石头张连连点头："对对！耄耋，八十便是耄耋。我还又过了八年，别说这胡瓜巷了，就是放在整个卧龙县，也是掰指头能数的，够本了。"

这倒是实话。

石头张说着又乐了几声，然后摇了摇头叹道："不过还真是……八十八年啊，也就是一晃眼的事。"

话都说到这份儿上了，陆廿七也无甚好遮掩的。他本就是预感到了石头张时日无多，来看看的。

他问石头张："那你还有未尽之事或是未尽之言吗？"

石头张摆摆手："到了我这年纪，见天干不了别的，净琢磨这个。要说的话早说尽了，要见的人这两年也挨个儿见几轮了。"

"要说未尽之事……"石头张停下来，似乎在回想。

但他年纪太大了——眼皮上的褶皱垂坠着，乍一看，仿佛是说到半途睡了过去。

陆廿七久久不见动静，有些心惊。他一压袖摆，伸出一指就要去探探老友的鼻息，结果被石头张一巴掌拍开。

"就算时日快到了，也没这么快。"石头张没好气道。

陆廿七说：“……那你也别一动不动。”

怪吓人的。

“我八十八了，动什么？我就是在琢磨那憾事呢。”

陆廿七问道：“当真有憾事？”

“有吧。”石头张叹道，“我当年其实是想给那两位雕两尊像样的玉石像的。”

像他这样的手艺人，总有些如此这般的讲究，这是他能送的最郑重的礼了。

“但那时候年纪已经上来了，雕大件力不从心，若是雕坏了，又有些辱没贵人。大师还好说，依那位祖宗的脾气……”石头张摇头直笑，“总之，最后退而求其次，雕了一块吉祥玉。”

“哦，我记得那玉。”陆廿七道，“你六十寿宴上送他们的。”

“当时觉得那也是个好彩头。”石头张说，“这些年琢磨琢磨，又觉得还是有些遗憾的，我雕吉祥玉作甚呢，雕两尊丈八神像多气派！还显我手艺。”

陆廿七淡淡道：“那你雕。”

石头张：“……”

“我刻刀都拿不动了雕什么雕！”石头张啐道。

他向来看得开。

没等陆廿七开口宽慰，石头张自己又说道：“不过人这一辈子哪能一件憾事都没有呢？有这么个事惦记着也不算坏。指不定下辈子再碰见那两位，还残存点儿余缘呢。”

他这辈子尚还有些日子，就已经开始操心下辈子了。

陆廿七着实佩服，便道：“就当是吧。”

“那你想再见见他们吗？”陆廿七边说边摸排着手里的木枝，算着那两位如今的行迹，“他们应当往北边去了……”

石头张却摆手道："犯不着扰他们。"

正是有那两位在，他才常宽慰自己，死生之事也没那么可怕。换一番天地，兴许还能以另一种模样重遇故人。那不就如同他乡遇故知一样，是喜事啊。

既然是喜事，便不必弄得那样凄凄切切。

陆廿七应承下来，于是石头张心满意足。

他走在那年孟秋。

挑了个风轻云淡的良日，在睡梦中落叶归根去了。

十五年后，江州城外。

玄悯一身云雪白衣，落在通往临江一带的官道边上，腰间的铜钱坠子当啷轻响。

他两指一扫，正要拂去衣衫上沾染的尘烟，就见袖摆一阵轻动，一个指节大小的黑龙脑袋顶开布料，从他袖里伸探出来。

不是那姓薛的祖宗又是谁。

手绳似的黑龙身体还缠在玄悯手腕上，独独支棱着脑袋引颈张望，四下扫看一圈，纳闷道："陆廿七那小子的扶乩之术退步了吧？唠叨好几天了，让我往南走、往南走，说能碰到老相识。老相识人呢？这官道上来来往往的人，愣是不见一个熟脸。"

这祖宗抱怨着，又嫌玄悯垂着手视野低，翘起尾巴啪啪拍了好几下，支使道："你抬一下手，我看看远一些的地方。"

他等了片刻，没等来玄悯抬手，倒是等来一根手指拨了拨他的脑袋。

薛闲懒洋洋的倒也没让，只是"啧"了一声，心说光天化日拨弄我，成何体统。

玄悯道："往来百姓不少，举止不便太过怪异。"

薛闲想了想，觉得好好行在路上，骤然举高一只手确实有些引人侧目。他便纡尊降贵地老实下来，道：“行吧，那你往远处看看，有脸熟的人吗？”

“不曾见到。”

“难不成要再远一些？”薛闲直犯嘀咕，“可再往南就要进江里了，我跟鱼叙旧去？”

玄悯瞥了袖间那脑袋一眼，正要张口，就听那祖宗自己道：“鱼也不见得敢搭理我。”

玄悯：“……”

倒是颇有自知之明。

祖宗又道：“好个陆廿七，敢戏耍我？胆肥了。”

其实陆廿七着实有些冤。他原话里压根儿没提什么“老相识”，只说往南边来，在这临江一带还存留着一些残余旧缘。至于具体在何处，又是何人何事，不到碰见的那一刻谁都不知。

卜算扶乩向来如此，话语总留着三分白。照理说他们也不是第一次听，应当比谁都清楚。

可惜这祖宗从来不照理来。

他自己近两日得了空，拿这话当由头拽着大师出门消闲。这会儿找不见所谓的“残余旧缘”，便理直气壮地怪到了陆廿七身上，愣是给人家扣了个“戏耍”之名。

得亏陆廿七不在，否则听了这话得呕血二斤。

时值寒冬，临江一带湿气重，尤其这岔道一路往山上去，扫过来的净是白毛风，更高处的山道野林里还笼着冷雾。

这本不是个宜出门的日子，但岔道上却没断过行人。听口音应当都是近处的百姓，他们裹着厚厚的袄子，有些怀里还揣着个碗，三三两两地绕山而上，没进雾里。

这让薛闲很是好奇。他这会儿形态不便，细细一条缠在玄悯的手腕上，稍稍一动就被滑落的袖摆遮了眼，又得重新将布料顶开。一会儿看前，一会儿看后的，

可把这祖宗忙坏了。

玄悯抬指碰了碰他，沉声问："要化人吗？"

"不。"薛闲脖子都转累了，打了个哈欠懒洋洋往玄悯手腕上蜷，"袖里多舒坦，不费腿脚，还暖和。"

他自己缩回去了，还不忘戳着玄悯支使道："快问问，他们上山捧着碗作甚。"

玄悯不轻不重地捏了一下那恼人的尾巴尖，拂袖去问了一个行经的路人。

路人见他眉目清俊，气度渺然出尘，下意识地拘谨起来，捧着碗还不忘行礼，这才答道："山上庙里放福粥呢。"

玄悯问："福粥？"

路人点了点头："是啊！这不是入腊月了吗？今年冬天又格外寒，来替家里老人、小儿讨个吉利。"

民间有一种说法，说老人、孩子只要熬过冷冬，这一年就能身体康健、平平安安。于是便由此生了许多热闹节庆，放灯的、扎绳的，还有去各家寺庙里赶冬天头一炷香的。

但放"福粥"在这一带还是头一回见。

薛闲老神在在地趴蜷在玄悯的手腕上，听了个一清二楚，顺口道："这是哪家庙里出的主意？有点儿意思。这福粥放多久？"

路人张口便答："据说是整个腊月。"

答完他才后知后觉地发出一声："嗯？"

路人左右找了一圈，见四下无人，只觉得头皮发凉，连忙往玄悯身边缩了缩，问："大师……方才可有听到一句问话？"

玄悯："……"

玄悯："听见了。"

他说着抬起另一只手探进袖里，屈指笼住了某位的头。

路人又瑟缩了一下："大师，那声音是不是又'啧'了一下？"

玄悯："……"

玄悯："是。"

路人的嗓子都有点儿劈了："这深山老林的，那……那……那声音谁发出来的？"

玄悯轻叹了一口气："我。"

路人一脸惊恐地看着他，然后连滚带爬地跑了。

有些龙……论岁数千年不止，却就好以这种小把戏吓唬人，屡试不爽，数十年都玩不腻。

薛闲和玄悯原本是没打算上山的，但听了路人的一席话又临时改了主意，打算上去看一眼是哪路神仙如此有心。

毕竟这福粥的名头是"讨个吉利"，山下百姓谁都能去尝上一碗，偶尔有饿着肚皮的流民混杂在其中，也能少几分局促窘迫。

他们到了山上才发现，那座面朝东江的小庙供着的并非哪路神仙。庙门前的牌匾上写着几个字——李善人庙。

那庙占的地方并不大，更像坊间家宅，也就是一间供着石像的正堂和两间侧屋，环抱着一方庭院。

庭院里有一株很是漂亮的老树，看那盘根错节的模样，少说也历过数百年风雨四季了。那老树上挂满了红色的笺符，薛闲借着在袖里方便，扫看了几个，多是求保姻缘的桃花笺。

系笺的丝线也是红色，长长短短地披挂下来，有些年代久远褪成了薄粉，有些则正鲜艳。乍看上去，像笼了一树的人间风花雪月。

而盛着福粥的桶锅就支在老树荫旁，摆了一排，尽散着腾腾热气。

来讨吉利的人着实太多，庙宇内外都乌泱泱的。那粥桶转眼就见了底，眼看着要空了，又会有人及时把空锅搬开，再抬一锅新鲜热乎的过来。

照这架势，真要放到腊月底，是笔大花销呢。薛闲伸头环顾了这小庙一圈，若有所思。

庙里的看香人见玄悯立在人群之外，便迎了过来。他本想照例问一句“是来尝福粥的吗？”，但眼前之人不论身姿气度都不染俗尘，总而言之，长得就不像个需要吃饭的。

也不像是来上香的。

更不可能是来挂姻缘笺的。

看香人咕咚一下，把惯常问话全咽了回去，瞬间就不会说话了：“大师来此是要……呃……啊？”

没等玄悯张口，袖里那位就已经发话了：“我们来进些香火钱。”

看香人正懊恼自己嘴拙呢，这会儿被一句话救了场，连声道：“哦、哦、哦，原来如此，有心了，感激不已、感激不已！那请大师往这边来。”

他甚至没注意到玄悯压根儿就没动嘴。

直到他挤过人群，把玄悯请到正堂，这才慢半截儿地刹了步子：“们？大师您方才说我……们？”

“们”在哪儿呢？

看香人茫然极了，毕竟左看右看玄悯也是一个人。他试探着问：“您还有同伴在庙外？”

袖里那位的皮劲又冒了头：“那倒没有，都进来了。”

这个“都”字让看香人的腿肚软了一下。

要不是常年居于庙里，此时堂外又满是鲜活百姓，看香人就要跑了。

他瞄了玄悯袍底好几眼，确认这大师真的有脚、有影子，这才镇定一些："我们这儿进香火是要记入名册的，今儿个月初正要换新册，大师在此稍待片刻，我去拿来。"

见看香人走了，薛闲伸头出来张望："功德箱居然没有搁放在显眼的堂前。"

好像生怕别人往里多投似的。

玄悯绕到石像后侧才找见功德箱，薛闲道："你走近些，手抬到功德箱的箱口上。"

这祖宗是一步都懒得挪，就像当初使唤玄悯将他搬来抱去一样。只不过那时候还偶尔有些无奈的意思，后来就不同了——

玄悯的腕间真是个好地方，夏日纳凉，寒冬取暖。

他盘蜷得心安理得。

玄悯抬手搭在功德箱上，如云的广袖滑落，刚好笼住箱口。

薛闲满意得很，当即翻卷了一下，开始在身上掏找金银钱财。

玄悯的袖袍轻而薄，就见布料之下那个细细袅袅的轮廓摇头摆尾，时不时卷着他的手挪位置。

过了片刻，那祖宗约莫是弄齐了。

就听咣啷好一阵响，银钱落进功德箱的声音听起来像是往里倒了一大袋。

玄悯："？"

说来他其实疑惑很久了，这祖宗连衣袍上多个兜袋都要嫌弃许久，觉得拖拖挂挂丑极了。他出门也从不肯带碍事的腰袋、袖袋，还时常变成这不足巴掌长的模样，究竟哪来的地方放这么多东西？

薛闲忽然感觉罩在顶上的袖摆被掀开了一边，接着玄悯的手指就伸了过来，轻轻地拨了拨他的软鳞。

怪痒的。

黑龙翻卷了一下："作甚拨我，没掏完呢。"

玄悯垂眸看了他好一会儿，弯着的指节碰了碰龙颔："那你继续。"

他说着抬了眼，刚巧看见功德箱旁边立着石碑，碑上刻写着这李大善人的生平。

原本他只是随意扫看，扫过其中某句时微微露出了一丝讶异。玄悯又拨了拨忙碌的某人，问道："这位李善人你认识？"

薛闲心说这又是哪来的谬言，结果抬头一看，就见那石碑上认认真真地记述着一句话，大意是"李大善人年轻时还同真龙有过一番逸闻趣事"。

"嗯？"薛闲当即道，"胡说八道，一方小庙的碑文居然编派我！我何时见过这位李大善——"

他支着脑袋正要骂人，忽然瞥见了碑文上的另一行字。大意是说这李大善人年轻时候爱听戏也爱写戏文，盘了一栋戏楼，请了个戏班，天天唱他自己写的戏文。

"嗯？"薛闲顿了一下，片刻后拖着调子"噢"了一声。

"我想起来了……"他说。

玄悯问："当真认识？"

薛闲道："倒也不算认识，但确实有点儿瓜葛。"

他指着关于戏楼的那行字道："这李大善人当年瘾大，放着那么些个现成的民间故事不写，非要在戏文里写真龙化形，给我安了一堆酸了吧唧的东西，那我自然要点醒他。"

玄悯又问："如何点的？"

薛闲："……"

也就托梦作妖扮邪的，吓了对方小半个月吧。

夜夜哭着惊醒，眼下乌青的那种。

薛闲说："同他讲理。"

玄悯对他的脾气再了解不过，料定他当初应该没少吓唬别人，不过也没有拆穿，就当是“讲了讲道理”吧。

“这倒是从未听说过。”玄悯道。

民间好传故事，但凡与神鬼仙魔有关的便格外容易被津津乐道。他平日对这些并无好奇，唯独听到与真龙相关的会留意几句，大大小小真真假假，也够出好几本长集了。

薛闲哼哼一笑，道：“自然不会听说，那时候你还小呢。”

玄悯：“……”

薛闲说：“哦错了，该说那时候你‘曾曾祖’都还小呢。”

玄悯：“……”

玄悯伸手捏了捏黑龙下巴，正要开口，那看香人拿着新名册回来了，手里还提着一支笔。

薛闲趁势又蜷回了袖里。

看香人进来倒是没看见那细小黑龙，只听见了最后几声银钱落进功德箱的当啷响声。

他有一瞬间觉得这响声有些古怪，不像铜板相互磕碰的钝响，而是清清脆脆的有些细碎。

但他还沉浸在“我们”和“都进来了”的余惊里，没心思细想。他也不敢多看玄悯，低头将名册哗哗翻开，递了笔道：“烦劳大师留个名姓。”

玄悯接过来。

抬手之时，薛闲透过袖下的间隙瞥了一眼庙里的石像。石像上的李大善人已是老年模样，慈眉善目颇有些福相，同当年胡写戏文的年轻人只有三两分相似。

这中间是数百年不断流转的时光。

曾经有过些许浅交的世人如今善泽一方，这种感觉颇有些奇妙。但这或许就是他和玄悯这种寿比江河的人，历经百年千年，也看不厌这人间的缘由吧。

玄悯在名册上留了字便走了，淡如云雾的袍摆扫过庙门，消失在了山间。

看香人捧着名册良久回神，低头一看，就见那名册上新添的并非常人名姓，而是四个字——戏文中人。

仿佛是对应当年的李善人将真龙写进戏文里的事。

不过看香人并不明白。他不解地挠了挠头，将名册和笔搁在桌案上，这才往功德箱那儿走去。

他想起先前当啷的古怪响声，总觉得那不是铜板作响，便朝功德箱里看了一眼。

这一看，他差点儿咣当一下坐在地上。

就见那功德箱里新添的确实不是铜板，而是数不过来的金豆……

薛闲本以为，陆廿七扶乩时所说的“残余旧缘”指的就是这李善人。进过庙、看了碑文，这一趟就算没白跑。

于是他心满意足地催着玄悯往山下的城里去，却在入城的时候被另一件事小小地耽搁了一下——

他们在城郊碰见了一个七八岁的小孩儿。

寒冬天里，那小孩儿身上穿得还算暖厚，但袄裤和鞋却磨得不成样子。他们仔细看了一眼才发现，之所以磨成那样，是因为那小孩儿是个跛子，深一脚浅一脚的时常踉跄磕绊，容易摔。

但他怀里焐着一碗善人庙里讨来的福粥，又不敢摔，便一路蹭着巷子的墙走，这才磨了半身青苔。

脏兮兮的不成模样。

玄悯轻蹙了蹙眉，正想过去托那小孩儿一把，却见那小孩儿挨着墙一转身，进了一扇窄门，到家了。

既然进了自家家门，外人就不便插手了。

只是从那户门前经过时，薛闲瞥了一眼。入了腊月，年关就近了。城里各个人家都贴红挂绿有了些喜庆意思，唯有这户破破落落，显得有些冷清。

于是他顺手往门槛里撒了几粒余下的金豆和一袋坊间孩童爱吃的糖。

走到巷子那头拐角处，薛闲从玄悯袖里探出来又望了一眼，刚巧看见那小孩儿捡起了金豆和糖袋，便放心地蜷回去躲懒了。

这事原本到此便是终了，谁料还有后文。

薛闲和玄悯用了晌午饭沿原路出城，路过那条小巷时余光瞥见巷里有一团小小的人影。

他们转头一看，那一小团影子还是熟人——不是别人，正是那个跛脚小孩儿。

长巷里忽然起了一阵风。

原本闷着头的小孩儿缩了缩脖子，抬起头，就见自己面前多了两个人。

常人碰到这种无声无息的惊现，大多会怕。他却只是懵懂地眨了眨眼，毫无惧意。

或许是因为这陡然出现的人长得实在好看，叫人怕不起来。尤其是那个一身黑衣的，眉眼间尽是张扬俊美。

薛闲弯腰问他："小孩儿，做什么蹲在这巷子里？腊月的风可不是闹着玩的，吹了会长疮。"

小孩儿被他吓唬得摸了一下脸："长疮？"

薛闲道："对，长多了烂脸。"

小孩儿满眼惊恐。

玄悯在后面轻拍了一下这吓唬人的主儿，让他稍稍收敛些。

薛闲半笑睨着他："拍哪儿呢？"

待他再转回来，就听那小孩儿支吾片刻，答道："有人落了东西在我家门口，我走不快，也没找到人，只好在这等着了。"

薛闲一愣。

他其实看见那小孩儿掩在怀里的金豆和糖袋了，但还是问道："落了何物？"

小孩儿倒也不算傻，没有逢人就直说，"噢"了一声道："就是一些东西。"

但他的眼睛还是往自己怀里瞟了一下。

薛闲想了想，又试探了一句："都落到你家门口了，不就是你家的吗？"

小孩儿小声道："那也是人家落下的。"

薛闲同玄悯对视一眼。

片刻之后，小孩儿感觉自己头顶被人轻拍了一下。他仰了脸，看见那一身黑衣的年轻人冲他挑眉一笑，问道："想能走能跑吗？"

自那天起，小孩儿每天夜里都会做梦，夜夜梦里都是巷子里遇见的那两个人。

他们借着梦里看似虚无的场景中教他如何走通关窍，如何让那条跛腿越来越能承力，越来越灵活。

不是那种"敲一下便瞬间恢复如初"的玄术，而是每日一点儿，让他缓慢又清晰地明白，自己在努力变得灵活康健。

小孩儿梦里在练，梦醒了也在练。

耗费了小半年，他当真能跑能跳与常人无异了。他高兴极了，存了一肚子话想道声谢，却再也没有做过那样的梦了。

虽然没有那种震天动地的玄妙仙术，但他觉得自己碰到了神仙。

很奇怪，他对那两位神仙有种莫名的熟悉感，敬畏中夹杂着亲近，似乎是与生俱来的。

而当那两位从梦里消失后，他又生出一种描摹不清的遗憾来，似乎也是与生俱来的。

就好像还有什么事尚未做成，却又怎么都想不起来。

那时候他年纪太小，想不明白便不再想了。直到近三十年后一次机缘巧合，他才如梦方醒……

那时候他已成了良商，也算富甲一方。平日里广积善缘、广施善行，也被附近百姓称一句“大善人”。

这一带民间有个习俗，爱给广受尊崇的人供香立庙。

这种事有一日落到了他身上，他觉得自己何德何能，本想婉拒，却在看见石料之时愣住了。

他站在搬运石料的长板车前愣怔良久，忽然明白他一直想做又尚未做成的事究竟是什么了——他想给那两位雕两尊丈八石像。

这是他遗憾了好久的事情，时间甚至比他这半生都要久，仿佛与生俱来。

直到这日忽然顿悟，他终于得偿所愿。

数年之后，卧龙江州一带终于还是多了一方庙宇。那庙宇很是稀奇，因为龛台上立着的不是一尊石像，而是两尊。

那两尊石像抵背而立。一位是腰间坠着铜钱的大师，目含河山；另一位乖张俊美，袍摆袖侧有云雷相伴。

庙宇初立之时，有人问，这龛台所供之人是谁？

守庙人答：“是与万里山河同寿、看着世间烟火缭绕生生不息之人。”

还有人问，这庇佑的又是什么？

守庙人答：“庇佑这世间善者，一生无虞。”

图书在版编目（CIP）数据

龛世．完结篇 / 木苏里著．— 武汉：长江出版社，
2022.10
ISBN 978-7-5492-8445-0

Ⅰ．①龛… Ⅱ．①木… Ⅲ．①长篇小说－中国－当代
Ⅳ．① I247.5

中国版本图书馆 CIP 数据核字 (2022) 第 155960 号

龛世：完结篇 / 木苏里　著

出　　版	长江出版社 （武汉市解放大道 1863 号 邮政编码：430010）
市场发行	长江出版社发行部
网　　址	http://www.cjpress.com.cn
责任编辑	陈　辉
印　　刷	三河市金元印装有限公司
版　　次	2022 年 10 月第 1 版
印　　次	2024 年 4 月第 2 次印刷
开　　本	880mm × 1230mm　1/32
印　　张	11
字　　数	284 千字
书　　号	ISBN 978-7-5492-8445-0
定　　价	52.80 元

电话：027-82926557（总编室）　027-82926806（市场营销部）